KB045114

밤의 연두

밤의 연두

이 서 안 소설

문이당

작가의 말

내가 헤르만 헤세를 말할 때 그는 인생의 고뇌를 씹고 있었다. 묵묵히 내 얘기를 들어주는 그의 눈빛은 자신이 처한 현실과 괴리가 큰 뜬구름 잡는 얘기라고 말하고 있었다. 문학 속에서 헤세가 만든 인물들이 나름 해답을 제시했으나 그건, 그에게, 거기까지였다.

흘러가는 강물처럼 기억들이 흘러갔다.

늦게 시작한 길이었다. 소설을 쓰면서 현상에 대해, 현상 너머의 세계에 대해 진지하게 바라보게 되었다.

한 번도 소설을 쓰리라곤 상상조차 하지 않았다. 나에게 문학은 세계의 산맥 같은 거였다. 감히 근접할 수 없는 분야라고 여겼기에 시도할 생각을 못 했었다. 이런 나에게 소설을 써 보라며 권유해주신 분이 계셨기에 지금 내가 있게 되었다.

글을 쓰면서 나의 무지를 발견했고 정신없이 달려왔던 인생의 걸음을 조절하게 되었다. 사랑한다고 말하면서 사랑하는 대상에 대해 그렇게 무지할 수가 없었음을 소설을 통해 깨닫게 되었다. 소설의 길은 내가 가장 사랑하는 분을 제대로 알 수 있도록 도와주었다.

밤의 산책길에서 바람에 나부끼는 밤의 연두들을 바라보았다. 가느린 잎 사이로 조각난 밤이 나를 지긋이 쳐다보고 있었다. 따뜻하고 포근한 시선이었다. 이웃을 향한 나의 노크가 막연한 연민이 되지 않도록, 누군가가 경험한 세계를 글쓰기를 통해 진실의 한 측면을 들여다보게 해주었다.

삶의 긴 여정만큼 문학의 다양한 아우라에서 미숙한 민낯을 드러내 보이는 것 같아 겸연스럽지만 기억의 서사들을 모아 책으로 엮어 보았다.

소설의 세계로 이끌어주신 윤후명 선생님과 오늘도 생명을 향해 거룩한 삶을 지향하는 시민공동체에 감사를 전한다.

2019년 가을愛
이서안

차례

골드비치

골드비치

소문은 수그러들 줄 몰랐다. 땅바닥을 끊임없이 달구어대던 뜨거운 열기도 좀체 가라앉지 않았다. 꼬리에 꼬리를 문 무성한 얘기들만 해변에 들끓는 사람들의 웅성거림과 뒤섞여 갖가지 추측을 만들어냈다. 몇 달째 사람들의 마음은 넘실거리는 파도처럼 술렁거렸다. 오직 멀쩡한 것은 도도하게 빛을 발하며 서 있는 빌딩들뿐이었다. 날빛에 번쩍대던 몸체들은 지칠 줄 몰라 위용을 자랑했고 하늘을 향해 치솟은 빌딩 숲은 고개를 들어봐도 끝이 보이지 않을 정도였다. 어쩌면 사람들이 쳐다볼 수 없는 진짜 이유는 눈이 부셔서인지도 몰랐다.

삼 개월밖에 일을 못하는데 육 개월 할 수 있다고 둘러댄 게 꺼림칙했지만 다음 학기에 등록하기 위해서는 어쩔 수 없는 노릇이었다.

정수리부터 흘러내린 땀이 목덜미를 타고 사타구니를 휘감았다. 셔츠는 이미 등에 달라붙어 축축하게 젖다 못해 말라버렸다. 오전 여덟 시부터 오후 네 시까지, 알루미늄 새시로 만든 박스에 앉아 있는 건 가해자 없는 고문이었다. 탁상 선풍기도 있으나 마나였다. 후덥지근한 공기가 인공 바람을 타고 맥없이 가슴을 핥아댔다. 해수욕장에는 헤아릴 수 없는 인파들로 북적거렸다. 색색의 파라솔이 머리와 머리를 맞대고 U자 해변을 빽빽이 둘러쌌다. 비키니 차림의 여자들은 조금의 부끄러움도 없이 엉덩이를 흔들며 지나다녔고 삼각팬티를 입은 남자들도 제정신들이 아니었다. 자신의 키보다 큰 튜브를 든 아이들과 쓸쓸한 시선으로 그들을 바라보는 노인들이 간간이 보일 뿐이었다. 땅 밑에서 뿜어 나오는 지열로 형체들이 아지랑이처럼 가물거렸다.

며칠째 관리소장은 빈틈없이 건물을 주시하라 하는데 감시 카메라에 별다른 움직임은 잡히지 않았다. 옆 건물에서 사람이 뛰어내린 게 일주일도 채 안 된 일이라 소장의 신경은 극도로 날카로워 보였다. 같이 근무하는 경비원들은 소장의 닦달에 별 반응 없이 말을 툭 내뱉곤 했다. "아니, 살기 싫다고 뛰어내리는데 무슨 재주로 막아." "다 배부른 사람들이 하는 놀음이야. 배고파 봐!" 그들의 비정한 말들이 지글거리는 땅에 하나씩 뚝 뚝 떨어졌다.

해변을 따라 들어선 빌딩에서 자살한 사람이 이번 달만 해도 열명, 들리는 소식에 의하면 실제 자살한 사람은 스무 명이 넘을 거라고 맞은편 크루즈 경비를 맡고 있는 사내가 말했다. 사람들이 매일 죽든 말든 나에게는 당장 등록금이 문제였다. 다른 일자리보다 여기 시간당 시급이 괜찮아 더운 여름에 찜질하는 마음으로 온 것이었다. 몇 달만 버티면 마지막 학기 등록금은 마련할 수 있었다. 하지만 그 몇 달이 나에게는 몇 년처럼 여겨졌다.

　뜨거운 황색의 물결이 해변에 그림자를 드리운다. 빌딩 사이를 휘돌던 복사열이 다시 가라앉았다. '꿈이 현실이 된다'는 어느 아파트의 광고가 대형 전광판에서 깜빡이고 있다. 부르는 게 값이라는 H 아파트는 무역 센터에서 주관한 설계공모전에 당선된 건축가가 디자인한 거였다. 외부 환경과 조화되는 백색 투명의 반사 소재를 사용해서일까. 건물은 온통 빛이다. 파도의 역동적인 힘과 바람을 머금은 돛의 모양에서 따온 아파트 꼭대기의 곡선은 판타지 영화에 나오는 이름 모르는 행성의 도시처럼 신비롭게 다가왔다. 내가 근무하는 주상복합아파트도 번쩍대기는 마찬가지였다. 스테인리스 스틸과 마천석으로 지어진 이 주상복합은 52층 쌍둥이 건물로 전체가 황금색이었다. 지하에서 5층까지는 헬스장, 수영장, 쇼핑 코너, 카페, 레스토랑, 은행 등 상가로 구성되었고 나머지 층은 주거용 아파트였다. 1층 은행을 빼고는 입구부터 일반 사람들의 출입은 금지되었고 보안카드나 비밀번호 없이는 들어갈 수 없었다. 돈 버는 것이야말로 최고의 예술이라고 말했던 앤디 워홀의 컬처노믹스가 떠오른다. 도시는 문화로 옷을 입고 있지만 속은 다 돈이었다.

칙칙한 꽃무늬 남방을 입은 형사는 더위에 지친 얼굴이었지만 눈초리만은 유독 매서웠다. 내 대답이 신통찮은지 말투에 짜증이 잔뜩 배여 있다. 사실 그가 묻는 질문에 속 시원히 말해줄 정도로 아는 게 별로 없었다. 그래서 근무한 지 얼마 안 돼 잘 모른다는 핑계를 대었다. 형사가 원하는 해답을 주기 위해 하루 종일 빌딩 꼭대기만 쳐다보고 있을 수는 없는 노릇이었다. 그 또한 꼭 사건을 밝혀내어야겠다는 의지도 없어 보였다. 의도적인 살인사건도 아니고 대부분 자살이었기에 더운 여름 날씨에 귀찮은 일쯤 여기는 것 같았다. 관리소장과 얘기를 나눈 형사는 맞은편 크루즈 경비원들이 앉아 있는 쪽으로 발걸음을 떼었다.

지역 방송 텔레비전 뉴스에 해안가 자살사고가 줄 잇고 있다는 보도가 잠깐 있었을 뿐 더 이상 아무 조짐도 없었다. 빌딩 소유주들은 사건이 생길 때마다 쉬쉬하기에 바빴고 사람들은 별 동요 없이 여름날 한차례 소나기를 맞이하듯 입에서 입으로 가볍게 주절거렸다. 무더위는 여전히 기승을 부렸고 해안가 빌딩들은 제자리에서 빛을 발하며 자리를 지켰다. 해변에는 죽어가는 사람들이 있는지조차 까마득히 잊고 바다를 향해 몸부림치는 피서 인파들로 들썩거렸다.

소장은 내가 염려하는 부분에 대해 더 이상 캐묻지 않았다. 군대를 제대했다는 게 썩 마음에 든 눈치였다. 목소리에 잔뜩 힘을 주며 당부한 것은 여기에서 일어난 일은 밖에서 절대 말해서는 안 된다는 것과 형사나 외부 사람이 와서 물으면 무조건 모른다고 시치미를 떼라는 거였다. 정 끈질기게 달라붙어 캐물으면 자신에게 맡기라는 말을 몇 번이고 강조했다. 그리고 아까 형사한테 모른다고 한 것은 아주 잘한 일이라고 왼쪽 어깨를 톡톡 치며 흡족한 표정을 지었다. 헤죽거리며 웃는 그의 표정을 보는 순간 왠지 나도 모르게 공모자가 된 느낌이 들었다.

아파트 맞은편 크루즈 경비원은 처음부터 반말이었다. 그의 구릿빛 얼굴은 자글대던 태양빛을 받아 번들거렸다. 숏 모히칸 컷의 머리 스타일은 첫눈에도 그가 평범하지 않다는 걸 보여주었다. 눈매가 날카롭기도 했지만 전체적으로 시커먼 그의 경비 옷이 강하게 시선을 사로잡았다. "학생!" 누구한테 들어서였을까. 그는 나에 대해 상당히 알고 있다는 눈치였다. "온 지 얼마 안 됐지? 몇 달 못 갈 겨. 벌써 학생 오기 전에 세 명이나 갈아 치웠어." 자신의 말에 별 반응이 없자 그는 조금 큰 목소리로 말을 이어갔다. "학생 오기 전에 빌딩에서 남자가 떨어져 사람이 나간 겨." 어쩌란 말인가. 대답 없이 물끄러미 얼굴만 쳐다보자 그는 내가 약간 겁을 먹었다고 생각한 모양이었다. 군대는 갔다 왔냐며 그가 되물었다. 육군 보병 제대라고 하자 그는 가소롭다는 표정을 숨기지 않고 드러냈다. 이렇게 시작된 그와의 대화는 더운 날씨에 그래도 잠시 시간을 버틸 수 있게 했다.

건물 외벽, 층층 모서리, 복도와 엘리베이터에 설치한 CC-TV로는 자살 예정자를 확인할 길이 없었다. 소장이 건네준 감시 대상자 명단은 더 어이가 없었다. 층마다 서너 명이 넘다 보니 세 명씩 곱하니 150명이 넘는 숫자였다. 10층씩 나누어 점검한다고 해도 사생활을 중요시하는 사람들의 일과를 전부 캐낼 수 없는 노릇이었다. 관리소장은 직감으로 하라며 떠들어대는데…… 죽으려고 작정한 사람을 도대체 무엇으로 막는단 말인가. 아침 8시라고 하지만 한여름의 여덟 시는 35도를 웃돌았고 체감지수는 그보다 훨씬 높았다. 바다에서 불어오는 소금바람과 이마에서 줄줄 흘러내리는 땀으로 볼이 따가울 정도였다. 선크림을 겹쳐 발라도 소용없었다. 무전기를 든 손이 축축하여 바로 닦아내지 않으면 떨어트릴 지경이었다. 감각을 살려 감시하고 말고가 아니라 바닥에서 내뿜는 후끈한 지열과 숨 막히는 더위로 자리를 지키는 자체가 여간 어려운 일이 아니었다. 사람들로 발 디딜 틈이 없는 해수욕장으로 뛰어들고 싶은 충동이 이성적인 욕구보다 커져갔다. 그럴 때마다 나는 등록금이라는 단어를 억지로 뇌리에 집어넣어야 했다.

주상 복합 지하주차장에 들어가고 나오는 차들은 대부분 외제차였다. 제네시스 같은 국산차도 간혹 있었지만 볼보, 페라리, 포르쉐, 아우디, 람보르기니가 더 눈에 띄었다. 최근에 나온 차들인지 이름도 알 수 없는 차들이 지하 차고를 채워가고 있었다. 주상복합 아파트에 사는 여자들은 늦은 오전에 번쩍거리는 외제차를 몰고 나가 바다가 보이는 레스토랑에서 브런치를 즐겼다. 부드럽게 지하로 빠져들어가는 빨간 스포츠차가 눈에 띈 것은 반사 본능에 의한 것인지도 몰랐다.

군용 망원경을 몇 시간이나 봤더니 두 눈이 시큰거렸다. 땀이 섞였는지 눈동자가 자지러지게 콕콕 찔러댄다. 6층부터 52층까지 찬찬히 살펴보는 게 쉬운 일은 아니었다. 몇몇 경비원들은 망원경으로 건물을 점검하기보다 바다를 향해 비키니를 입은 여자들을 추적했다. 벌어진 그들의 입언저리가 말해주었다. 아파트 뒤쪽을 살펴보려고 훑어 올라가니 23층의 문이 열려 있었다. 앞쪽 창들은 커튼 월이라 기껏 창을 열어도 45도 정도였다. 뒤편 창들은 개방식이라 마음만 먹으면 사람 한 명쯤은 언제든 뛰어내릴 수 있었다. 하얀 천이 나풀거렸다. 23층 여자는 요주의 인물이었다. 그녀는 바다를 자주 쳐다보았다. 커튼 자락일 수도 있었지만 누군가 서 있을 것 같은 직감이 들었다. 소장에게 이 사실을 말해야 할지 잠시 망설여졌다. 아무 일도 아닐 수 있었다. 그때 긴 머리의 여자가 창문으로 고개를 불쑥 내밀었다. 망원경에 23층 여자의 얼굴이 또렷이 드러났다. 여전히 핏기 없는 얼굴이었다. 여자는 경치를 감상하듯 두 손을 턱에 받치고 있었다. 자살할 낌새는 없었지만 모를 일이었다. 무선으로 소장에게 알리자 소장이 인터폰으로 23층을 연락한 것 같다. "이상무"라는 답변에 나는 땀에 젖은 망원경을 내려놓았다.

태양은 건조한 열풍을 여과 없이 몰아왔고, 빌딩들은 휴양도시의 품격에 맞게 찬란했다. 무전기로 다급한 소리가 들려왔다. 관리소장의 목소리였다. 우려했던 일이 드디어 터진 게 분명했다. 사람이 떨어졌다. 몇 층에서 떨어졌는지 알 수 없었으나 긴급 상황임에는 틀림없었다. 경비원들이 달려간 곳은 아파트 뒤쪽 소나무 숲이 시작되는 곳이었다. 한적한 곳이라 사람들의 출입은 거의 없었다. 정오가 가까운 시간이었다. 불볕은 더한층 쩡쩡거리며 기염을 토해냈다. 콘크리트 바닥에 검붉은 피가 처연히 흘러내려 구역질이 났다. 바닥에 엎어져 있는 사람은 긴 머리의 여자였다. 나는 숨을 쉴 수 없어 잠시 고개를 들어 하늘을 바라보았다. 한 생명이 멈춰버린 그 순간에 번뜩거리는 태양만 짐승처럼 울부짖었다. 사이렌 소리를 내며 구급차가 왔고 관리소장은 경비원들을 향해 바닥 주변을 빨리 치우라고 성화였다. 설마, 그 여자는…… 아닐 거야, 불길한 예감이 마음을 옥죄어왔다. 23층의 여자만 아니기를 바라며 시체 쪽으로 발걸음을 옮겼다.

40층 여자는 요주의 대상자 명단에 없던 사람이었다. 바다 쪽으로 커튼을 걷지도 않았고 한 번이라도 창문을 열거나 고개를 내밀지도 않았다. 바깥출입이 통 없는 자도 아니었고 최근에 이사를 온 자도 아니었다. 소장이 건네준 특별 명단에도 없었고 자살의 증후도 보이지 않았다. 40층 여자의 죽음은 한마디로 예측불가였다. 관리소장만 안절부절못했다. 여자의 죽은 이유가 어이없었다. 40층 여자는 빛이 두려워 죽었단다. 경비실에 파다하게 퍼져 있는 소문이었다. 평소 우울증에 시달렸는데 최근에는 쏟아지는 빛이 무섭다고 아예 커튼을 치고 살았단다. 이번에는 바다가 아니고 빛이었다니…… 여자는 왜 빛이 두려웠을까, 죽은 사람은 말이 없는데 죽은 사람이 남기고 간 온갖 추측들만 떠돌아다녔다. 하지만 그 모든 것과 상관없이 나는 현실로 돌아와야 했다. 내가 책임 맡은 곳은 20층에서 30층 사이였다. 내 담당 구역이 아니어서 다행이야, 라는 안도감이 제일 먼저 들었다. 제발…… 한 달만, 한 달만 더 버텨라. 뜨거운 바람이 뺨을 쓱 비비며 지나갔다. 청록색 바다는 수평선 너머로 가물거렸고 골드비치는 잔인할 정도로 고즈넉하고 화려했다.

크루즈 경비원은 내가 오래 버티는 걸 더 신기하게 여기는 것 같았다. 그도 그럴 것이 저번에 잘린 경비의 경우와 달랐기에 당연한 반응이었는지 모른다. 그도 죽은 사람에 대해 먼지만큼의 관심도 없기는 마찬가지였다. 자신이 근무하는 크루즈 선에 사건이 일어나지 않으면 되는 거였다. 선상에서 가져왔는지 일회용 컵에 냉커피를 건네주었다. 목을 타고 흘러내려가는 차가움에 숨이 다소 트였다. "눈치껏 혀. 다른 경비원들은 현관 로비에 잠깐씩 들어갔다 나오더만…… 하루 종일 쓰러지지 않는 게 대단혀." 남자 말대로 고참들은 멀티 에어컨 냉방설비가 빵빵하게 되어 있는 현관 로비로 들어갔다 나오곤 했다. 그곳에 몇 십 초만 있어도 소름이 돋을 정도로 시원하다는 건 나도 익히 알았으나 소장 눈밖에 나고 싶지도 않았을 뿐더러 눈부신 대리석 바닥과 현란한 샹들리에는 어쩐지 내가 서 있기에 어색하게만 여겨졌다.

P 선배가 한잔하자며 연락이 왔다. 학교 소식도 궁금하고 선배가 취직한 회사도 알고 싶어 저녁에 시간을 내었다. 무더위 때문이었을까. 선배의 얼굴은 햇볕에 시들 대로 시든 가로수처럼 축 처져 있었다.

"보안 감시 알바 자리 구했다며? 할 만해?"

나는 대답 대신 손사래를 쳤다.

"힘들어?"

선배는 자리에 앉기까지 질문들을 퍼부어댔다.

"자살자들이 생겨 힘들어요. 형사들 드나들죠. 관리소장은 툭하면 우리한테 화풀이를 해대지 않나, 한 달만 참자, 하고 있어요. 아니,

부자들이 뭐가 아쉬워 자살하는지 모르겠어요."

P 선배가 내 질문을 되받아친다.

"야, 세계에서 가장 자살률이 높은 나라가 어딘 줄 아니?"

"소말리아? 아프가니스탄? 혹, 우리나라?"

내 대답을 들은 선배는 비웃듯이 웃었다.

"아냐, 틀렸어. 복지 시설이 최고로 잘 된 스웨덴이래."

"오우, 정말 그래요?"

참 모를 일이었다.

"야, 나도 힘들다. 당장이라도 때려치우고 싶어. 일 년 넘게 백수로 지내다가 들어간 회사가…… 정말 미치겠다."

선배는 담배를 물다가 양손으로 머리를 쥐어흔들었다.

"내가 요새 뭐 하는 줄 아냐? 매일 윈도 재설치가 내 업무야. 말이 시스템 관리지, 그나마 그건 나아. 프린터 복사에다 커피 서빙까지…… 나 하는 일이 아르바이트 수준이야. 자격증 따면 뭐 하냐! 써먹지도 못하고…… 이 직장도 조만간 끝장낼까 생각 중이다."

작은 회사든, 전망이 없는 곳이든, 어디 가도 명함을 내밀 수 있는 선배가 조금은 부러워 보였다. 선배를 만나 뭔가 해결이 될 줄 알았는데 답답함만 차올랐다. 서너 달 정말 힘들게 벌어 등록한들 졸업 후 취업이 보장되는 것도 아니었다. 스물일곱 살의 나는 열정을 태워보기도 전에 자꾸 뭔가 잃어가고 있다는 생각이 들어 우울해졌다.

토익이다, 토플이다, 자격증이다, 시간을 짜내어 준비하고 있지만 미래는 불안이라는 카드를 자꾸 내밀고 결코 식을 것 같지 않은 불볕더위처럼 마냥 지속될 것만 같았다.

소문은 밀려오는 파도처럼 무성했다. '바다를 쳐다보지 마!' 빌딩 입주자들에게 암호처럼 돼버린 말이다. 바다를 보지 말라는 소리가 세이렌의 노래같이 들려왔다. 바다전망 때문에 몇 배 비싼 가격으로 아파트를 분양받은 사람들이 일제히 커튼을 치고 산다. 몇 십억 아파트에 살면서 그들은 어이없게 죽어갔다. 단지 바다 때문에만 그들이 죽었다고 단언할 수 없었으나 전혀 관련성이 없지도 않았다. 나에게는 들리지 않는 세이렌의 노랫소리를 그들이 들었는지도 모를 일이었다. 창문마다 커튼을 친 사람들의 속앓이가 파도 소리와 섞여 웅성거리는 듯 들렸다.

지글거리는 용광로에 바다가 익어간다. 바다의 살갗이 검붉게 변하면 뽀글거리는 수증기들이 마구 피어올랐다. 삼복더위라고 하지만 39도를 넘는 살인더위였다. 칙칙 녹아드는 도로 위로 검은 개가 혀를 헉헉대며 미루적거렸다. 거리를 오가는 사람들은 짜증 나 죽겠다는 표정들이었다. 신기하게도 여름 내내 물에 빠져 죽은 사람은 없었다. 해수욕장 측은 전국에서 이 해수욕장이 시설뿐만 아니라 안전 면에서 최고라고 떠들어댔다. 그러나 골드 비치의 사람들은 일주일이 멀다 하고 죽어나갔다. 이제는 지역 방송에서만 아니라 전국 방송에서 주요 사건으로 다루었다. 각종 정보들이 쏟아져 나돌았다. 사람들은 이제껏 몰랐던 사실에 귀를 기울이고 새로운 호기심에 눈을 끔벅거리게 했다. 'OECD 국가 중 자살률 최고. 30분마다 한 명씩 목숨을 끊음. 자살 이유는 우울증이 주원인' TV에서는 자살 문제를 핫이슈로 삼고 제법 비중 있게 보도했다. 자살예방협회 회장이 나와 심각하게 당부했고 임상심리학과 정신과 의사들은 매일 방송프로에 얼굴을 내밀었다. 사람들의 호기심과 초조에 아랑곳없이 든든히 서 있는 것은 밤낮으로 번쩍대는 골드 비치였다. 은색과 금색의 주상복합빌딩들은 건물마다 독특한 이름을 갖고 있었으나 사람들은 '골드 비치'라 불렀다. 왠지 사람들 눈에는 온통 금빛으로 보여서 그렇게 부르지 않았을까, 나도 마찬가지였다.

40층 여자의 죽음은 옆 건물의 자살자로 이내 잠잠해졌다. 자살자들이 늘어나자 개방형 창을 모두 커튼 월로 바꾸자는 건의가 들어왔다. 하지만 환기 때문에 반대하는 이들이 더 많았다. 창문 교체를 요구하자 시공사는 난색을 표했다. 아마도 커튼 월 창문에서 떨어져 죽은 사람이 없었다면 개방형으로 교체했을지도 몰랐다. 옆 빌딩은 커튼 월인데도 문을 부수고 떨어져 사람이 죽었다. 정말 죽으려고 맘먹은 사람을 막을 길은 없어 보였다. 나를 정말 성가시게 하는 건 23층 여자였다. 여자는 매번 창문으로 고개를 내밀어 내 허벅지를 쥐 내리게 했다. 아무리 엘리베이터가 빨라도 제일 밑층에서 23층까지 여자를 통제할 힘이 내게는 없었다. 마치 여자는 우리가 망원경으로 자신을 지켜보고 있는 걸 알고 즐기는 것 같았다. 어떤 때는 여자를 지켜보다가 여자의 시선과 마주쳐 망원경을 떨어트린 적도 있었다. 빨간 포르쉐를 몰고 다니는 여자였다. 한 달을 버티는 건 결코 만만치 않았다. 후끈한 지열에 속이 울렁거렸다. 무더위는 여전히 기승을 부렸고 해변의 인파는 마구 늘어났다. 하늘은 흐릿한 기미조차 보이지 않게 눈부셔 눈알이 따끔거렸다. 달아오른 공기는 바다에서 해안으로 바이러스처럼 퍼져나갔고 저 멀리 샌프란시스코의 금문교에 버금간다는 대교만이 빛에 가려 아련했다. 절절 끓는 불한증막이 따로 없었다. 이제는 얼굴뿐만 아니라 온몸이 화끈거릴 정도였다. 눈앞에 보이는 사물을 제대로 보기가 힘들 지경이었지만 선베드에 누운 여자들과 남자들은 선탠을 즐겼고, 많은 인파를 뚫고 스피드 보드를 타는 사람들은 여전했다. 해변을 낀 도로에는 비키니 차림의 여자와 서핑보드를 든 남자들이 맨발로 걸어 다녔다. 그들이 지나다니는 도로에 모래 알갱이들이 툭 툭 떨어졌다.

　나는 바다를 향해 뛰어들 이유가 없었다. 하지만 이 여자의 손목을 붙들고 있는 이상 왠지 내가 이 여자랑 바다에 뛰어들 것만 같다. 이건 내가 생각한 미래가 아니다. 나는 마지막 임금을 받고 등록금을 채우면 그만이었다. 여자가 비실비실 웃고 있다. 혼자 죽지 않고 같이 죽어 신나 죽겠다는 표정이다. 내가 손을 놓아도 원망하지 않을 눈빛이다. 죽고 싶어 환장한 여자니 손을 놓으면 그만이었다. 내가 살기 위해서는 손을 놓아야 한다. 머릿속이 찌릿해진다. 분명히 손을 놓았는데 여자는 없고 하얀 바다만 망망하게 펼쳐져 있다. 늦도록 마신 술 탓이었을까, 꿈에서 깨니 머리가 빠개질 듯 쑤셔댔다. 이제 23층 여자는 꿈속까지 나타나 나를 미치게 만들었다. 제대한 동기를 만나 술을 마신 것은 기억이 나는데 어떻게 원룸에 왔는지 모를 지경이었다. 겉옷에서 미적지근한 맥주 냄새가 진동했다. 방안은 후덥지근하고 어두웠다. 방 스위치를 켜니 출근할 때 입은 옷차림 그대로다. 먼지가 덕지덕지 붙은 에어컨의 리모컨을 누르자 고장이 났는지 더운 바람이 속을 뒤틀리게 했다. 꿈을 꾼 잔영들이 머리에서 지워지지 않고 가물거렸다. 다시 생각해도 끔찍한 꿈이었다. 시곗바늘이 새벽 세 시를 가리켰다. 옥상에서 바라본 새벽 풍경은 부유스름했다. 무엇 하나 선명하지 않았다. 있는 힘을 다해 좇아갔는데 사막의 신기루처럼 허탈감만 안고 돌아서지 않을까, 하는 불안에 잠은 좀체 다시 들지 않았다.

솔숲을 걷다 낯익은 여자 얼굴에 화들짝 놀랐다. 23층 여자였다. 어젯밤 꿈이 생생하게 떠올랐다. 여자는 요즘 부쩍 들어 해거름에 나와 소나무 숲 벤치에 앉아 있다. 뭐라고 한마디 할까 하다가 온종일 땀을 흘려 입 섞어 얘기를 나누고 싶지가 않았다. 여자는 무더운 공기 속을 자맥질하듯 핏기 하나 없이 창백했다. 마치 햇볕에 타 속이 하얗게 뒤틀린 나무 같았다. 모르쇠를 일관하는 나를 남겨두고 여자는 골드 비치를 향해 비척비척 걸어갔다. 골드 비치의 밤은 원래의 색깔을 잃어갔다. 하늘의 별도 막막하게 멀었다. 가로등 불빛은 건물에서 내뿜는 빛에 가려져 희미했다. 색색의 모텔들이 골드 비치 아래 포진해 낮인지 밤인지 분간이 어려울 정도였다. 도로 위에 퍼질러 누워 있는 사람들과 소주병을 거꾸로 움켜쥔 갈지자 걸음의 노숙자들과 술병들이 희붐한 모래사장 위에 뒹굴고 있을 뿐이었다.

망원경에 이상 조짐은 없었다. 창문은 빛으로 번들거려 눈이 자지러지게 따가웠다. CC-TV로 관찰할 수 있었으나 망원경이 더 실질적이었다. 20층에서 30층까지 훑어보는데 몇 분 걸리지 않았지만 내 망원경은 유독 23층에 머문다. 아니나 다를까, 오늘도 여자가 말썽이었다. 이번 주만 해도 벌써 두 번째다. 망원경에 23층 여자의 얼굴이 드러난 것이다. 고개를 내민 여자의 상위가 보통 때보다 위험수위였다. 비상벨을 누르자마자 무전기를 들고 뛰었다. 23층까지 아무리 빨라도 50초는 족히 걸렸다. 그동안 여자가 떨어지지 말라는 보장이 없었다. 제발…… 제발, 조용히 넘어가자. 심장이 가파르게 뛰며 쪼여들었다. 눈앞에 커튼이 홀로그램처럼 아른거렸다. 가슴이 터지기 직전이었다. 창문까지 어떻게 뛰어갔고 여자를 어떻게 잡았는지 다리에 감각이 없었다.

긴급 지시가 떨어졌다. 소장은 요주의 인물인 23층 여자를 교대로 감시하라고 했다. 세 명이 8시간마다 돌아가며 여자를 살피기로 했다. 재수 없게도 나는 낮 근무였다. 어떻게 보면 이 모든 게 소장의 치밀한 계략인지도 몰랐다. 세 명 중 내가 가장 젊었다. 삼일 전, 위험상황을 잘 감지했다는 특별포상치곤 혹사였다. 소장은 어떤 지시를 받았는지 나에게 눈을 찔끔했다. 그 눈짓은 암암리에 금전적 보상도 하겠다는 암묵적 약속이 담겨 있었다. 교대 시간 두 시간 남겨두고 23층 여자 때문에 비상벨이 울렸다. 빛의 속도라는 말이 따로 없었다. 신은 나에게 한 달의 무사를 약속하지 않는 듯 보였다. 엘리베이터의 속도가 무진장 늘어졌다. 서울 스카이타워의 초고속 속도와 맞먹는다는 속도감은 어디에도 없었다. 장딴지가 뻣뻣해져 다리에 힘이 빠지는데도 나는 한껏 뛰고 있었다. 미치지 않고서야 저럴 수가 없었으나 여자를 처음 발견했을 때 왼쪽 다리를 창틀에 올리고 있었다. 50초 동안 나는 수없는 계산을 반복해야 했다. 내 계산대로라면 여자는 지금쯤 반대쪽 다리마저 올리고선 떨어지고 있을 터였다. 가속도가 붙었으니 아마도 내가 문을 연 순간, 여자는 바닥에 선지피를 콸콸 쏟트리며 죽을 있을지도 몰랐다. 별의별 생각을 다 떠올리며 문을 열자 하얀 커튼 자락만 휘날리고 있었다. 땀범벅이 된 나를 맞이한 건 23층 여자였다. 물끄러미 나를 쳐다보는 여자의 눈빛은 초점이 없었다.

사건은 엉뚱한 곳에서 터졌다. 오전 10시가 되면 벤치에 앉아 출근도장을 찍던 노인도 며칠째 보이지 않았다. 크루즈 입구에는 검은 옷차림의 각목을 든 건장한 사내들이 나타났다. 이삼십 명쯤 되어 보였다. 경비 사내의 상체는 맨몸이었는데 가슴에 호랑이 문신이 새겨져 있었다. 사내는 시커먼 옷을 입은 사람들에게 둘러싸여 잘 보이지 않았다. "돈 없어. 돈 없어!" 악악대는 소리만 자꾸 들려왔다. 꼼짝 말고 자리를 지키라는 관리소장의 목소리가 무전기로 들려왔다. 크루즈 경비원도 검은 옷을 입은 사람들도 잠시 앉은 사이에 감쪽같이 없어져 버렸다. 도대체 어떻게 된 것일까. 경비원 몇몇이 깡패집단이라고, 무술 단원들이라고, 사채업자들이라고 속닥거렸다. 마치 영화의 한 장면을 찍는 세트장 분위기 같았다. 그날 이후 크루즈 경비원은 보이지 않았다.

지옥의 열기 앞에서도 골드 비치는 흔들림이 없었다. 죽음의 다양한 변주곡 앞에서 세상은 잠시 우울증에 걸렸으나 탁탁 털고 일어나 일상을 재현했다. 무더위에 지친 것일까, 졸음이 밀려들면서 눈꺼풀이 자꾸 무거워졌다. 감시 카메라를 오래 주시한 탓이었다. 얄팍

한 종아리에 찰랑거리는 물결이 부드럽다. 멀리 수평선이 아슴푸레했다. 폭신한 모래가 발바닥에 와 닿았다. 바닷가에는 아무도 없지만 쓸쓸하지 않고 평온했다. 남자아이가 물장난을 치고 있었다. 까까머리 소년의 웃는 얼굴이 해맑았다. 소장이 눈앞에 아슴푸레 나타났다. 내 얼굴을 보자마자 버럭 소리를 지른다. "지금 뭐 하는 거야! 정신 똑바로 차려!" 잠을 깨려고 라디오를 틀자 폭염이 계속될 거라는, 미국의 어느 주에도 무더위로 사람들이 죽어가고 있다는 아나운서의 목소리가 더운 공기를 타고 들려왔다. 라디오에서 루머인지 사실인지 모르는 얘기가 쟁쟁한 햇살을 타고 퍼져갔다.

또 비상벨이 울렸다. 역시나 23층 여자였다. 이번 주만 해도 세 번째다. 뛰어가는 경비들 입에서 온갖 욕들이 튀어나왔다. "저, 미친년을 확! 돼져버려라……." 나는 엘리베이터 안에서 그녀가 이 모든 지긋지긋함을 끝장내 주기를 바라고 바랐다. 넌더리나는 이 지겨움을 당장 끝내주기만 한다면 그녀를 우러러볼 것도 같았다. 한 달도 채 남지 않은 기간이고 뭐고 다 포기하고 싶었다. 여자는 오늘도 물끄러미 우리를 바라보며 맞이한다. 그리고 아무 일도 없었다는 듯 천연덕스럽게 말을 내뱉었다.

"바다가…… 아름다워요!"

여자의 눈빛은 어이없게 평온하고 진지했다. 기를 쓰고 달려온 경비 아저씨들은 이 말에 더 분통이 터졌다.

"보소. 아가씬지 아줌만지 모르겠지만 이거 너무 하잖아요. 똥개 훈련시키는 것도 아니고, 뭐 하는 겁니까! 아가씨 잘못되면 우리 다 모가지 잘려요!"

바다가 아름답다는 여자의 옹알거림이 되뇌어졌다. 바다…… 나는 바다를 향해 달려가는 골드 비치 사람들의 몸부림을 평생 이해하지 못할지도 모르겠다. 친구들과 백사장에서 모래성을 쌓으며 뛰어놀던 천진한 바다는 이제도 없고 앞으로도 없을 것이다. 내 눈앞에 보이는 현실이 진실이라고 소리치고 있었다. 아스팔트의 열기가 구두 밑창을 푹푹 뚫고 올라온다. 물비린내가 코끝을 스쳐간다. 양식업 보상 문제로 뛰어다니던 여름날도 이랬다. 어촌에서 굴과 김 양식업을 하던 아버지의 찌든 얼굴이 떠올랐다. 5년 전, 원자력발전소 보상 문제로 몇 년을 고생하더니 지난겨울 중국어선 기름 유출사고로 한 해 양식을 다 망쳐버렸다. 관공서에 피해 보상을 하러 가던 날 완행버스는 지루한 열기처럼 쉽사리 출발하지 않았다. 운전수는 빈자리를 다 채우려고 작정한 듯했다. 서너 명 탄 버스에는 아버지가 일이 꼬일 때마다 부르는 "한~ 많은 이 세상~ ."으로 시작하는 느린 중모리장단의 늘어진 가락이 빈자리를 메우고 또 메웠다. 노래의 청승맞음이 바깥 무더위와 어울려 나를 숨도 못 쉬게 눌러댔다. 바람 한 점 불지 않았다. 이 순간이 정지된 필름처럼 꿈쩍도 하지 않을 것 같아 나는 두려움마저 생겼다. 내가 가장 살기 싫었을 때 사랑했던 그녀도 떠났다. 아니, 떠나보냈는지 모른다. 빨간 스포츠카를 타고 다니던 그녀는 나와는 다른 부류에서 사는 사람이었다. 그때 완행버스에서 나는 철없던 시절의 화려한 수식어들을 몽땅 내던져 버렸다. 착한 여자 만나 아파트 전세라도 얻어 장가가야 혀, 라고 말하던 크루즈 선 사내의 간절함에는 작은 평화마저 깃들어 보였다. 그렇게 되면 꿈은 이루어진 것일까. 사내는 자신이 품고 있던 미래의 계획에 매우 흡족한 표정이었다. "사는 게 별 것 있겠어." 사내가 내지른 말이 내 뇌리에서 자꾸 맴돌았다. 사는 게 별 것 있겠어, 사는 게 별 것 아닌가? 나도 취업 준비 잘해서 명함 내밀 수 있는 회사에 들어가 몇 년 열심히 벌어 결혼하고, 집 장만하고…… 그렇게 살면 꿈을 이룬 것일까. 거기까지 생각이 미치자 갑자기 꿈이라는 단어가 어설프게 무색해졌다.

퇴근할 무렵 소장이 허둥대며 무전기를 귀에 대고 뛰었다. 경찰차가 온 것 같고 전에 왔던 형사도 눈에 띄었다. 제발! 나는 마음속으로 절규했다. 보름밖에 남지 않은 기간을 조용히 보내고 싶었다. 소장이 나를 빨리 오라고 손짓했다. 오후에 롤스로이스 승용차 나가는 것 봤냐고 물었다. 검은색의 차를 본 것 같은데 확실하게 기억나지 않는다고 얼버무렸다. 골드 비치의 자살이 늘어나자 경찰은 무더위

탓과 현대인의 우울증으로 잠정 결론을 지었다. 사건사고가 많은 때에 자살 사건에 매달릴 수만 없기도 했지만 심각하게 그 문제를 해결할 기미는 더욱 없어 보였다.

해변을 거닐다가 23층 여자가 앉던 자리에 앉아보았다. 여자가 마치 옆에 앉아 있는 것 같았다. 여자가 죽기 전 여자의 돌발행동을 감지하고 뛰어올라갔을 때 내 솔직한 심경은 여자가 차라리 뛰어내려 죽었으면 하는 바람이 더 컸었다. 사람을 골탕 먹이는 것도 아니고 일주일에 서너 번 여자와 맥 빠지는 실랑이에 나는 지쳐 있었다. 다행이라고 하면 너무 매정하다고 할지 모르지만 기어이 여자는 죽고 말았다. 다만 주상복합빌딩에서 떨어져 죽은 건 아니었다. 그날도 여자가 사는 23층의 창문이 열렸고 하얀 레이스 천 자락이 나울거렸다. 경비원들이 일제히 욕을 하며 뛰어올라갔을 때 우리를 맞이한 여자는 영원히 잠들어 있었다. 여자의 두 눈은 바다를 향해 치켜떠 있었다. 안락의자에 앉아 있는 여자의 얼굴은 그렇게 평온할 수가 없었다. 약물 과다 복용이었다. 바다가 아름다워 죽을 수도 있었다. 여자가 왜 그랬는지는 아무도 모를 일이었다. 여자가 멀리 보이는 수평선만큼 가물거렸다.

솔숲 나무 기둥에 추레한 노파가 퍼질러 앉아 있다. 소주 반 병과 일회용 컵 하나. 화들짝 이 노파의 마지막을 보고 있을지도 모른다는 생각이 들자 뚫어지게 소주병을 바라보고 있는 노파의 눈빛이 무섭기까지 했다. 검은 비닐봉지에 싼 수박을 꺼내 옆에서 게걸스럽게 먹어대는 노숙자도 두렵긴 마찬가지였다. 해변 도로가에는 오토바이 폭주족들이 귀에 쩡쩡 울리도록 랩 음악을 틀어 해변을 향해 질주했다. 저마다 낄낄대는 폼이 예사롭지 않아 나는 고개를 돌려버렸다.

골드 비치는 여전히 빛을 발한다. 대교 근처 보도블록에 처박힌 검정 롤스로이스가 눈에 띄었다. 낮에 미끄러지듯 빠져나간 차였다. 경찰차도 보이고 사람들 틈에 서 있는 관리소장의 얼굴도 보였다. 가볼까도 했지만 어차피 내일 알게 될 일이었다. 음주운전을 했거나 또 자살일 것이다. 바다도 사람도 골드 비치도 모두 더위를 먹은 것일까. 제정신을 갖고 산다는 것은 애당초 힘든 일인지도 모른다. 다음 주가 학기 등록 기간이다. 정부의 청년 지원 정책이 시행된다고 하지만 머지않아 또 다른 규제가 무한정 늘어날 것만 같다. 소장에게 어떻게 말을 꺼내야 하나. 급여를 받자마자 그만두면 싸가지 없는 자식이라 욕하겠지. 기승을 부리는 더위도 언젠가는 끝장날 것이다. 무더위가 끝나면 모든 것이 제자리로 돌아갈까. 소금기 머금은 바람이 볼을 핥고 훅 지나간다.

과녁

오른발을 반 폭 든 사내가 투수의 몸짓으로 비수를 내리꽂는다. 힘이 실린 비수는 나무판을 향해 날렵하게 날아갔다. 살진 몸에 비해 꽤 날렵했다. "틱" 잔뜩 힘을 실은 날은 바람을 타고 나무판 진공에서 숨이 멎었다. 다시 비수는 소리를 내지르며 일제히 판에 꽂혔다. 왼쪽 다리를 절뚝거리며 사내가 나무판을 향해 걸어간다. 구리철사에 휘감긴 칼자루가 광선에 번들거렸다. 단검의 크기는 손바닥 크기로 바지 주머니에 쏙 들어갈 정도였다. 꽂힌 칼들을 하나씩 뽑아낼 때 사내의 옆모습이 서늘하게 느껴졌다. 칼들이 박혀 있을 때는 몰랐는데 멀리서 나무판의 파진 홈들이 일정한 모양을 이루었다. 테두리가 옻칠한 듯 자연스럽게 음영을 이룬 탓이었다. 그것은 희미하게나마 사람의 얼굴 같았다. 민의 촉이 파르르 섰다. 34시간 동안 잠복근무로 지쳤지만 그의 촉은 여전히 살아 있었다. 사내의 얼굴은 온통 일그러져 판에 온갖 감정을 쏟아낼 참이었다. 단순히 연습 삼아 던지는 비수가 아니었다. 그렇다고 고난도의 특전사 무술을 익히는 것도 아닌, 형사의 오랜 직감으로 느낄 수 있는, 그런 감이었다.

"예? 철수하라고요? 이미 빠져나갔어요?"

"에이 씨, 제기랄!"

민은 핸드폰을 운전석 의자에 내동댕이쳤다. 쌓였던 피로가 득달같이 몰려왔다. 임대 아파트가 밀집된 주차장에서 잠복 34시간만에 반장은 철수를 명했다. 어찌 된 게 자꾸 일이 풀리지 않고 꼬여만 갔다. 빠져나갔다는 말에 위에서 쓴 물이 역류했다. 신참은 코까지 골며 아예 의자 뒤로 고개를 젖혀 자고 있었다.

"어이, 병아리, 빨리 일어나!"

세상모르고 자는 신참내기를 보자 민은 짜증이 치밀어 올랐다. 귀찮은 혹을 언제까지 달고 다녀야 하는지, 반장이 기껏 생각해준 게 햇병아리 신참이었다. 세워둔 차를 슬그머니 빼내면서 민은 비수를 던지던 사내의 모습이 좀체 사라지지 않았다. 모르긴 몰라도 머지않아 이곳을 다시 올 것만 같아 뒤통수가 당겼다.

"아무리 인력이 딸린다 해도 그렇지 지구대에서 몇 달 놀다 온 놈을 붙이다뇨? 잘 뛰는 놈 붙여달라 했더니…… 웬걸, 하루 이틀도 아니고, 당장 때려치우든지 말든지 해야지, 이건 원…….”

신참 교육을 민에게 붙인 반장이 못마땅했지만 미제 살인사건으로 골머리를 앓고 있는 반장을 건드려 좋을 건 없었다. 애꿎은 책상에다 서류뭉치를 냅다 쳤지만 거기까지였다. 민이 꼬리를 내리는 찰나에 날카로운 눈매의 반장이 버럭 소리를 내질렀다.

“야! 너, 입 닥쳐. 아무 말 마!”

자신을 향해 삿대질하는 반장이 다음에 내뱉을 말을 짐작한 민은 자리를 떨치고 나왔다. 몇 달 전 마포의 묻지 마 사건의 범인을 아직도 못 잡은 상태였다. 수사는 답보상태였고 결국 미제 사건으로 처리될 판국에 놓였다. 이번 달만 해도 세 건이 오리무중으로 검거해서 조서를 꾸민 사건은 폭행 사건 한 건이었다. 반장은 유독 강력 1반을 추켜세웠다. 강력 1반 반장은 밥 안 먹어도 배부르다는 논리였다. 부하 직원 잘둬 승진가도를 달리고 있다나 뭐라나. 틀림없이 강력 1반에 반장 아킬레스가 있는 거라고 신참이 떠들어댔다. 민의 책상에는 몇 달 동안 범인 검거를 위해 수집한 증거 수집 자료들이 들쑥날쑥 쌓여 있었다. 미제 사건 뭉치 서류가 민의 신경을 긁을 대로 긁어놓았다. 마치 치질 환자가 변을 제대로 보지 못한 것처럼 찜찜하고 불쾌했다.

“이름? 주민번호? 주소? 뭐라고요? 신월동? 이봐요, 정확하게 말하세요! 아니, 술 취한 채로 남의 집은 왜 들어갔어요?”

옆 파티션에 주택으로 침입한 주정뱅이를 붙들고 조 형사가 씨름했다. 입으로 한숨을 내쉬며 민은 주머니에서 사우나 티켓 두 장을 꺼내어 신입을 향해 손짓했다.

곱창으로 떠들썩한 골목길이었다. 식당마다 사람들로 웅성거렸다. 청춘 남녀들이 재잘대며 소주로 수작했다. 복은 자신도 한때 저런 때가 있었나 싶었다. 앳된 여자가 소주병을 치켜들어 "위하여"를 외쳤다. 여자의 얼굴이 누군가와 겹쳐 보였다. 그 여자도 소주병을 찰랑찰랑 흔들며 "지화자"라고 소리를 질렀었다. 하지만 오늘은 도통 사람 만날 기분이 아니었다 그러나 복은 뿌리치지 못했다. 고향 형님이었다. 일찍 부모님 돌아가시고 몇 안 되는 친척 중의 한 사람이었다.

"수권아, 내 몇 년간 널 봐왔지만 참 답답하다. 아니, 몸이 그나마 움직일 때 일을 해서 벌어야지. 기초수급자, 그 몇 십만 원에 목매고 있어. 지나간 일은 다 잊어야 한다."

형님이 만나자고 연락이 왔을 때만 해도 그는 조금은 기대감이 생겨 나간 거였다. 이런 염장 지를 소리나 듣고자 나간 건 아니었다. 지금 자신에게 조언이다 뭐다 잰 척하는 고향 형님을 향해 그는 묵묵히 술만 자꾸 들이켰다. 형님이 그의 망가진 몸 상태를, 그가 지금 무엇을 실행하려는지 제대로 알 턱이 없었다. 얼마 전 배수관 공사판에서 무리하게 일한 탓에 오른팔의 통증은 점점 심해졌다. 만성 두통에다 요즘 들어 허리까지 묵직하게 뻐근거렸다. 7년 전 뇌졸중의 후유증은 여러 합병증을 유발했다. 일자리를 알아보겠다고 말하자 형님은 자신의 조언을 받아들였다고 생각했는지 아주 흡족한 표정을 지었다.

새벽부터 내린 비가 그칠 줄 모르고 내렸다. 종일 누워 있었는데도 복의 몸은 천근만근 무겁고 허리는 통증으로 마구 쑤셨다. 찬 공기의 무게가 고스란히 느껴져 몸이 마냥 처졌다. 의식과 두 눈만 멀쩡할 뿐 몸은 꼼짝할 수가 없었다. 복을 기다리고 있는 것은 오직 죽음뿐이었다. 이렇게 속절없이 죽어가는 거였다. 죽음을 생각하자 허탈한 웃음이 지어졌다. 답답함이 몰려왔다. 복은 일순간 방이 목관처럼 여겨졌다. 눈을 카메라로 생각하고 줌을 조절해 좁혀보았다. 복이 누워 있는 방은 관보다 조금 넓을 뿐 별다를 게 없었다. 집안에 어떤 생물의 흔적도 없었다. 생물이 있다면 복이었다. 이대로 의식과 숨이 정지되었으면 하고 오래전부터 생각했지만 어김없이 눈은 떠졌고 의식은 살아 꿈틀거렸다. 진짜 감행해야 할 일을 하지 못했기에 신이 여분의 시간을 남겨주었는지도 몰랐다. 신을 믿지 않았지만 신이 있다면 자신이 이번에 하고자 하는 일은 눈감아 주는 게 마땅하다고 여겨졌다. 두 눈을 감기 전 복은 반드시 실행해야 할 일이 있었기에 망가진 몸이라도 추슬러 일어나야만 했다. 자신에게 이 일마저 없었다면 그는 진즉 산 사람이 아니었다. 이제 마음을 가다듬는 일만 남았다. 서두를 필요가 전혀 없었다. 아직 이틀의 여유가 있었다. 그는 주변을 하나씩 정리했다. 이틀 후면 이 모든 지상의 흔적들과 끝이었다. 공과금과 관리실의 관리비까지 말끔하게 계산을 해두었다. 남은 돈은 혹여 모를 장례비용으로 부탁해놓았다. 남에게 조금의 폐도 끼치기 싫어하는 그였다.

방문을 열자 부엌을 향해 즐비한 빈 소주병에서 익숙한 알코올 냄새가 물씬 풍겨왔다. 일주일 동안 마신 소주병이었다. 하루에 네다섯 병씩 마시지 않고는 견딜 수가 없는 복이었다. 복은 술에서 깬 상태가 가장 두려웠다. 잠재된 기억들이 한꺼번에 들이닥쳐 생채기를 내었을 뿐 아니라 생채기가 난 자리는 감당이 안 될 만큼 쓰라렸다. 망각으로 이끄는 술이 있어 복은 얼마나 다행스럽게 생각했는지 모른다. 술을 마시면 거의 다 잊을 수 있었다. 술과 더불어 그는 매일 한 주먹 분량의 약을 먹었다. 색색의 알약은 복이 뇌졸중으로 쓰러진 후 늘 함께 했다. 여자를 처음 만났을 때만 해도 복은 술에 약했다. 소주 한 잔 정도에 얼굴이 벌겋게 달아오를 정도였다. 그런 그를 술 못한다고 여자가 자주 놀려댔다.

휴대전화가 거듭 울렸다. 딱히 이 시간에 전화 올 때는 없었다. 얼굴을 씻던 복은 젖은 손으로 휴대전화의 폴더를 황급히 열었다. 갑자기 소리가 뚝 그쳤다. 머쓱해진 그가 거울에 비친 자신의 얼굴을 찬찬히 살피기 시작했다. 10년 전의 자신만만했던 그는 온데간데없고 늙고 추레한 50대 중반의 사내가 눈을 껌벅이며 서 있었다. 자신의 얼굴을 살펴보던 그의 표정이 험악하게 굳어질 때쯤 휴대전화가 다시 진저리쳤다. 사회복지담당자의 따지는 투의 전화 목소리가 들려왔다.

"두 달 하청 기관에서 일하셨네요. 두 달 일할 정도면 몸이 괜찮다는 말 아닌가요?"

"팔과 허리가 아파도 생활비가 없어 겨우 일한 겁니다. 저번에 와서 확인하셨잖아요. 제가 4급 장애인 건 아시죠?"

"물론 복수권 씨 몸 불편한 것 압니다. 하지만 일한 급여가 이렇게 뜨면 우리도 곤란해져요. 기초수급 혜택을 기다리는 대기 신청자가 얼마나 많은 줄 아십니까? 다음에 또 이러시면 수급대상자에서 제외됩니다. 이번 달부터 일하신 만큼 몇 달 차감된 금액이 통장에 들어갈 겁니다."

등에 땀이 차오르고 이마에 진땀이 났다. 통장이라는 말에 4억이라는 숫자가 바코드처럼 머리를 콕콕 찔러댔다. 산업공단에서 18년을 아끼며 번 돈이었다. 며칠 뒤면 다 끝나는데 왜 이 담당자에게 통화 내내 굽실거렸을까 싶어 화딱지가 났다. 기초수급을 정지하든 말든 이제 상관없는 일이었다. 4대 보험 들어가는 사업장은 이렇게 골

칫거리였다. 대구에 사는 사촌 누님에게 신세 진 것을 어느 정도 갚
으려고 공사장에서 일한 게 탈이 났다. 몇 년을 술로 보낸 결과 몸은
만신창이 되었다. 국가에서 주는 45만 원의 기초 생활자금이 유일
한 대책이었다. 하지만 이 모든 것도 얼마 남지 않았다고 그는 입속
말로 옹알거렸다. 젊은 양반이 뭐라도 먹고 힘을 내야 한다면서 203
호 할머니가 갖다 준 국을 라면 포트에 데우며 그는 이틀 뒤에 있을
장소의 동선을 머릿속에 하나씩 그려갔다. 빨강 볼펜으로 달력에 몇
번 동그라미 친 숫자와 요일을 눈알을 굴리며 보고 또 보았다. 여자
가 이토록 가까운 곳에 살고 있으리라고는 꿈엔들 몰랐다. 복은 몇
달 전 국가에서 기초수급자에게 임대한 임대 아파트로 이사를 왔다.

   호텔 사우나에 손님은 많지 않았다. 신입은 사우나 티켓을 내민
선배를 감동한 눈으로 쳐다보았다. 2주 동안 자신을 알게 모르게 멍
청이 취급하던 선배의 호의였다. 이 호텔 사우나 물은 알칼리 온천
수인 데다 시설이 좋아 소문이 자자하다고 신입이 너스레를 떨었다.
목욕물이 다 거기서 거기지, 라고 말했지만 신입이 떠든 대로 수질
이 좋아서 그런지 피부가 한층 더 부드럽게 느껴졌다. 수증기를 내
뿜는 증기탕에서 사람들의 얼굴 형체는 알아보기 힘들었고, 말소리
만 조곤조곤 들렸다. 민의 귓가에 어디서 들어본 목소리가 들리는
것 같았다. 상대의 등에는 뱀이 등을 타고 어깨 너머로 넘어가는 문

신이, 다른 사람의 등에도 커다란 잉어가 입을 반쯤 벌리고 있었다. 일순간 직업상 직감이 발동했지만 민은 억지로 눈을 감았다.

드라이기로 머리를 말리고 있는데 맞은편에서 어디서 본 듯한 기시감이 느껴졌다. 어럽쇼! 민이 얼마 전 잡아넣은 도박범들이었다. 어떻게 된 거야? 저것들이…… 어째 멀쩡하게 이 시간에 사우나를 하고 있지? 구정물을 뒤집어쓴 듯 불쾌감이 확 끼쳤다. 둘도 민을 금세 알아봤는지 민을 향해 어슬렁어슬렁 걸어왔다.

"어디서 본 형님들인가 했더니 어, 이게 누구십니까? 마포 강력계 민 형사님, 아니십니까? 요즈음 일거리가 없나 봅니다. 사우나를 다 오시고…… 범인 잡으러 안 갑니까? 살다 보니 이런 일도 다 있네요."

"이 새끼들, 콩밥 먹고 있어야 할 놈들이 여기는 왜 왔어?"

"아니, 콩밥이라뇨? 우린 그런 것 잘 취급 안 하는데……."

한 놈이 머리를 쓸어 올리며 거드름을 피웠다. 반장이 고과에 아무 도움도 안 되는 사건만 맡긴 지 벌써 두 달째였다. 민은 자신이 반장이었다 해도 직속상관 무시하는 부하가 못마땅할 거라는 걸 알았지만 상습 도박단 검거는 반장 시킨 대로 한 거였다. 경기도 산 속에서 몇 달을 잠복근무해 도박단을 검거했었다. 험한 산에서 눈과 비를 만나는 건 다반사였다. 추위와 배고픔, 마지막 선물은 아내의 이혼선언이었다. 승진이다 뭐다 욕심내지 않고 온몸으로 뛴 결과치곤 참으로 혹독했다. 우라질, 근데 이 두 놈이 버젓이 호텔 사우나를 드나들고 있으니! 민은 피가 거꾸로 도는 것 같았다. 주부들 상대로 등쳐먹고 사는 놈들이었다. 이 새끼들 잡는다고 6개월을 수사 자료 모으고 쫓아다녔지 않았나, 깊은 산마다 천막을 치고 수억의 도박판을 벌이던 놈들이었다. 비아냥거리는 상통을 깨부수고 싶었지만 폭력배의 든든한 뒷배가 있는 저놈들을 건드려 봐야 돌아오는 것은 무지막지한 식칼이었다.

"아 그래, 변호사에 돈 좀 박았나 보네. 참말로 니들 솜씨 좋다. 몇 달 푹 쉬고 있어라. 다음에 또 우리 안 만나겠나."

민은 저들에게 결코 밀릴 수 없다는 듯 호언장담을 했다. 떨떠름한 표정을 짓는 둘에게 손으로 살짝 등을 토닥이며 민은 나왔다. 이해가 가지 않는다고 신참은 머리를 연신 갸우뚱했지만 신참이 도박단 검거 과정을 재차 물었다면 아마 신참을 신나게 두들겨 팼을지도 몰랐다.

좁은 골목을 벗어나자 후미진 공터가 들어왔다. 낮에 봐둔 공터였다. 공터는 말라버린 잡초들이 담장 높이만큼 자라서 얼핏 보면 작은 덤불 집 같았다. 공터 옆 담벼락에 다다르자 가슴이 조금씩 뛰기 시작하며 이마에 땀이 맺혔다. 안정제를 먹었는데도 가슴 뜀은 멈추지 않았다. 손바닥에 땀이 차올랐다. 밤인데도 여자의 집이 한눈에 들어왔다. 칠이 벗겨진 콘크리트 주택은 재개발해야 할 정도로 낡아 있었다. 주택 아래로 가로등이 있었지만 불빛이 희미했다. 때맞춰 달도 구름 속으로 종적을 감추고 쉬 고개를 내밀 것 같지 않았다. 공터에 자란 잡초 덤불은 몸을 숨기기에 적합했다. 일을 진행하기가 한결 수월해질 터였다. 집 뒤에는 울타리의 담이 반 정도 허물어져 있어 복은 쉽게 집 안으로 들어갈 수 있음에 안도했다. 업체의 정보에 의하면 여자의 남편이 집을 나가는 시간은 오후 11시 30분경이라고 했다. 여자의 남편은 야간 경비 일을 하고 아침 9시 퇴근이었다. 정보가 정확하다면 오늘 이 집에는 여자 혼자만 있는 거였다. 그는 인터넷 흥신소를 잘 선정했다는 생각이 들었다. 몇몇 흥신소 업체에 그동안 뿌린 돈을 생각하자 부아가 치밀었다. 복은 침을 잡초 위에 탁 뱉으며 욕지거리를 내뱉었다.

정확하게 11시 30분이 되자 야구 모자를 쓴 남자가 철제문을 열고 나와 반대편 골목으로 들어섰다. 여자의 남편이었다. 여자에게 말로만 들었지 한 번도 본 적이 없는 남자였다. 남자는 꽤 나이 들어 보였다. 쳐죽일 년. 이혼했다고 버젓이 거짓말한 걸 생각하면 이가 부드득 갈렸다. 진즉 끝장내었어야 했다. 그날 여자가 그렇게 도망갔을 때 어떻게든 따라잡아 죽였어야 했는데 복은 그렇게 하지 못한 것을 한탄했다. 지루하게 하루하루를 여자의 이름을 곱씹으며 붙들고 있었던 애증을 생각하자 자신이 너무 한심스럽고 못나게 여겨

졌다. 복은 지난 순간 그가 죽지 못한 변명을 애써 지금 하고 있는지
도 몰랐다. 칼은 그녀를 향하고 있는 게 아니라 끊임없이 그를 향하
고 있었다.

　돌이켜 보면 사람이 태어나서 겪는 일 중에 사소한 우연은 없는
것이었다. 저년을 죽이려고 이 칼이 그 먼 곳에서 자신한테 왔다고
복은 여겨졌다. 비록 그것이 하찮은 물건일지라도 말이다. 그 칼은
복과 여자의 숙명이었다. 여자랑 태국 여행 갔을 때 세공품 점에서
산 거였다. 칼은 정교하고 날카로웠다. 여자들이 호신용으로 들고
다니기에 제격이었다. 늦게까지 주점에서 일하는 여자에게 꼭 필요
하겠다는 생각이 그 가게를 지날 때 발길을 멈추게 했다. 복은 이후
이 칼을 본떠 다섯 개를 더 만들었다. 시골 오일 장터의 솜씨 좋은
대장장이는 감쪽같이 찍어낸 듯 칼을 만들어주었다. 자루 세공하는
데 비용이 많이 든다고 해서 복은 자루에 구리철사를 감았다. 구리
의 무게가 보태진 칼은 무게만큼 적중률도 높았다. 복은 여자가 창
문을 잠그지 않을 거라고 확신했다. 여자는 평소에도 문 잠그는 걸
싫어했다. 창문을 거의 잠그지 않는 게 여자의 습관이었다. 창문을
잠그면 가슴이 답답하다고 늘 열어두곤 했다. 훔쳐 갈 게 있으면 훔
쳐 가라지였다. 집 안으로 들어가기만 하면 다 끝나는 일이었다. 그
가 문밖으로 나올 일은 없었다. 단칼에 끝내면 되는 거였다. 복은 발
걸음에 힘을 빼고 집 뒷담이 무너진 곳으로 몸을 숙였다. 어디서 모

를 치자향이 은은하게 풍겨왔다. 여자의 가슴을 파고들면 알싸한 누룩 냄새가 퍼져 복을 휘감았다. 탄탄하고 매끈한 몸매였다. 순한 막걸리가 목을 타고 내려갈 때의 느낌도 들었다. 주점을 하는 여자에게 자연스럽게 밴 냄새였다.

"좋은 냄새가 나."

"종일 술 팔았는데, 술 찌꺼기 냄새가 좋다고?"

"너한테 배인 건 다 좋아."

여자의 귓불을 혓바닥으로 쓸어올리며 복은 말하곤 했다. 집 안에는 어떤 소리도 들리지 않았다. 복은 정적의 끝이 견디기 힘들었다. 여자가 없을지도 모른다는 불안감이 휙 밀려왔다. 흥신소는 잘못된 정보면 착수금을 돌려주겠다고 장담했었다. 복은 왠지 그 자신만만한 말에 신뢰가 갔다. 복의 조심스러운 발걸음이 생과 사의 경계를 넘어갔다. 사위의 어두움과 달리 복의 심장은 안정제를 먹었는데도 드세게 뜀박질했다. 복이 베란다 큰 창문을 열자 예상한 대로 문이 스르르 열렸다. 여자가 문을 잠그지 않은 걸 파악한 복은 마음이 놓였다. 퀴퀴한 냄새가 코끝을 스쳤다. 손전등 빛이 거실 중앙을 좌우로 밝혔다. 몇 발자국 발을 뗀 복은 물컹한 물체에 부딪혀 손전등을 떨어트려버렸다. 손전등 굴러가는 소리가 유난히 크게 들렸다. 다 틀려버렸다는 낭패감에 정신이 아찔해졌다. 손전등을 찾아 집어 든 순간 거실에 불이 환하게 켜졌다. 복은 혼미한 상황에 얼이 빠져버렸다. 복을 향해 여자가 배시시 웃으며 서 있었다. 문제가 있다면 복이 자신의 앞에 놓인 이 황당함에 대처할 준비를 하지 않은 게 문제였다. 여자의 눈빛은 그를 처음 안았을 때의 눈빛처럼 사랑스럽고 따뜻한 눈빛이었다. 하지만 여자의 얼굴은 옛날의 얼굴이 아니었다. 폭삭 늙은 얼굴이었다. 복은 털썩 주저앉고 말았다. 주저앉은 그의 허벅지로 날카로운 칼끝의 감촉이 느껴졌다. 빨리 끝내야 하는데 손이 주머니로 들어가지 않았다. 오른쪽 주머니에 칼끝이 재차 허벅지를 눌렀다. 여자가 찰싹 달라붙더니 예전처럼 애교를 떨기 시작했다.

"수권 씨, 왜 이렇게 늦게 퇴근했어? 오늘 손님이 많아 매상이 올랐잖아? 자기 주려고 뽈찜해 놓았다 말이야."

여자가 엉겨 붙으며 침을 한쪽으로 질질 흘렸다. 심지어 두 팔을 뻗어 수권의 목까지 휘감았다. 복은 여자가 정상이 아니란 걸 단박에 알아챘다. 복이 여자를 힘껏 밀치자 여자는 이해할 수 없다는 듯 치마 속 팬티를 난데없이 벗으면서 그의 품으로 달려들었다. 이 꼴을 보려고 7년을 벼렸단 말인가 싶어 복은 기가 찰 노릇이었다. 여자의 목을 수백 번도 더 조르고 여자의 배와 가슴을 수천 번도 더 찌르는 연습 끝의 실행이었다. 오늘 같은 날을 손꼽아 기다리며 필사의 의지로 칼을 갈듯이 마음의 분노를 삭여왔었다. 한껏 힘주어 쥔 그의 오른손이 부르르 떨렸다. 그는 그 떨림조차 허용하고 싶지가 않앉지만 몸이 말을 듣지 않았다. 가슴속에서 세차게 파동대는 뜀박질이 피부 바깥으로 드러난 것 같아 어쩔 줄 몰랐다. 단번에 심장 깊숙이 찔러버리면 끝날 일이었다. 이 장면을 얼마나 그려왔는가. 그의 의식 속에서 그녀는 수도 없이 죽었다가 고스란히 살아났다. 신기할 노릇이었다. 낮이면 죽었다가 밤이 되면 기억 열차를 타고 몇 꾸러미씩 풀어놓고 떠나갔다. 여자가 풀어놓고 간 한 꾸러미의 양은 어마어마하게 많고 집요할 만큼 생생했다. 그런 밤이면 그는 상처에 짓눌리고 쓰라렸다. 소주병을 몇 번 까도 그 쓰라림은 여전히 쓰라렸다. 그런데 저 여자는 7년의 지난날을 말갛게 잊고 있었다. 오직 복을 처음 만났을 때의 기억만 오롯이 남아 해맑게 웃고 있다니, 그는 주머니 속의 칼을 거실 맞은편 나무 액자를 향해 냅다 집어던졌다. 복수고 나발이고, 다 부질없는 짓이었다.

칼은 거실 맞은편 검정 소파 밑 깊숙이 가로로 놓여 있었다. 어쩌다 떨어트린 것처럼 보였다. 칼에는 여자의 지문이 묻어 있었다. 형광 불빛에 번쩍이는 칼날은 칼날보다 칼자루가 더 번뜩였다. 붉은 구릿빛 철사로 정교하게 감겨 있었다. 단검이었다. 칼끝은 오랫동안 쓴 흔적이 있었고 날카로웠다. 여자의 아랫도리는 벗겨져 있었고 저항한 흔적은 없었지만 공교롭게도 사인은 뇌출혈로 인한 뇌진탕이었다. 국과수 정액검사 결과 아무 반응도 나오지 않았다. 성폭행이라면 시도조차 못한 것이었다. 단검의 모양도 특이했다. 전문 킬러들이 쓰는 칼은 아니었다. 손바닥만큼 길이도 짧았지만 사람을 죽이는 데는 문제가 없었다. 물적 단서가 되는 건 단검이었다. 원한 관계일 수도 있었다. 여자의 지문이 묻어 있어 여자의 남편에게 물어봤지만 영문을 모르겠다는 표정을 지으며 처음 보는 칼이라고 했다. 자기 아내한테 칼은 결코 없었다는 거였다. 그렇다면 범인의 칼이 틀림없었다. 여자가 용맹스럽게 칼을 뺏고 범인과 겨루다 뇌진탕으로 쓰러졌다고 봐야 했다. 하지만 여자의 입고 있는 옷이나 몸에는 어떤 몸부림의 흔적도 없었다. 범인이 집안에 들어온 표시도 전혀 없었다. 방마다 문은 잠겨 있었고 범인의 발자국이나 흔적은 눈 씻고 봐도 없었다. 게다가 여자는 경미하나 치매 환자였다.

단검이 문제였다. 단검만 없었다면 뇌진탕으로 인한 단순 사고사였다. 피해자의 가족들은 여자가 당뇨에다 고혈압, 여러 지병을 앓았다고 했다. 찜찜한 것은 여자가 팬티를 벗고 있었다는 거였지만 치매 증세가 있었다고 하니 그것도 별 증거는 되지 않았다. 범인이 집 안으로 들어온 어떠한 단서도 없는 게 문제라면 문제였다. 만약 살인사건이었다면 흔적이 남아 있어야 했다. 흔적을 꼬집자면 굳이 단검이었다. 가족들은 왜 그 단검이 거기 있었는지 의아해했다. 그렇다면 여자가 범인에게 문을 열어준 것이 분명했다. 여자의 자세는 벌러덩 드러누운 자세였다. 뚱뚱한 몸매였으니 바닥에 떨어지면서 뇌진탕을 일으킨 게 틀림없었다. 근데 여자의 표정이 너무도 편안해 보였다. 여자는 잠자는 듯 미소를 짓고 있는 것 같았다.

"뇌출혈로 인한 사고니 단순 사고로 처리해도 되지 않을까요? 소파 밑에서 칼이 나왔다고 강도 침입으로 보기는 어려울 것 같은데…… 게다가 제가 남편한테 물어 철저히 조사해봤지만 없어진 물건도 없다고 해요. 원한관계도 아니고, 이건 단순 사고사 맞아요."

신입 강이 가볍게 주절거렸다. 민은 입빠른 그의 입을 가볍게 수첩으로 치며 거실 벽면을 가리켰다. 신입의 눈이 그의 손가락을 따라갔다. 성경 구절이 적혀 있는 유리 없는 나무액자가 벽에 걸려 있었다. 액자에는 칼이 꽂힌 자국과 칼을 빼낸 흔적이 보였다. 지문의 출처를 봐서는 여자가 빼낸 게 틀림없었다. 여자는 이 액자에 박힌 칼을 빼내려다 칼과 함께 떨어졌고, 떨어지다 칼은 소파 밑으로, 여자는 뇌진탕으로 즉사한 것이었다.

"뭐, 어찌 됐든 사고사는 맞잖아요?"

현장검증을 끝내고 민은 그 단검을 증거물로 가져왔다. 단검의 지문 사진을 찍은 민은 책상에서 그 칼을 빙글빙글 돌리다 선뜻 머리를 스치는 뭔가에 벌떡 자리에서 일어섰다. 몇 달 전 임대 아파트 공원에서 사내의 단검이 느닷없이 떠올랐다. 몇 미터 떨어져 있어서 꼭 그 단검과 일치한다는 걸 증명할 수는 없었지만 민의 촉은 자꾸 그 사내에게 심증이 꽂혔다. 의외로 비슷한 단검은 많을 수도 있었다. 피해자의 남편은 이 칼을 본 적이 한 번도 없었다고 했다. 소파 아래에 칼이 있을 이유도 없었고, 아내의 지문이 그 칼에 묻어 있었다는 것은 더 납득이 되지 않는다는 눈치였다.

비수를 던지던 판은 나무에 뎅그렁하게 그대로 걸려 있었다. 민은 주위를 휘둘러보았다. 땅거미가 지기 시작한 오후의 아파트 공원은 사람이 거의 없었다. 민은 단검을 꺼내 남자가 서서 던지던 위치에서 던져보았다. 칼은 나무판에 떨어지지 않고 허공을 가로지르다 땅바닥으로 굴러 떨어졌다. 판을 벗어난 칼은 흙바닥에 처박혀 꼴이 말이 아니었다. 이제 칼 던지는 실력마저 낙제점이야! 민은 혼잣말로 읊조렸다. 머리 회전도 점점 느려가고 몸도 예전 같지가 않았다. 퇴물이 돼가고 있는 민을 아내는 어떻게 그렇게 잘 알고 도장을 찍었는지, 무거운 몸을 일으키는데 탄식이 절로 나왔다. 삼세번이다. 민은 스스로 억지다짐을 했다. 흙 묻은 단검을 손으로 털어서 다시 신중하게 던졌지만 또다시 나무판을 살짝 비켜나갔다. 민은 조급증이 일었다. 왠지 앞으로도 줄곧 수틀린 앞날의 예고편을 보는 것 같았다. 심호흡을 가다듬고 투수가 공을 던지듯 천천히 몸을 비틀었다. 나무판 모서리에 칼이 퍽 꽂혔다. 꽂힌 칼의 끝과 자국을 살피던 민의 눈동자에 힘이 실렸다.

피해자 측이 국과수에 부검을 원하지도 않았고 뻔한 사건을 조서를 꾸밀 필요도 없었지만 민은 범인의 흔적이 말끔하게 없어진 궁금증이 일었다. 반장은 시답잖은 사건에 소일 말고 미제 사건들 방치할 거냐며 다시 점검하라고 지시했다. 민은 촉이 아직 살아있음을 증명하고 싶었다. 여자의 가족은 단순 사고사로 처리해달라고 했다. 지병과 치매를 앓던 상태였으니 어디서 칼을 주워온 게 틀림없다고 했다. 여자의 남편은 아내가 칼을 몰래 숨겨두곤 혼자 칼을 던져 빼내려다 떨어진 거라고 천연덕스럽게 말했다. 가족들이 이렇게 쉽게 알리바이를 맞추는 것에 민은 더 씁쓸해졌다. 마치 여자가 빨리 죽기를 바란 투였다. 범인이 들어온 흔적이 없으니 어찌 보면 일리가 있는 말이었다.

민은 머리에 심한 두통을 느끼며 깼다. 숙직실이었다. 오전 10시. 늦게까지 마신 술에 지각이었다. 집이라고 들어가 봐야 반겨줄 사람 없는 빈집이다 보니 언제부터 민은 빈집 냄새를 꺼리게 되었다. 범인을 추적할 때 어디선가 숨어서 튀어나올 순간을 기다릴 때보다 더 지독한 냄새가 빈집 냄새였다. 반장은 성질이 날 대로 나 입에서 고래고래 고함을 내질렀다

"이 새끼들아, 이번 달만 해도 미제 사건이 세 건이다! 도대체 대한민국 형사라고 하는 놈들이 이걸 실적이라고 내밀어?"

회의실로 들어가는 복도에서 반장의 굴곡진 목소리가 쩌렁쩌렁

울러 왔다. 민은 회의실 문도 열지 못하고 뒤돌아서야 했다. 하찮은 사건이든 큰 사건이든 뭔가 하나는 분명하게 끝장을 내고 싶었다. 민은 휴대전화로 신참을 불러냈다. 민이 탄 경찰차가 임대 아파트로 향했다.

딩동. 딩동.

문은 쉽게 열리지 않았다. 혹여 어디로 튀지 않았나 하는 의심도 들었지만 민은 신참에게 문을 계속 두들겨 보라고 눈짓했다. 204호의 현관문이 천천히 열렸다. 사내는 자다가 문을 열어준 것 같았다.

"마포 경찰서 강력계에서 나왔습니다."

사내가 놀란 표정을 지었다.

"복수권 씨 맞습니까? 김경자 씨 일로 몇 가지 확인하고자 합니다."

경찰서로 연행해야 했지만 민은 애당초 복을 수배 대상에 올리지도 않았다. 복은 쥐새끼 한 마리도 못 죽일 위인이라는 걸 민은 비수를 내던질 때 단박에 알아챘었다. 도무지 알지 못할 게 인간이라지만, 인간이 악하다 해도 천성적으로 그렇지 못한 위인이 더러 있는데 복이 딱 그런 부류였다. 민의 오랜 형사 생활에서 체득한 직감이었다.

"복수권 씨, 김경자 씨 아시죠? 어떻게 아시죠?"

복의 입언저리가 파르르 떨었다. 그는 결심한 듯이 입술에 침을 바르며 민에게 되물었다.

"알긴 알지만 무슨 일입니까?"

"제가 먼저 물었습니다. 묻는 말에 대답부터 하시죠? 어떻게 아십니까?"

"저랑 2년 동거한 여자입니다."

"그때가 언제였죠?"

"2010년부터였죠. 헤어진 지는 7년 2개월쯤 되었네요."

"근데 왜 헤어졌죠?"

민의 왜 헤어졌느냐는 물음에 복은 억울한 듯이 볼멘 목소리가 되었다.

"헤어진 게 아니라 그 여자가 제 돈을 가지고 도망간 겁니다. 시장에서 주점하던 여자였어요. 아이 둘을 데리고 무척 살려고 노력하더라고요. 남편과 이혼했다고 해서 그런 줄만 알았죠. 2년간 살 섞고 살 동안 양다리를 걸치고 있을 거라고는 전혀 눈치를 채지 못했으니까요."

복은 간간이 한숨을 내쉬었다. 민은 복에게 담배 피우느냐고 물으며 담배 한 개비를 건넸다. 민이 내민 라이터에 그가 불을 붙이고 길게 담배연기를 내뿜었다. 가파른 연기가 복의 얼굴 위로 피어오르다 공중을 흐느적거리며 이내 사라졌다. 말은 않고 담배를 뻑뻑 몇 번

빨던 복의 손가락으로 허연 담뱃재가 소리 없이 떨어졌다. 왼쪽 다리는 아까부터 미세하게 떠는 것 같았다.

"처음에는 아이들이 보였는데 저와 사이가 가까워지면서부터 아이들이 보이지 않더군요. 이혼한 남편한테 보냈다고 해서 그랬나 보다 했죠. 부동산을 잘 아는 친척이 있다고 해서 돈을 맡겼습니다. 지금 생각하면 저같은 멍청이가 없었던 것 같아요. 18년을 제대로 쓰지 않고 모은 돈을 덥석 여자한테 안겨주었으니까요. 여자한테 사내란 걸 과시하고 싶은 마음에 통장을 맡겼는지도 몰라요. 땅을 사서 아담하게 전원주택을 지어 여자랑 사는 게 제 꿈이었으니까요. 어느 날 고향 형님이 여자 안부를 물어서 잘 지낸다고 했더니 말끝을 살짝 흐리더라고요. 여자가 주점에서 어떤 남자랑 심하게 다투더라고 해서 손님이었겠지, 하고 대수롭지 않게 넘겨버렸죠 ……. 이제 와서 이런 얘기가 다 무슨 소용이 있겠습니까."

말을 맺는 그의 입술로 삶의 회한이 묻어 나왔다.

"그때 여자를 바로 잡지 않고 왜 7년을 기다렸습니까?"

"안 좋은 일은 한꺼번에 생긴다고 회사 보급 창고에서 자재를 꺼내다 뇌졸중이 왔어요. 두 달 만에 깨어났죠. 지금은 다리를 약간 절고 발음만 좀 정확하지 않지만 그때는 꼼짝없이 전신마비인 줄 알았어요."

"그때 김경자 씨는 몰랐습니까?"

"아뇨. 제가 병원에 누워 있는 사이에 돈 갖고 달아난 거죠. 사람을 시켜 수소문해보니 찾을 길이 없다 하더군요."

복이 7년을 버틴 이유는 오로지 그녀를 죽이고 말 것이라는 일념으로 버틸 수 있었다고 한다. 여자는 거실에서 넘어진 자세였고 사인은 뇌진탕이었다. 복은 여자가 죽은 줄을 전혀 모르고 있었다. 치매에 걸린 여자를 보자마자 복은 칼을 집어던지고 집 밖으로 나간 거였다. 그렇다면 도대체 누가 창문을 닫았단 말인가. 그는 등산화를 신은 채 들어갔다고 했다. 거실 바닥 어디에도 등산화의 흔적은 없었다. 민의 촉이 파르르 섰다. 지문을 지운 사람은 바로 여자였다. 여자가 지문을 지우고 그 칼을 없애려고 거실 소파 끝에 발을 디디다가 뇌진탕을 일으켰다고 봐야 했다. 하지만 이건 순전히 민의 추측이었다. 복은 이 여자를 죽이려고 수만 번도 칼질을 시도했다. 정확하게 찌르기를 셀 수 없이 시도했건만 칼은 엉뚱하게도 다른 곳으로 날아가 버린 셈이었다. 복을 살인범으로 만들지 않기 위해 여자가 한 행동들…… 어쩌면 여자는 그가 찾아올 날을 기다리면 숨죽이며 살았는지도 모르겠다. 한데 집 안에서 이 사실을 입증해줄 그 어떤 단서도 없었다.

"죽이려고 들어갔지만 죽이지 못했어요. 죽일 필요가 없었죠."

민이 고개를 끄덕였다. 복을 위해 여자가 칼을 빼내고 복의 흔적을 지우려다 죽었다는 말을 하면 복은 어떤 반응을 보일까. 민은 잠시 망설여졌다.

"한 가지만 더 물어볼게요. 집으로 침입할 때 문이 열려 있었나요? 신발도 신은 채였고요?"

"예. 그 여자는 절대 문을 잠그지 않아요. 물론 신발을 신었죠. 등산화를 신었어요. 여자도 죽이고 저도 죽으려고 했으니…… 지문이나 흔적을 지울 필요가 없었죠."

복은 민의 얼굴을 멀뚱거리며 쳐다보았다. 근데 왜 그걸 묻나요? 하는 표정이었다. '문들은 잠겨 있었고, 거실에 어떤 지문도 없었어요. 여자는 형씨가 던진 칼을 빼서 증거를 없애려고 하다가 뇌진탕으로 죽었어요. 죽은 사람 표정이 참 편안하게 보이더군요.' 이렇게 말하려고 했지만 민은 끝내 입을 떼지 못했다.

"그년이 제가 자기를 죽이려 했다고 신고했나 보죠?"

"아뇨, 김경자 씨는 얼마 전에 뇌출혈로 인한 뇌진탕으로 사망했습니다. 복수권 씨는 참고인 조사를 받으신 거고요."

민은 반쯤 넋이 나간 복을 남겨 두고 나왔다.

"아이참, 바빠 죽겠는데 이래저래 꼬이네요. 괜한 시간만 낭비했어요. 선배님, 이번 사건, 그 뭐더라…… 형법 26조, 중지미수 맞죠?"

"어쩌면 내일 다시 와야 할지도 몰라."

"왜요? 이미 사건 종료됐는데……."

민의 옆에 있던 신참이 나불거렸다.

"아가리 닥쳐, 인마!"

민은 혼자 남아 있을 그가 영 꺼림칙했다. 내일 그의 집을 다시 방문하지 않기를 마음속으로 빌었다. 민이 탄 경찰차가 그가 살던 임대 아파트 쪽의 공원을 스쳐 지나갔다. 민의 눈초리가 자연스럽게 복이 비수를 던지던 나무판에 쏠리었다. 어찌 된 일인지 점처럼 빼곡했던 칼자국들은 하나도 보이지 않았다. 무수한 칼자국이 있어야 할 판은 사포로 문지른 듯 반질반질하게 빛났다. 모를 일이었다. 햇살 때문에 착시현상이 일어난 것일까, 민은 눈을 부라려 다시 과녁판을 집중했다. 홀로그램 영상 속의 예리한 칼들이 어딘가를 향해 정신없이 날아갔다. 민이 칼을 따라 적귀했다. 겹겹의 과녁판이 파동을 그리며 물결처럼 다가왔다 감쪽같이 사라지기를 반복하는 정점에 민이 과녁판을 향해 헐떡이며 쫓아갔다. 민은 왜 달려가는지 무엇 때문에 달려가는지 모른 채 뛰는 것 같았다. 끼익. 브레이크 소리에 민은 눈을 화들짝 떴다. 속살을 보얗게 드러낸 나무판이 바람에 간들거렸다. 나무판에 복과 자신의 얼굴이 겹쳐 투영되자 민은 고개를 절레절레 흔들었다.

다이빙

다이빙

    내가 떨어지는 유일한 시간이다. 허리를 곧추세우고 호흡을 가다듬는다. 발바닥에 와 닿는 광물질의 차가움이 종아리까지 뻣뻣하게 차오른다. 붉은 띠를 두른 바다가 어둠을 서서히 밀어내자 하늘과 바다 끝점에서 주홍빛 천들이 나울거린다. 날을 세운 광선이 수영장 창에 반질대다 습기를 뚫고 들어온다. 균형을 잡은 양 어깨에 바다 햇살이 서늘하게 내려앉으면 도드라진 뼈마디를 타고 한 줄기의 그늘이 드리운다. 허벅지는 여러 겹의 힘줄로 이미 팽팽하다. 몇 초 후면 태양은 젖은 물기를 털어내고 미끄러지듯 빠져나올 것이다. 해를 잉태한 바다가 놀라울 만큼 잠잠하다.

    다시 숨을 길게 들이마신다. 수영장 레인을 향하여 양팔이 앞으로 나란히를 하고 있다. 가느다란 빛이 시선을 자극할 때 나는 두 발을 다이빙 디딤판에서 힘껏 내리찍는다. 발을 떼고 날아오르자 작은 바람이 밑에서부터 위로 향해 휘돈다. 해는 이미 바다의 끈적임을 뿌리치고 미끈하게 빠져나와 있었다. 바다가 좌우로 꿈틀거린다. 허공을 향해 뛰어오른 내 몸은 공중 돌기로 양팔을 뻗어 수직으로 하강한다. 떨어지는 찰나에 나는 시간과 속도를 가늠해본다. 0.9578262초, 5미터에서 떨어지는 시각이다. 지금 내가 떨어진 다이빙대의 높이는 10미터, 그렇다면 내가 떨어지는 시간은 2초가 채 되지 않는다. 누군가 공중에서 독수리가 먹이를 향해 낙하하는 속도가 70~80Km이라고 했다. 어쩌면 내 낙하 속도는 그보다 훨씬 못 미치는 꽤 느린 속도인지 모른다. 습기를 머금은 공기와 뒤섞인 채 나는 처연히 떨어진다.

손끝이 물 위에 닿는 순간 표면장력은 힘을 잃고 입수하는 나를 온몸으로 끌어안는다. 잔뜩 빳빳해져 있던 몸통은 흐물흐물 원을 그리며 희붐하게 가라앉는다. 물속에 안긴 나는 자궁에 안착한 아이처럼 오그라든다. 물속 차가움이 머리카락부터 발바닥까지 예리하게 파고든다. 선득선득한 기운이 폐의 깊숙한 곳을 침범할 때 나는 살아있다는 존재감에 짧게나마 전율을 느낀다. 그것은 일찍이 내가 경험한 것이면서도 마냥 나를 들뜨게 하는, 아득히 멀어져 간 현의 소리가 다시 살아나듯 나는 1.45초의 쾌감에 짜릿해진다.

숨죽이던 신경세포들이 거짓말같이 하나둘 살아난다. 처리하지 않은 일들로 밤을 새워야 하는 일이 잦았으나 이상하게도 다이빙만 하면 몸 세포들은 개운하게 자리매김했다. 오늘 일정도 아침 브리핑을 시작으로 바쁘게 돌아갈 터였다. 지난밤에 매듭짓지 못한 협상안이 못내 마음에 걸렸다. 차창 사이로 햇살이 빗금을 그리며 힘없이 떨어진다. 문명의 혜택을 절감하면서도 화상 통화는 늘 자연스럽지가 못했다. 특히 차 안에서 하는 통화는 목소리에 잔뜩 힘이 들어가게 한다. 내 낯빛이 자못 긴장돼 보였을까, 상대편도 잔뜩 긴장하는 눈치다.

지하주차장으로 핸들을 돌리는 순간 나는 바짝 예민해진다. 무엇을 훔치다 들킨 사람처럼 인도에 서 있는 시선을 애써 피하고 만다. 그것은 어찌 보면 비겁하다고 말할 수도 있겠지만 정직하게 말하면 맞닥뜨리기 싫어서였다.

팀장이 고개를 숙이고 있다. 입을 앙다물고 있는 나를 보기가 멋쩍은지 내 앞에서 머리를 들지 못한다. "곧 처리하겠습니다." 나는 팀장이 처리하겠다는 약속을 의심하지 않는다. 하는 일마다 인상을 찌푸린다면 일은 아주 괴로울 터였다. 고함을 질러대는 식으로는 처리할 수 없는 일이란 걸 팀장도 나도 잘 알고 있었다.

해거름의 도시는 한국이나 미국이나 비슷했다. 황금빛 와인을 뿌려놓은 듯 도시가 물결 속에 일렁거린다. 사무실 창밖으로 이름 모를 새가 하늘을 향해 비상한다. 가장 높이 날은 자가 가장 멀리 본다는 명구에 일찍 포섭당해서 그런 걸까. 가장 높이 날아오른 자의 정점을 평생 앙망하며 산 것 같다. 피나는 노력들이 거품이 되어 사라져버렸는데도 나는 지금껏 더 쏟아붓지 못해 안달복달이다. 높이 날아오른 곳에는 더 높이 날아오르려는 무리가 있었다. 그들은 자부심으로 번쩍번쩍 빛을 내며 다녔다. 더 높이, 더 높이…….

찻잔에 담긴 거무스레한 커피에 나는 재빨리 하얀 크림을 부어 휘젓는다. 커피가 금방 연갈색으로 변한다. 창밖에서 바람 소리가 연신 노크한다. 아직도 여자는 저 아래에서 꼼짝도 하지 않고 서 있겠지. 여자가 종일 나를 향해 말을 건넨다는 생각이 떨쳐지지 않는다. 팀장이 처리한다고 했으니 더 두고 볼 수밖에……. 나를 전면에 내세우지 않게 할 것이라는 믿음의 한편에는 똬리를 튼 불안이 슬며시 파고든다.

이번 철강공장 M&A 건만 해결되면 모든 게 순조로웠다. 계약은 이미 종료되었다. 하지만 꺼림칙한 게 남았다. 벌써 몇 달째 한국의 정세를 눈치 보고 있지 않은가. 소요가 그치면 나는 뉴욕으로 복귀할 예정이었다. 중국 H사에 넘겨주면 끝난 일이었다. 늘 변수가 문제였다. H사가 발을 빼려고 법정 처리를 요구하면서 골치 아프게 되었다. 도장 공장을 점거한 노조원들의 모습이 텔레비전을 통해 생중계되고 있다. 경찰이 물대포를 사정없이 쏘아붓는다. 한쪽은 막기 위해 한쪽은 뚫기 위해 치열한 접전을 펼친다. 각자 살기 위한 몸부림들이다. 이미 주금납입과 등기도 마무리된 일이었다. 잔잔한 역할은 정부와 회사를 살리려는 노조원들의 대치로 끝날 것이지만 이번 합병 건은 썩 개운한 처리는 아니었다. 뒤끝이 남았다고나 할까, 늘 끈질긴 자들이 있는 법이었다. 인터넷 신문에 이번 M사 기업합병에 J컨설팅이 깊이 간여했다고 보도가 나돌면서부터였다. 국내에서 해외 M&A 컨설팅 회사에 대한 인식은 곱지 않았다. 앞으로 중국 시장을 확장하려면 한국 기업들과의 관계가 필요했다. 한국에서의 실적은 괜찮은 편이었다. N은행이 E증권회사를 인수할 때도 별 무리가 없었다. S그룹이 D건설을 인수할 때도 일은 일사천리로 진행되었다. 한국에서 2년 동안 쌓아올린 탄탄한 실적은 기업가들이 상담을 요청하고 기다릴 정도였다. 인수한 기업도 우리 회사도 꽤 이윤이 남은 인수합병이었다. M철강 건은 관심이 없었던 건 아니지만 나에게 떨어지리라고는 예상을 못 했었다. 중국의 H사가 제의할 때 본사는 주저했지만 내심 나는 도전하고 싶었다.

문을 열고 들어오는 팀장의 얼굴이 어둡다.

"시위가 가열돼 노조원 한 명이 또 분신해서 위중하다고 합니다."

곤란한 표정을 짓는 것은 오너의 조치를 바라는 눈치이다.

"알았으니 나가보세요."

나도 별 뾰족한 수가 없었다. 벌써 두 번째 분신이었다. 뜨거운 냄비가 빨리 식듯, 시위의 열기도 잠깐만 버티면 가라앉을 거라고 믿었다. 신경이 안 쓰이는 건 아니지만 여기에만 매달릴 수는 없는 노릇이었다. 새로운 딜에 대한 구상만으로도 머리가 터질 지경이지 않은가. 지금의 자리까지 오르는 데 엄청난 노력과 시간이 걸렸다. 내가 이국에서 겪은 일에 비하면 농성 대치는 아무것도 아니었다. 그러나 지금은 무엇보다 저 바깥을 지키고 있는 여자와 부딪치는 일만 없다면 나는 다른 것들은 감내할 수 있을 것만 같다.

분신 노조원 중태. 며칠째 기사가 여러 신문을 도배하고 있다. 내가 우려했던 뒤끝의 결미가 꺼림칙하다. 미국에서도 종종 있는 일이었다. 물론 한국처럼 노조원이 분신하는 일은 좀체 드물었으나 회사를 살려보려는 입장에서는 있을 수도 있는 일이었다. 2년 동안 내가 맡은 M&A는 순항이었다. 중국과 유럽의 경제 사정이 말이 아닌 시점이었다. 다행히 우리 회사도 위기의 순간이 있었지만 그나마 안정을 유지한 것을 나는 운이라고 생각하지 않는다. 몇 년을 분석하고 연구한 결과였다. 당연한 귀결이었고, 마땅히 그렇게 되어야만 했다. 하는 일마다 탄탄대로냐, 하면서 부러워하는 동료들의 모습이 떠올랐다. 탄탄대로는 없다. 그들이 기억하는 내 모습이 딱히 싫지만도 않았지만 그들은 내가 수면에 올라오기까지 숨죽인 시간들을 알지 못한다. 한 점의 수증기라곤 찾아볼 수 없던 뜨거웠던 뉴욕의 거리, 도시의 도로는 진종일 햇볕에 그을려 하얗게 비틀거렸다. 물기의 흔적을 찾기 위해 헉헉댔지만 폐쇄된 시간은 점점 다가왔다.

유럽 경제 위기로 휘청댄 지가 몇 년이나 지났건만 그 여파는 가혹했다. 맨발로 깨진 유리를 밟고 디딘 자세로 버텼고 뛰어다녔다. 중간은 없었다. 떨어지든지 올라서든지 둘 중의 하나였다. 목이 타고 입술이 바짝바짝 말랐다. 튼실하던 회사들도 도미노처럼 무너졌다. 목이 꺽꺽대다 못해 속이 까맣게 타들어갔다. 온몸을 적시는 습기가 필요했을 때 나는 다이빙을 만났다. 맨해튼에서는 바다가 보이는 스포츠 센터들이 종종 있었다. 언제부터인지 모르지만 해돋이 시간에 맞춰 다이빙을 시작했다. 어둠을 뚫고 천지를 제압하는 해의 강력한 힘을 보는 게 필요했는지도 모른다. 가장 높이 날기 위한 추락의 연습이라고 말하는 사람들이 있을지 모르지만 아무도 내가 떨어지는 진짜 이유는 모른다.

　서울 사무실에서 수영장은 한 시간 넘는 거리였지만 바다를 전망하며 다이빙할 수 있어 나는 다행이라 생각했다. 서해바다의 비릿함은 맨해튼과는 또 다른 안정을 선물했다. 수영장을 나와 사무실에 돌아오는 시간은 언제나 어김이 없었다. 여느 때와 다름없는 날, 나는 모닝커피를 마시며 창밖을 주시했다. 발 아래 깔린 허연 서리를 밟고 사람들은 종종걸음을 떼었다. 앙상한 가로수는 메마른 도시가 뱉어낸 폐물을 뒤집어쓰고 더 이상 신선한 빛을 띠지 않았다. 내 시선이 어느 곳에 멈춰 있다가 재빨리 돌아섰다. 업무회의 서류와 각종 메일들이 나를 기다리고 있다. 키보드 두드리는 소리가 점점 빨라진다. 나는 습관처럼 일어나 블라인드를 다시 당겨본다. 역시 오늘도……. 두 눈이 검정 피켓에 머물자 나는 의기소침해진다. 정갈한 겨울의 입김 앞에 여자가 서 있다. 검은 피켓을 든 여자는 말이 없다. 피켓에는 글자 한 자도 적혀 있지 않은데도 나는 글자들이 마구 뒤섞여 잔뜩 째려보는 것 같다. 검정 스카프에 검은 피켓, 여자의 외투까지도 온통 까맣다. 여자가 굳게 입을 다물고 있는데도 나에게 항변을 쏟아붓고 있다는 짓눌림에 가슴이 답답해진다. 여자를 생각하자 내 마음에 어두운 그림자가 점점 드리워져 씁쓸하다.

실내수영장의 따뜻한 기운이 바깥의 찬 공기와 만나 유리창은 잔뜩 서리다. 해돋이의 연약한 빛이 마냥 그리워진다. 한 줌의 습기를 끌어안고 나는 다이빙대에 서 있다. 불투명한 색채처럼 두려움이 밀려온다. 균형을 잡기 위해 양팔을 옆으로 벌린다. 다리에 바짝 힘을 주고 다리를 모아 다시 호흡을 가다듬는다. 내 시선은 창밖을 보고 있다. 내리치는 빗물로 오늘 창은 불투명으로 범벅이다. 한 발을 들어 올리자 양팔이 머리 위로 곧게 펴진다. 내 갈망은 바다를 더듬어 찾는 게 고작이다. 빗물에 가려진 바다가 어슴푸레하다. 수평선은 희부옇게 띠만 두르고 있어 하늘인지 바다인지 희붐한 형체만 미세하게 꾸물거릴 뿐이다. 가까이 다가가면 바다와 하늘은 극명하게 나뉘는데도 매번 수평선이 불투명하게 엉켜 있다고 여겨지는건…… 사람들의 관계도 그렇게 자주 뒤범벅이다. 내 눈동자에 마구 뒤섞인 먹구름이 지나간다. 해는 숨어버렸지만 오늘 해가 돋았다면 일출 시각은 7시 40분이다. 겨울비 같지 않은 비가 창문에 세차게 부딪친다.

와이퍼가 빗물을 닦아내기에 바쁘다. 들이치는 비에 시야가 잘 보이지 않는다. 검은 형체가 자동차 앞에 어른거린다. 큰 우산 같기도 하고 거뭇한 조각 천 같기도 하다. 왼쪽 백미러로 검정 우산을 쓴 누군가 자동차 옆을 스쳐 지나간다. 불현듯 사무실 앞을 지키는 여자가 아닐까 하는 의구심이 든 건 나도 모를 일이었다. 여자가 스포츠센터를 알 리가 없어, 라는 부정과 여자일지도 몰라, 라는 수긍이 동시에 들자마자 나는 몸을 옴짝거린다. 검정 우산과 멀어질수록 한쪽 뇌리에 여자일 거라는 확신이 점점 강하게 드는 것은 직감 같은 거였다. 회사를 찾아와 침묵시위를 하는 여자였다. 그녀가 맞을 거라는 확신이 들자 나는 아랫입술을 잘근잘근 깨물기 시작한다. 처음에는 이슬람 여자가 아닐까, 하고 착각이 들 정도였다. 스카프로 머리를 감싸고 두 눈만 내고 있어 더더욱 그랬다. 검정 피켓을 들고 검은 스카프를 쓴 여인의 모습은 저돌적이었다. 시커먼 복장에서 섬뜩한 무엇이 감지되기도 했으나 여자의 눈빛을 매번 확인할수록 여자의 두 눈만은 투명하고 맑았다. 증오나 분노를 담은 눈빛이 아닌데도 이상하리만치 더더욱 부담감이 커져간다.

명징한 공기가 거리를 덮고 있다. 적막한 겨울에 작은 위로가 있다면 볼에 스치는 차가움이 아닐까. 간간이 사람들이 내쉬는 입김이 신기루처럼 아른대다 허공으로 쉬 사라져 버린다. 여자는 인도에 전시된 플라스틱 화분 옆에 서 있다. 화분에는 양배추를 닮은 짙은 자주색 배추꽃이 얼었는지 시들었는지 푸르죽죽하다. 여자가 서 있은 지 일주일이 넘었다. 아침 출근 시간과 점심, 저녁 퇴근 시간에 여자가 서 있다.

"아니, 저 여자 도대체 왜 저렇게 서 있는 거야?"

창밖을 보며 직원들이 웅성대는 소리가 들린다.

"경비실에 얘기해 봤어?"

"건물 안에 들어온 게 아니라 제재하기가 어렵대. 경비원들이 부탁했는데도 얼굴만 빤히 쳐다볼 뿐 아무 대응도 안 하나 봐."

"뭐, 벌써 일주일이 넘었어?"

"M철강 사태 알지? 분신한 노조원 딸이래."

세찬 바람이 불어 대자 사람들은 코트 깃을 세우고 바쁜 걸음을 뗀다. 내 눈길이 자꾸 여자에게 머문다. 철강 사태는 다시 검토하거나 재조정할 수 있는 상황이 아니었다. 이미 내 손을 떠난 일이었다. 검정 피켓이 점점 커져 나에게 다가오는 것 같다. 오늘도 나는 비밀을 들킨 사람처럼 유리창 블라인드를 다급하게 내린다.

끝없이 심연의 밑바닥으로 나는 내려가고 있다. 멈추어지지가 않는다. 무턱대고 떨어지고 있다. 내가 도달할 끝을 생각한다. 물속은 짙푸른 색에서 점점 시커멓게 시야를 볼 수 없을 만큼 어둡다. 몸이 생각대로 움직이지 않는다. 발길질하며 올라가려고 안간힘을 쓰지만 멈추어지지 않고 내 몸은 계속 아래로 떠밀려간다. 긴 터널을 지나는 기분이다. 몸을 흔들어 몸부림치는데도 자꾸 가라앉고 있다. 밑도 끝도 없는 낭떠러지의 끝, 그 나락의 끝을 내가 가고 있다고 생각하자 몸서리쳐진다. 그러면서도 어둠의 끝은 오히려 평안할지도 모른다는 체념의 기대마저 생긴다. 새까만 물체가 아른거린다. 꼭 검은 자루 같다. 물체가 내 앞에서 천천히 돌고 있다. 나는 손을 뻗어 잡으려 애쓴다. 느릿하게 돌던 물체가 멈춘다. 검은 자루가 풀리더니 시커먼 머리가 나온다. 얼굴이 내 눈과 맞닿는다. 피로 범벅된 딸의 얼굴이다.

스탠드 불빛에 눈이 따갑다. 한동안 꾸지 않던 꿈을 요즈음 다시 꾸고 있다. 침대의 시트가 흘린 땀으로 축축하다. 그날 몇 초의 운명을 피해 갔다면 우리 가족은 그런 일을 겪지 않았을지도 모른다. 가슴 깊숙이 박혀 있는 가시가 다시 나를 찌르기 시작한다. 호텔 실내에 흐르는 공기는 무채색인데도 늘 어둡다. 생기가 사라진 아내의 얼굴은 지나온 과거의 모든 시간을 잔혹하게 떠올리게 했다. 사람이 살아 있는데도 앙상하게 마른 나뭇가지처럼, 만지면 바스러질 듯 생명의 기운이라곤 흔적도 없이 바싹 말라 있었다. 말라가는 아내의 얼굴을 내가 견디지 못했던 것처럼 아내도 마찬가지였을 것이다. 갑작스럽게 일어난 단순한 사고가 우리의 삶을 송두리째 바꾸어 놓을 줄 꿈에도 몰랐다. 시간이 까마득 흘렀는데도 딸의 음성은 여전히 생생하다.

발렌시아 거리의 일상은 평온했다. 사람들이 빠져나간 오전이나 오후는 사람을 보기 어려울 정도로 조용한 주택지였다. 학예회 의상 준비로 아내는 딸애를 유치원에 일찍 태우고 가야 한다고 말했다.

"아빠, 아빠, 이 옷 귀엽지? 내가 까마귀야. 이 모자도 까마귀 모자야. 엄마가 만들어줬어."

"우리 딸 정말 예쁜데? 아빠는 까마귀보다 팅커벨 같아."

딸은 그날 학예회로 잔뜩 들떠 있었다.

"출장 때문에 아빠가 함께 못해 미안. 그 대신 잘해야 해."

그 말이, 이 땅에서 딸과의 마지막 인사가 될 줄은…… 높이 올라가기 위해서 감내해야 할 몫으로는 너무 가혹했다. 그날 쏜살같이 아내의 차를 향해 달려온 트럭 운전사는 만취 상태였다. 아이는 흔적도 없이 날아가 버렸다. 나에게 해맑은 웃음과 꿈만 남긴 채. 까르르 웃는 딸애의 웃음이 뇌리를 떠나지 않는다. 아내와 나는 한 점의 물기도 없이 지푸라기처럼 말라버렸다. 아이를 잃은 슬픔을 견디지 못한 아내도 결국 마른 공기 속으로 사라져버렸다.

여자의 검은 피켓이 나를 계속 자극한다. 검은 피켓이 스크래치로 겹쳐 보인다. 검정 크레용을 손에 쥐고 힘주어 칠하던 딸아이의 천진한 모습이 아직도 기억에 또렷하게 남아 있다. 그림에 열중하던 그 아이의 낯빛이 떠오를 때마다 내 가슴은 늘 옥죄어왔다. 지난 기억이 고통이 되면서도 가족을 떠올리는 그 순간만은 나는 살아 있었다. 다시 그 시절로 돌아갈 수 있는 길은 내가 그들을 기억하는 길밖에 없었다. 손뼉을 치며 좋아하던 그 아이를 다시 볼 수만 있다면 어떠한 대가라도 치르지 않을까.

"아빠, 눈 감아 봐."

"왜?"

"빨리빨리. 눈 뜨면 진짜 안 돼. 내가 세 번 하면 눈 떠. 하나, 둘, 셋!…… 뭐가 나올까요? 얍!"

검은 색종이로 가려진 스케치북이었다. 사랑스런 표정으로 쳐다보던 그 아이, 나와 아내, 딸, 손을 잡고 바닷가로 소풍을 가는 그림이었다. 요술 스크래치가 숨긴 비밀이었다.

"아빠, 아빠."

검은 피켓의 글자가 목소리가 되어 점점 크게 내 귓전을 울린다. 여자가 들고 있는 피켓이 점점 커져 다가온다.

매스컴에서는 연일 M사 철강 사태를 보도하고 있다. 다음 달이면 중국의 조선업 인수합병에 뛰어들어야 한다. 만반의 준비는 갖춘 셈이다. 내 관심사는 중국의 새로 시작한 딜이다. 경영의 가장 기초는 이윤을 남기는 것임을 미국에서 발바닥이 닳도록 몸소 익혔다. 이윤 앞에는 국가적 양심도 개인의 양심도 버려야 했다. 중국이 계약을 어기면서까지 M철강에 속셈을 가지고 있다는 것을 모르는 바가 아니었기에 이번 M&A는 더 순조롭게 진행되었는지 모른다. 다만 내 신경을 건드리는 게 있다면 검은 피켓을 든 여자, 그녀는 나를 모를 것이다. 합병 전반에 내가 직접 나서는 것은 아주 드문 사례였기에 이번 M사 철강 합병도 철저한 보안 가운데 처리되었다. 대부분 인수합병 과정에서 비밀 보장은 철저했다. 모든 게 비밀리에 진행되어야만 했다. 비밀이 누설된다면 그 계약은 파기되었다고 보는 게 99%였다. 저 여자는 어쩌자고 회사 앞에서 꼼짝 않고 서 있단 말인가. 낌새를 맡은 기자들이 흘린 말을 듣고 저런 것일까. 그녀의 저의가 궁금하면서도 내심 초조해진다.

　여자의 피켓 시위가 계속되고 있다. 몇몇 방송사와 신문사의 기자가 찾아와 여자의 시위 장면을 찍고, 회사 로고 간판을 찍어갔다. 어떤 신문사에서는 여자의 침묵시위에 대해 갖은 추측성 기사를 써댔다. '적대적 M&A, J컨설팅' 자신들의 입장에 따라 신문사마다 기사의 내용들이 달라졌다. 그 기사를 쓴 기자도 자기가 소속된 신문사의 이익을 위해 쓴 기사일 것이다. 냉정하게 따져 봐도 이번 M사 철강 사태는 중국보다는 한국에 유리한 조건이었다. 이 모든 것을 망친 것은 M사의 책임이 컸다. 그러나 항상 항변의 출구는 있어야 하니까. 기사의 내용은 못마땅하나 어쩔 도리가 없는 노릇이었다.

아버지를 잃은 여자가 검정 피켓을 들고 서 있다. 저 여자가 내 딸이었다면 나도 가족을 위해 뭐든지 대가를 치렀겠지. 여자의 아버지는 자신이 옳다고 여기는 무엇을 위해, 그녀도 지키려는 뭔가를 위해 피켓을 들고 있다. 어찌 됐든 여자와 나는 가족을 잃은 슬픔을 공유하고 있다. 나는 여자의 얼굴을 모른다. 여자의 눈빛만 안다. 사무실에서 망원경으로 여자의 눈을 볼 수 있었다. 렌즈에 드러난 여자의 눈은 처음에는 맑고 투명했다. 뭔가 정의감에 불타는 눈빛이었다. 그 다음에는 뭐라고 말하고 싶은 눈빛, 호소하는 눈빛이었다. 이번에 여자의 눈빛은 슬픈 눈빛이다. 여자의 눈빛은 이상하게도 원망과 증오가 담겨 있지 않았다. 사나운 눈빛이 아닌 연민의 눈빛이었다. 어쩌면 내가 잘못 봤을 수도 있다. 아니, 나는 여자의 눈을 실제로 본 적이 없다. 고작 망원경 렌즈로 본 게 전부였다. 그런데도 여자의 눈빛을 봤다는 확신이 드는 건 왠지 모르겠다. 어쩌면 지금까지 내가 바라본 세상은 렌즈의 조밀한 바라봄에 못 미칠 수도 있었다. 조만간 나는 떠날 것이고 여자는 내 뇌리에서 지워질 것이다.

취재를 하러 온 기자들이 회사 정문에서 제재를 당하고 있다. 카메라와 취재 녹음기를 든 몇몇 사람들의 모습이 내 시야에 들어온다. 검정 마이크를 든 남자 기자가 피켓을 든 여자에게 뭐라고 질문을 한다. 검은 코트를 입은 남자의 뒷머리가 여자를 향해 있다. 여자는 미동도 하지 않고 서 있을 뿐 아무 말도 하지 않는다. 기자가 혼자서 뭐라고 떠들어댄다. 매운바람이 꽤 부는 듯 기자의 입에서 부연 입김이 새어나오자마자 증발해 버린다. 점심 때 면담이 잡혀 있어 바깥으로 나가야 하는 나는 귀찮은 상황에 마음이 편치 않다.

팀장이 지하 주차장에 차를 대기시켜 놓았다는 메시지를 비서가 전한다. 오늘 점심 미팅은 조선소 합병과 관련된 건이다. 엘리베이터 문을 열자 서늘한 기운이 훅 끼쳐온다. 나를 맞이한 것은 아까 출입구에서 본 기자들이다. 속으로 당황했지만 애써 침착한 표정을 지으며 앞서 걸어가자 기자들은 서슴없이 마이크와 녹음기를 갖다 대며 인터뷰를 요청한다.

"M사 사태에 대해 어떻게 생각하십니까?"

"이번 사태에 J컨설팅이 중국과 연계했다고 하는데 사실입니까?"

"한국인이면서 우리 철강회사가 외국기업에 매각된다는 것에 도의적 책임을 느끼지 않습니까?"

길을 가로막는 기자들을 팀장이 밀쳐내도 그들은 막무가내다. 경비원들이 뛰어와 그들을 만류하지만 기자들은 팔을 최대한 쭉 뻗으며 마이크를 나에게 들이댄다. 몰려든 기자들을 뒤로한 채 나는 자동차에 올라탔고 내가 탄 차는 휑하니 지하주차장을 빠져나간다. 이익을 보는 사람이 있으면 손해를 보는 사람이 있기 마련이지. 그들이 묻는 말에 대답한다고 달라지는 건 아무것도 없어. 나는 마음속으로 몇 번이나 주절거린다.

"시위하고 있는 여자는 아직 저러고 있잖아요. 언제 처리하실 겁니까?"

내 목소리에 힘이 들어가서일까, 팀장이 어찌할 바를 모른다. 내 입에서 여자를 거론해야 하는 게 나는 심사가 뒤틀린다.

"사람을 시켜 무마하려 해도 통 듣지를 않습니다. 경비원들이 몇 번 여자를 들어서 옮기려 했지만 그게 분신한 가족인데다…… 최근에는 기자들까지 진치고 있으니 쉽지가 않습니다."

"저 여자가 원하는 게 뭡니까?"

"대표되는 분을 꼭 만나게 해달라는 말만 합니다."

"아니, 내가 저 여자를 굳이 만날 필요가 없잖아요?"

어쩌란 말인가. 여자를 만난들 달라질 건 없는데…… 피해 갈 수는 없는가. 하지만 무턱대고 저렇게 놔둘 수도 없는 일이다. 본사에 이런 문제를 시시콜콜 보고할 수도 없는 실정이었다.

"어디 자리를 한번 만들어 보세요."

내 말이 떨어지자마자 팀장의 얼굴이 밝아진다. 여태껏 안 부딪치려고 했는데 기어이 저 여자를 만나야 하나. 만나야 할 필연을 억지로 내가 막아서서 지금까지 버텼는지도 모를 일이었다.

검정 스카프를 벗은 여자의 옆머리에 하얀 리본핀이 꽂아져 있다. 여자의 얼굴은 바깥 추위에 얼었는지 희푸르고 창백하다. 아버지의 장례를 치른 지 얼마 되지 않아서였을까. 여자는 부쩍 말라 보였다. 여자의 여윈 몸을 보자마자 동시에 누군가 떠올라 나는 지우려고 감정을 억눌렀다. 여자는 불안한지 쉽게 시선을 고정하지 못한다. 여자의 이름은 김 선 경. 팀장으로부터 전해 받은 메모지에 적힌 이름이었다. 여자의 눈빛을 진즉부터 알아서인지 여자의 얼굴은 내 예상과 크게 다르지 않았다. 내가 차를 권하자 여자는 차를 마시지 않고 오른손으로 스푼을 휘젓는다. 찻잔의 검은 액체가 휘돌고 있다. 뽀글거리는 거품만 일고 있다. 한참의 시간이 지났는데도 여자는 찻잔에 빨려 들어간 듯 휘젓기를 멈추지 않는다. 적요한 분위기에 내 마음은 조급해진다.

"김선경 씨, 저를 보자고 하셨습니까?"

여자는 긴 추억에 잠겼다가 방금 깨어난 표정을 지으며 나를 흘낏 쳐다본다. 내 질문에 아랑곳없이 두 손으로 컵을 감싸며 조심스럽게 차를 홀짝홀짝 마신다. 주위에 아무도 없는 듯 혼자 태연히 차만 마시고 있다. 나는 빨리 매듭을 짓고 싶은 조급증이 생긴다. 오랜 시간 나를 번거롭게 한 여자와 같은 공간에서 머무는 게 마냥 버겁기만 하다. 뜻밖에도 내가 만나러 온 처지가 되어 거듭 묻게 된다.

"저를 만나고 싶다는 말을 들었습니다."

여자가 천천히 나를 응시한다. 여자의 눈빛은 진실을 고백해야만 할 것 같은 짓눌림으로 다가온다. 나는 뻔히 알고 있는 상황에 대해 피해 가기로 이미 단단히 마음먹었다. 내가 M사 사태에 대해 묻는 것도 우스운 일이었지만 여자의 아버지 죽음과도 나는 아무 관련이 없었기에 더더욱 그 질문에는 사양하고자 다짐했다. 2주 넘게 이 여자에게 시달린 것을 생각하자 속에서 은근한 분노가 치밀었다.

"왜 검은 피켓에 아무 글도 쓰지 않았죠?"

마음에 대단한 다짐을 한 듯 여자의 눈빛이 반짝인다. 내가 재차 묻자 여자는 얄팍한 미소를 지으며 대답한다.

"피켓에 얼마의 말을 담을 수 있겠습니까?"

하고 되받아 묻는다. 딱 그 한 문장을 내뱉고 여자는 입을 다문다.

테이블을 사이에 두고 여자와 나는 마주 보고 있다. 망원경 렌즈로 훔쳐본 눈빛이 아니다. 여자의 눈빛이 날선 번득임으로 다가온다. 긴 시간 동안 침묵시위를 한 여자였다. 회사를 찾아와 난동을 부리거나 난장판을 만들려고 했으면 일찌감치 했을 것이다. 하지만 여자는 무저항 운동가처럼 무수히 침묵으로만 말을 했다. 여자의 침묵이 점점 옥죄어온다. 기다리지 못한 내가 입을 떼려는 순간 짧은 말소리가 내 입을 다물게 한다.

"차 잘 마셨습니다."

여자의 마지막 말을 듣자 어이없다는 생각보다 나는 오히려 짜릿한 명쾌함을 느낄 정도였다. 여자는 그걸로 끝이었다. 여자는 나에게 아무것도 요구하지 않고 사라졌지만 뒤통수를 한 대 맞은 기분이 드는 건 왠지 모를 일이었다. 여자가 나에게 처리하지 못한 과제를 남기고 간 것만 같다. 어쩌면 나에게 굉장한 요구와 부담을 안겨주고 갔는지 모른다. 나는 여자에게 아무 약속도 안 했는데 나는 약속을 승낙 당한 패배감에 휩싸인다. 그녀는 나에게서 같은 기억을 공유하지 못할 거라는 걸 처음부터 알고 있었던 것일까. 언젠가 어떤 이가 말했다. 자신의 기억을 말한다는 것, 타자가 이해해주기를 바라는 절실함에서 비롯된 것이라고.

가족과 함께 가기로 한 바닷가에 나는 혼자 서 있다. 항구의 마을은 바다 냄새에 젖어 있다. 해거름의 바다는 온통 제비꽃 빛이다. 저 멀리 바다갈매기의 날갯짓에 그림자가 드리운다. 나는 바다가 숨죽이는 걸 호흡한다. 해는 스스럼없이 산을 넘어가버렸다. 눈앞에 펼쳐진 바다는 꿈빛이다. 이 순간 존재하지만 표현할 수 없는 빛깔. 누가 먼저 그러자고 한 건 아니지만 아이가 옆에 있었다면 그렇게 이름을 짓지 않았을까. 꿈빛으로 말할 수밖에 없어. 나는 입술을 움직여 가벼운 휘파람을 불듯 "꿈빛" 하고 불러본다. 마주 선 가스등이 마지막 노을빛과 나란히 어둠을 밝힌다. 해거름의 잔영이 사라지자 산 그림자가 마을을 덮는다. 집집마다 등불이 하나씩 켜져 갈수록 까닭 없이 내 가슴 밑 언저리에 슬픔이 복받쳐 오른다. 캄캄한 수평선에 희멀건 안개가 넘실대며 천천히 손을 내민다. 진보랏빛 밤하늘에 별들이 쏟아지고 있다. 딸아이가 봤다면 분명 하늘이 요술을 부린다고 말했을 거다. 밤하늘에는 아이의 친구들이 가득하니까. 나는 밤하늘 저만치에 다른 얼굴을 기억한다. 검은 피켓을 든 여자, 그 여자의 슬픔이 박힌 별처럼 내 가슴에 멍울진다. 이 밤이 지나면 내 어두움은 오랜 시간 동안 침잠할 것이다.

검홍색으로 바다는 뒤범벅이다. 태양을 잉태한 바다는 조금씩 신비의 자태로 황홀해진다. 날빛이 떠오르자 바다의 작은 설렘이 빛에 부드럽게 바스러진다. U자 해안은 어머니의 자궁처럼 바다를 감싸고 있다. 울퉁불퉁한 바위틈 사이에 파도가 포말을 일으킨다. 농밀한 물안개가 내 얼굴을 핥을 때 바다의 해안 끝까지 헤엄쳐간 적이 있었다. 그때 내 발걸음을 돌리게 한 것은 득달같이 달려든 두려움이었다. 기진맥진한 나는 처참한 패잔병이 되어 되돌아와야 했다.
내가 떨어지는 시간이다. 머리카락이 바람결에 팔랑거린다. 불안감이 한꺼번에 밀려드리라 생각했는데 이상하게도 마음이 차분해진다. 수영장 다이빙대에서 못 느껴본 평안이다. 바다의 어두움을 이겨낼 수 있다면 나는 이제 떨어지는 연습을 멈춰도 될지 모른다. 붉은 해 그림자를 뚫고 뚜~우 뚜~우 수평선 너머로 뱃고동 소리가 아늑하게 들려온다. 바람이 산들거린다. 숨을 들이쉬며 나는 팔을 직각으로 뻗어 점프한다. 하늘을 향해. 돋을볕을 향해.

밤의 연두

밤의 연두

벽을 타고 조의 사생활이 오늘도 어김없이 내 공간으로 침투한다. 나는 침투라는 단어보다 더 강경한 단어를 떠올려보았다. 침입, 침략, 침범……. 엄밀히 따지면 내 공간에 들어와 무엇을 빼앗아 가거나 나를 해코지 한 것은 아니었다. 그의 육중한 몸이 내 공간에 일 센티미터라도 발을 디뎠더라면 나는 침범이라는 단어를 주저하지 않고 썼을 터였다. 나는 침투라는 단어의 적절성을 곱씹었다. 조의 입질이 시작되었다. 나는 이소라의 '바람이 분다'의 시디 볼륨을 높인다.

침대에서 나를 제일 먼저 깨우는 건 알 수 없는 조합의 괴성이었다. 드럼 소리가 마구 뒤섞인 록은 소리만큼 절규하며 광란으로 치달았다. 적응할 때도 되었건만 나는 이 소리에 늘 불쾌하게 눈을 떴고 이명처럼 따라다니는 이 소리에 반격해 시디 볼륨을 높였다. 하얀 벽을 뚫고 음악이 쳐들어오는 시간은 일정하지 않았다. 이곳에서는 저녁 8시가 넘어 떠들면 안 되는 게 불문율이었다. 주말에는 10시 정도까지 허용시간을 줬지만 아침 일찍 기상하는 이곳 사람들의 생활 리듬상 저녁은 무조건 조용해야 했다. 하지만 조의 입질은 이곳 사람들의 생활 따위는 아랑곳없었다. 나는 조를 보며 이 나라가 정말 제대로 된 나라라는 걸 절감한다. 조가 진정 들어서 듣는 음악인지 소리를 지르다 지쳐서 듣는 음악인지 몰라도 힙합에서 메탈, 록 장르를 망라했다. 내가 즐겨듣는 발라드나 재즈는 전혀 없었다.

에르 이스트 페어뤽터 만 Er ist verrückter mann!

그는 미친 사람이야! 하우스 마이스터(관리인)가 말했다. 나는 조를 한마디로 단정 짓는 그 다부진 문장에 더는 캐묻지 않았다. 아파트에 사는 사람들 뇌리에 그는 그렇게 각인되어 있었고 나도 그를 달리 생각하지 않았다. 흘려들어 온 음악이 내 음악을 덮어버린다. 내가 멜로디를 따라 휘파람을 부르자 시끄럽던 곡은 온전히 멈추어 버렸다. 조는 지금쯤 귀를 바짝 대고 내 멜로디를 놓치지 않으려 애쓰고 있는지도 몰랐다. 내가 음악을 틀면 조는 음악을 끄거나 혼자서 뭐라 씨부렁대었다. 모르긴 몰라도 나는 그게 욕이란 걸 직감했다. 대개 조가 처음 흘려보내는 음악의 데시벨은 귀에다 대고 셰이크를 흔드는 느낌, 빈 생수병에 모래를 넣어서 흔드는 느낌 정도였다. 하지만 시간이 경과하면 데시벨은 점점 커졌고 벽이 울리기까지

했다. 비단 조가 음악만 흘려보내는 건 아니었다. 음악을 흘려보내지 않는 대부분은 비명을 지르거나 벽을 두드리거나 코란을 읊듯 무엇을 주절거렸다. 그의 병명을 내 나름대로 지어보려 애썼지만 한둘이 아니었다. 미친병의 영역은 다양했고 그의 증세도 다양했다.

이사를 가버리지 왜 그런 곳에서 불편을 겪고 있느냐고 모르는 이들은 말할 수 있겠다. 이 아파트는 전에 살던 곳보다 월세가 70유로나 쌌을 뿐 아니라 시설이나 평수에서도 월등히 나았다. 게다가 아파트 맞은편에 공원묘지가 있어 공기가 맑았다. 무엇보다도 내가 소름끼치도록 싫어하는 쥐가 없었다. 처음 렌트한 집은 몇 백 년의 역사를 담은 5층 건물이었다. 경사진 지붕 아래의 방은 햇볕이 잘 들어오고 창문이 많아 나는 흡족히 그 집을 계약했건만 밤에는 오래된 흔적을 타고 쥐가 들끓었다. 일찍이 독일에 이민 와 터를 잡은 베트남 주인은 친절하고 순박한 사람이었으나 그렇다고 쥐를 당장 잡아주지는 않았다. 진저리치는 나를 보고 주인은 이해할 수 없다는 표정을 지었다. 쥐도 동물이고 고양이도 동물인데 당신은 고양이는 좋아하면서 왜 쥐는 싫어하느냐 반문하며 고양이를 길러 보라는 게 그가 고안한 최후 방책이었다. 어찌 되었건 아무리 나은 조건이라고 하더라도 옆에 미친 사람이 살고 있다는 정보를 처음부터 알았다면 결단코 들어가지 않았다. 내가 한 달도 채 되지 않아 친구에게 조의 얘기를 꺼내자 그녀는 건축 장비가 든 도구함에서 뭔가를 꺼내주었다. 연장통에는 섬뜩한 장비들이 꽤 있었는데 송곳과 톱, 망치들이었다. 긴 장도리를 받아 집에 돌아온 느낌이 묘했다.

　자전거를 자물쇠로 채우고 나자 내 눈길은 자연스럽게 우편함을 향한다. 우편함은 비어 썰렁했다. 편지를 보낸 지 일주일이 지났다. 나는 혹 주소를 잘못 쓴 게 아닌지 재차 확인했으나 주소는 정확했다. 그쪽에서 아직 답장을 보내지 않았거나 한국과 달리 공공기관의 업무처리가 늦어 도착 못 했을 수도 있었다. 그것도 아니라면 내가 보낸 편지를 읽고 답장할 필요가 없다고 여겼는지도 모른다. 빠른걸음으로 아파트 출입구에 들어서자 긴 복도 끝에 조가 나무를 멍하니 쳐다보고 있었다. 내가 현관문 앞에서 고개 숙여 열쇠구멍을 찾자 조는 후다닥 뛰어오더니 양손을 흔들며 소리를 질러댔다. 나는 잽싸게 문을 닫았지만 매번 내가 왜 이런 일을 감수해야 하는지 온갖 욕을 동원해 조를 씹어대도 분이 풀리지 않는다.

　내가 사는 디근자 구조의 아파트는 높은 층수가 아닌 5층 규모의 작은 아파트였다. 대부분 고풍스러운 건물인 이곳과 상반된 건물이었으나 조화가 되지 않는 건 아니었다. 이등변삼각형의 유리문으로 시작해 내부로 들어갈수록 포인트 있는 구조로 평범함을 거부했다. 디근의 공간 중앙에 하늘 높이 솟은 한 그루의 나무는 나에게 색다름과 놀람의 대상이었다. 헐거운 잎사귀들에 키만 껑충 큰 나무였다. 연초록 잎사귀는 대나무 잎사귀보다 조금 더 넓었지만 대나무는 아니었다. 5층 유리 천장에 맞닿을 정도로 키가 자라 있어 나는 그 높이에 놀랐다. 베를린 리포트에서 집을 구할 때 이 나무는 예상하지 못한 보너스 같은 거였다. 트렁크로 이삿짐을 나르다 지칠 대로 지친 나에게 가장 위로라면 위로가 된 나무였다.

조가 문을 꽝 닫는 소리가 들려온다. 나는 이어폰을 끼고 음악을 듣는다. 나도 나지만 조의 바로 밑층에 사는 파이프 담배 피우는 아저씨가 어떨 때는 불쌍하게 여겨졌다. 아파트가 아무리 현대식이라도 조의 굉음에 방음도 소용없었다. 여기서 문을 닫을 때나 걸을 때는 사뿐사뿐, 살살 닫아야 그게 예의였다. 아파트 사람들은 조의 발광을 아주 싫어하면서도 그렇다고 대책이 있는 건 아니었다. 조의 진짜 이름은 일마르Yigma.S였지만 사람들은 헤르 페어뤀트(미친 사람)나 조라고 불렀다. 왜 조라고 부르는지 묻고 싶었지만 이미 조는 미친 인간이었기에 뭐라고 부르든지 상관없어 보였다. 한국에서처럼 여론몰이나 님비현상은 있을 수 없는 나라였다. 인권 덕에 활보하는 조를 보는 나만 떨떠름했다. 나와 다르고 불편하면 내몰아야만 직성이 풀리는 습관에 나도 젖어 있었다는 것을 이곳에 와서야 깨닫는다. 내 상식으로 그는 정신병원에 감금되어야 마땅했다. 그를 미친 사람이라고 여기면서 어떻게 그런 인간과 같은 공간에 공존할 수 있는지, 이해가 되지 않았다. 독일 주거법이 기가 찰 정도다. 아무리 미친 사람이라도 그 사람이 스스로 나가지 않은 이상 내보내는 것이 금지돼 있다는 거였다. 관리실에 고충을 몇 번 타진했지만 관리자는 난색을 보였다. 금색 안경을 낀 백발의 백인은 늘 양어깨를 들썩이며 두 손으로 어쩔 수 없다는 표시를 했다. 조가 문제를 일으키면 자신에게 즉시 전화하라고 했지만 그를 여기서 떠나보낼 방법은 그도 없는 모양이었다.

시험이 코앞이었다. 주기적 간격으로 소리를 지르는 미친 남자로 내 스트레스는 점점 쌓여갔다. 집에서 책을 볼 수가 없었다. 나는 덩치가 꽤 큰 조를 묶어 어디로 떠날 보낼 여러 궁리를 해보지만 이내 고개를 가로젓는다. 그는 보기에도 역겨울 정도로 지저분하게 생겼다. 가슴팍에는 너저분한 동물 털로 뒤덮여 침팬지나 오스트랄로피테쿠스까지 떠오르게 했다. 일상에서 미친 사람은 많았다. 차라리 조의 경우는 나은 편이었다. 적어도 드러내놓고 나 미쳤어, 라고 하니 상대가 미리 경계와 방어로 대처할 수 있으니까 말이다. 문제는 겉으로는 멀쩡해 보이는데 미친 인간들이 부지기수 있다는 거였다. 어떻게 보면 조는 그것보다는 나은 경우였다. 그가 상의를 벗고 고함을 질러대는 데는 내가 알지 못한 어떤 곡절이 있는지도 몰랐다. 독일에는 터키계의 이민자들이 유독 많았다. 독일과 터키의 관계를 고찰하면 먼 오스만 투르크족까지 거슬러 올라가야 했다. 독일에 사는 터키 인구가 300만이라는 사실을 듣고 입이 다물어지지 않았었다. 독일 구석구석을 비집어 들어와 사는 터키인이지만 그들을 바라보는 시선은 그렇게 친절하지 않았다. 주로 그들은 노동자 계급이었고 허드렛일들을 감당하는 일을 맡았다. 조는 어쩌면 그러한 처우에 희생된 사람일 수도 있었다. 조는 이민 2세였다. 그는 덩치가 크고 대머리에다 눈썹도 짙고 수염도 짙어 그 짙은 눈썹 아래 검은 눈만 날카롭게 번득여 인상이 어둡고 사나워 보였다. 소리를 내지르는 건 진짜 미치지 않았는지도 몰랐다. 미친 사람들은 정작 소리를 지르지 않은 채 자신이 미친 것조차 알지 못하고 정상인으로 여기며 산다고 파이프 담배 아저씨가 말해주었다.

한국 친구가 집에 들러 계단을 올라가던 참이었다. 내 아파트 복도 맞은편에 조가 상의를 벗고 서 있었다. 현관문을 열고 들어갈 때까지 그는 "쉴렘페 Schlampe" 를 반복하며 욕지거리를 해댔다. 쉴렘페 Schlampe는 한국말로 '잡년'이었다. 조는 화를 내며 우리가 계단 올라가는 내내 욕을 멈추지 않았다. 잠깐 유럽 여행을 온 친구는 독일어를 전혀 몰랐지만 나는 얼굴이 후끈 달아올랐다. 나는 관리인에게 곧장 전화했다.

하루도 아니고 매번 이러니 도저히 힘들어 안 되겠어요! 조처해주셔야겠어요.

관리인은 진지하게 내 말을 들었다. 자신이 주의를 시키겠다고 약속했지만 나는 그의 이런 약속이 별 효과가 없으리라는 걸 안다. 관리인 말로는 오늘 유달리 아파트 사람들에게 항의 전화를 많이 받았다고 한다. 그는 저녁 내내 소리를 지르고 베란다를 향해 욕을 해댔다. 나는 이날이 조가 지금껏 미친 날 중에 최고의 미친 모습을 보여주었다고 달력 8월 29일에 동그라미를 쳤다. 그는 날씨가 더없이 좋고 화창한 날을 견디지 못할 뿐 아니라 8월 29일에 더더욱 미친다.

답답한 사람이 우물을 파야 하듯 나는 진지하게 이사를 생각해보았다. 베를린 리포트에는 적지 않게 방이 나와 있었다. 전에 살던 곳에서 가구를 다 처분했고 지금 사는 곳은 이사를 한다면 몸만 그대로 나가야 했다. 만약 집을 다시 렌트하면 가구가 갖춰지지 않는 집에는 내가 가구를 전부 준비해야 했다. 들어갈 돈들을 생각하자 머리가 지끈거렸다.

시내를 벗어나 아파트로 향하는데 바람이 제법 세차게 불어 자전거의 가속도 빨라진다. 멀리 공원묘지가 보일락 말락 했다. 나는 참나무와 보리수나무가 우거진 이곳을 처음에는 공원으로 믿고 있었다. 들어가는 입구도 개선문처럼 웅장하고 화려해서 나는 꽤 이름난 공원으로 착각했으나 아파트 맞은편에 있는 공원의 정체는 묘지였다. 이곳에 처음 온 이방인이라면 누구라도 묘지라고 여기지 않았다. 독일에 오고 나서 관념화된 생각의 틀을 바꿔 놓은 건 묘지였다. 한국에서 묘지라면 썩 내키지 않는 장소였지만 여기는 내 선입견을 바꿔놓았다. 공원묘지 안에 잠들어 있는 이들은 손가락 안에 꼽히는 음악가나 철학자도 더러 있었다. 사람들은 항시 그곳을 드나들며 향기로운 꽃들을 선사하며 그들을 예찬했다. 산 사람들에게 그들은 잠들었을 뿐 죽은 게 아니었다. 대단한 사람들이 누워 있어서 땅값이 올랐는지 모르겠지만 공원묘지의 땅값이 일반 땅값의 몇 배라는 것도 놀라웠다. 죽음을 그렇게 멀리 떨어진 낯선 것처럼 생각하지 않는 이들의 사유가 나에게 의미심장하게 와 닿았다.

오늘쯤은 편지가 와 있지 않을까, 하는 기대를 갖고 우편함을 확인해보지만 텅 비어 있다. 괜히 편지를 보냈다는 후회감이 밀려왔다. 조용히 살면 될 일이었다. 임종 직전에 엄마는 무슨 생각으로 아버지 얘기를 나에게 꼭 해야만 했는지…… 몇 십 년을 아버지 없이도 엄마와 나는 잘살았었다. 엄마가 임종 전에 내 손에 쥐여준 아버지의 죽음을 알린 전보 쪽지가 생생하게 떠올랐다. 그 쪽지에 아버지가 살았던 곳의 주소가 적혀 있었다. 어머니는 당신의 마지막을 직시하고 자신의 바람을 딸을 통해 이루고자 한 걸까. 살아 있는 사람도 아니고 죽은 이였다. 큰 부채를 떠안은 기분이 들었다. 아버지가 독일에 살았든 어디에 살았든 그는 현재 어머니처럼 부재했다. 그런데 모를 일이었다. 왜 발길이 아버지가 살았다는 이곳으로 향하게 되었는지는. 굳이 답을 하자면 어머니가 살았던 한국에 어느 정도 살았으니 아버지가 살았다는 그곳에서 한 번쯤 살아봄도 괜찮게 여겨졌는지 모르겠다. 교사를 그만두고 독일로 공부하러 간다고 하자 사람들의 반응은 다양했다. 부럽기부터 시작해 각종 의문까지……. 혹여는 상상이 빚어낸 치명적인 뜬소문까지 만들었다. "실연을 당해 한국이 싫어졌나 봐." 실연이라고 붙일 만한 그 애틋한 무엇이 있었다면 발길은 떼어지지 않았을 거다. 그냥 아버지가 살았다는 그 땅이, 그 공기가, 그 무엇들이 궁금해졌다.

아버지가 살았던 곳은 도심 외곽이었다. 주소를 재차 확인하고 초인종을 누르려다가 발걸음을 되돌렸다. 무엇을 묻고 어디서부터 얘기를 꺼내야 하는지. 그들이 받을 심리적 힘듦을 생각하자 여기까지 온 게 도리어 멍청하게 여겨졌다. 그들이 나에게 아버지의 지난날을 얘기해줄 아량도 있겠지만 뜻하지 않게 얽혀 복잡해지는 건 싫었다. 그렇게 뒤돌아선 걸음이었다. 나는 이곳 아파트로 이사 오고부터 그쪽은 애써 가지 않으려 마음먹었다. 한번은 정면으로 부딪쳐보자고 했지만 그러다 학교 주변과 집만 오간 지가 일 년이 지났다. 아버지는 마지막 파독 광부였다. 그 당시 계약 기간이 3년이었는데 5·18 광주 민주화 운동으로 독일의 장기체류가 가능하게 되었다. 아버지 사진 한 장 없는 데다 아버지 얼굴조차 모르는 이 기구한 사연을 어디서부터 말해야 할까. 왜 어머니는 아버지를 찾으러 독일로 가지 않았는지, 아버지는 왜 우리를 찾지 않았는지, 왜 어머니를 두고 독일 여자와 결혼했는지 묻고 싶은 질문이 많았지만 이제 말 해줄 어머니도 내 곁에 없다. 봄볕이 따스한 날이면 어머니는 테라스에 앉아 내 귀를 쓰다듬으며 아버지 얘기를 펼쳐 놓았다. "네 아버지는 말이야, 코가 유독 높고 잘생겼어. 눈썹도 부리부리하게 짙었지." 어머니의 입이 귀에 걸려 말하던 이 대사는 말간 햇살을 받은 연두 잎사귀처럼 싱그럽게 통통거렸다. 어머니가 즐겨보던 영화의 주인공, 그레고리 펙으로까지 아버지는 미화되었기에 나는 아버지의 얼굴을 상상하다가 이내 포기하고 말았다.

관리인은 우편물이 오지 않았다고 말했다. 뭔가를 기다리는 내 눈빛을 읽었는지 중요한 소식을 기다리느냐고 물었다. 나는 고개를 살짝 끄덕였다. 그는 매일 우편물을 챙기니 기다리는 우편이 오면 잘 챙겨주겠다고 약속했다. 내 계산으로는 이미 도착하고도 남을 시간이었다. 나는 두 번의 편지를 한 달에 걸쳐 보냈다. 처음에는 내가 김문수 씨의 딸임을 밝혔고 어머니의 죽음을 알렸다. 두 번째 편지는 아버지의 사진이 있으면 보내주었으면 하고 요청했다. 내 이런 부탁이 상대에게 불쾌감을 안겨주었는지도 모르겠다. 하지만 그 정도는 딸로서 요구할 수 있지,라는 당당함도 잠시, 쓸쓸함만 짙어졌다.

밤의 공원묘지에 은은한 조명이 잠든 이들을 위로한다. 조명 빛에 잎사귀들이 반들거렸다. 조가 원룸을 벗어나 줄곧 설치고 다니는 공간도 여기였다. 한 번씩 베란다 창을 통해 그가 공원에서 빠져나오는 모습을 보기도 했다. 그는 오랜 시간을 묘지에서 머물렀는데 무얼 하는지는 알 길이 없었다. 어떨 때는 그의 직업이 묘지기가 아닐까? 하는 생각도 들곤 했다. 그렇지 않다면 뻔질나게 그곳을 드나들필요가 없었다. 하지만 그는 미친 사람이었고 미친 사람을 묘지기로쓸 리가 없었다. 조를 몰랐을 때 두서너 번 그곳을 조깅하며 들렀지만 조를 그곳에서 맞닥트린 후 나는 조가 다니는 시간대를 피해 다니러 심사숙고했다. 상의를 벗고 묘지에서 그를 만났을 때 머리카락이 삐죽 설 정도로 섬뜩했으나 그는 나를 못 보았는지 아니면 무심했는지 몰라도 반쯤 넋이 나간 표정으로 유령같이 지나가 버렸다.

이곳은 좀처럼 더운 날씨가 없었다. 생태환경이 점점 교란되고 있다고 뉴스에서 말했다. 이상기온으로 온도가 30도를 넘어갔다. 이곳은 여름에 서늘하고 비가 자주 오는 날씨였다. 관리인이 나무에 물을주고 있었다. 유리 천장 아래의 나무는 마치 유리온실 속에 있는 것같았다. 차이가 있다면 유리하우스의 높이가 어마어마하게 높았고식물은 단 한 그루의 나무만 있다는 게 달랐다. 환기가 썩 잘 될것 같지 않은 환경 속에서 그 나무는 생존을 향한 투지를 불태웠다. 일주일에 한 번 정도 관리인이 호스에 연결된 물로 나무에 물을 주었으나요즘은 날씨가 더워서인지 매일 물을 주었다. 백발의 관리인이 나무우듬지를 향해 호스를 갖다대었다. 물줄기가 유리에 방울져 이슬처럼 투명하다. 햇살을 받은 연두 잎사귀들이 금방이라도 물방울들과 춤출 것 같아 물을 주는 그에게 나는 미소를 지어 보였다.

벽이 쿵쿵 울린다. 조의 비명이 시작되었다. 올여름 내내 그는 웃통을 벗고 이 아파트를 휘젓고 다녔다. 가까이 가지는 않았지만 그의 몸에서는 심한 악취가 진동할 것이었다. 살찐 사람 특유의 치즈 썩는 냄새가 겨드랑이에서 풍겨올지도 몰랐다. 마늘이나 김치를 즐겨 먹는 나에게서도 지독한 냄새가 난다고 그들도 느낄까, 나는 못 느끼지만 그들은 예민하게 내 냄새를 느낄 수도 있었다.

의자에 앉은 조를 보자마자 화들짝 놀란 건 나였다. 항상 그와 나의 거리는 네모진 베란다에서 나무만큼의 거리가 확보되었었다. 나는 조의 경계인이자 관찰자여야 했다. 과제준비로 저녁도 먹지 못한 채 늦게 집으로 오던 참이었다. 시계는 밤 10시를 넘고 있었다. 내 발자국이 감지되면 현관 입구는 센서가 감지돼 불이 자동으로 켜졌다. 근데 그날은 어떻게 된 건지 불이 켜지지 않았다. 컴컴한 어둠이 나를 집어삼킬 듯 불안이 되어 다가왔다. 열쇠 구멍이 잘 보이지 않았다. 고장이 났나, 하고 나는 스마트폰 손전등을 더듬었다. 열쇠로 애를 쓰며 열려고 할 때 옆의 시커먼 그림자가 느껴졌다. 조가 의자를 가지고 나와서 바로 옆 정면에 앉아 있었다. 그와 나의 거리는 1미터도 채 되지 않았다. 그가 나를 보고 있었는지 다른 곳을 바라보고 있었는지 어두워서 모르겠지만 당황한 나는 얼떨결에 "할로"라고 인사를 건넸다. 등 언저리가 빡빡하게 굳어져 가는 느낌이 진짜 더러웠다. 내 입에서 왜 할로라는 말이 튀어나왔는지 나도 모를 일이었다. 정작 내가 내뱉으려고 한 단어는 욕지거리였는데 할로는 공포가 빚어낸 말이었다. 나는 문을 어떻게 열고 들어왔는지 모를 정도로 오금이 저렸다. 현관문을 열고 들어와서도 신발을 못 벗고 있을 정도로 기운이 빠졌다. 숨을 돌리고 있는 찰나에 조가 자신의 집 현관문을 쾅 닫고 들어가는 소리가 들렸다.

밤새 잠을 설쳤던 것 같다. 꿈속에서 좀비들이 우글대며 나타났다. 나는 전날 밤의 일을 결코 잊지 못했고 조에게 엉겁결에 인사를 건넨 게 못내 찝찝하고 몹쓸 기분이 들었다. 미친 인간한테 인사라니, 나는 고개를 절레절레 흔들었다. 조별 과제를 제출해야 했고 PT도 있어 나는 서둘러야 했다. 신발을 신는데 옆집 현관문 여는 소리가 들렸다. 나는 마음속으로 마주치지 않기를 염원하며 조의 흔적조차도 얼씬거리지 않기를 바라며 현관문을 조심스레 열었다. 계단을 서둘러 내려가서 출입구 문을 열려고 할 때였다. 뒤에서 "할로!" 라는 소리가 들려왔다. 조의 목소리였다. 그가 내 등 뒤에서 나에게 인사를 한 것이었다. 할로. 그 목소리는 너무 둔중하고 낮아서 징그러운 벌레들이 슬며시 들러붙은 느낌이었다. 난데없이 할로라니. 나는 빠른 걸음으로 출입문을 열며 소리를 애써 외면했다. 어제 내가 무서워서 한 인사를 혹여 자신에게 내가 관심이 있다고 여기진 않았을까, 라는 생각이 들자 내가 더 미쳐버릴 것 같았다. 돌아보지 않은 내 목덜미에 그의 목소리가 자꾸 달라붙는 것 같아 일순간 옷을 홀라당 벗어 털어버리고 싶은 충동에 휩싸였다.

오늘도 우편함에 내가 기다리는 편지는 없었다. 나는 편지를 두 번 보냈고 아버지가 사셨다는 그곳에 두 번 갔다. 그곳에 내가 아는 사람이 살지 않았다면 편지는 반송됐을 것이다. 하지만 반송되지 않는 것으로 봐서 누군가가 내가 보낸 편지를 읽었음이 틀림없었다. 갑작스레 보낸 편지 때문에 신중한 사람들이 생각을 정리하느라 고민 중일 수도 있었다. 편지를 기다리는 시간이 길어지는 만큼 나는 아버지를 생각하고 어머니를 생각해야 했다. 나는 무엇 때문에 그곳에 편지를 보냈다는 말인가. 아버지와 사셨다는 독일 여자는 지금 생존해 있는가, 그들 사이에 자식은 있었던가, 꼬리에 꼬리를 문 생각들이 나를 괴롭혔다. 막상 만난다고 하면 무슨 말을 꺼내야 할까. 전 딸인데 아직 아버지의 얼굴을 모릅니다, 하고 말을 꺼내야 하나. 그렇게 말을 시작해야 한다면 너무 서글퍼질 것 같았다. 버려진 느낌, 사랑받지 못한 느낌을 그들 앞에서 재현해야 한다는 생각에 이르자 편지가 오지 않는 게 더 위안이 되었다. 마지막까지 미련을 놓지 못했던 건 어쩌면 내 아버지의 낡은 사진 한 장쯤은 거기에 있을 것도 같았다. 엄마가 그렇게 잘 생겼다고 하던 그레고리 펙을 닮은 아버지. 그래, 내 아버지의 얼굴만 확인하면 그만이었다. 상상 속의 아버지가 아닌 실체의 아버지 얼굴을 딱 한 번만 보고 내 가슴에 간직하고 돌아오면 대만족이었다. 내 가슴에 반쪽의 어머니만 아닌 양 가슴에 부모님의 모습을 아로새길 수만 있다면 불편한 일쯤은 감당해도 좋았다. 그 독일 여자도 상당히 늙어 할머니가 되었을지도 모르고 피부색은 달라도 내 이복동생이나 조카가 생길 수도 있다는 생각에 이르자 왠지 모르게 가슴이 뛰고 눈물이 차올랐다. 핏줄이라는 게 이런 의미였나, 이 지구 위에 나와 관련된 그 무엇도 없다고 생각했는데 나와 같은 피를 가진 혈육이 있다는 게 이런 의미일까. 남의 일처럼 무심하게 보았던 남북 이산가족의 상봉 장면까지 예사롭지가 않게 다가왔다.

밤은 밤이 아니다. 누군가의 배경이 되어 다채롭게 빛난다. 어둠 속에서 별이 빛나고 달이 빛나고 구름이 흘러간다. 밤은 엄마 품처럼 도시를 포근히 안고 또 안는다. 밤 속에 건물이 있고 사람이 있고 나무가 있다. 아직 칠해지지 않은 희망을 노래한 어느 화가처럼 모든 것이 빛나고 흐르고 넘쳤다. 무한대의 밤에 어설프게 기댄 연두 잎사귀들이 바람에 일렁거렸다. 바람에 온몸을 바르르 떨고 있는 연두 잎사귀가 잔뜩 움츠린 나 같아서 나는 공원묘지로 발걸음을 내딛었다. 보리수가 드뭇한 공원묘지는 조깅코스로 좋았다. 저녁이 깊어가고 고즈넉했다. 이어폰을 끼고 편안하게 음악을 들으며 공원 한 바퀴를 돌 참이었다. 가슴으로 와 닿는 공기가 주는 맑음에 폐의 내밀한 곳까지 씻어진 듯 시원했다. 이어폰 오른쪽이 빠져 끼우려고 옆으로 얼굴을 돌려 본 순간 몸 전체가 쭈뼛거렸다. 조가 내 뒤를 바짝 따라 오고 있었다. 운동복 모자를 뒤집어썼지만 그 운동복조차도 낯이 익은 복장, 조의 옷차림이 틀림없었다. 느슨하던 내 걸음은 경보걸음으로 바뀌었다. 뛸까도 생각했지만 뛰게 되면 그도 뛸 것 같았다. 늦은 시간에 나오는 게 아니었다. 사위는 금세 어둑해졌고 가로등 불빛에 형체가 아른거렸다. 코너를 돌면 더 깊숙한 숲이 펼쳐졌다. 내 심장은 콩닥콩닥 뛰기 시작했다. 드문드문 있던 주위의 사람들이 어디로 갔는지 사람이라곤 보이지 않고 적요했다. 어제 일로 앙심을 품었는지 몰랐다. 어제 조는 발광이 극에 달했고 욕을 해대며 나를 따라오는 그에게 나도 현관문을 쾅 닫는 것으로 내 분노를 표출했었다. 관리인에게 당장 쫓아내라고 두 번이나 전화했던 게 못내 마음에 걸렸다. 관리인은 나뿐만 아니라 아파트 몇몇 사람들이 항의해 고민이 이만저만이 아니라고 했다.

하지만 조와 가장 가깝게 사는 사람은 나였다. 내가 자신을 못마땅하게 여기고 항의를 했다고 여길 수도 있었다. 어제 나와 친구에게 욕을 해댄 것을 보면 뭔가 분풀이를 할지도 몰랐다. 코너로 접어든 나는 혹시나 하며 뒤를 힐금 돌아보자 조는 불과 5미터도 되지 않은 거리에서 빠른 걸음으로 따라붙었다. 그가 지금 뛴다면 나는 꼼짝없이 덥석 잡힐 게 뻔했다. 미친놈한테 이렇게 무력하게 당할 수 없었다. 나는 총이 없는 내 손을 저주하고 해머가 없는 내 처지를 저주했다. 호신용 무기라도 가져 나왔어야 했다. 내 치밀하지 못함을 탓하기에 너무 늦은 거였다. 이마와 겨드랑이에서 땀이 차올랐다. 이렇게 경보걸음으로는 안 되는 거였다. 가지고 있는 거라곤 스마트폰이었다. 폰으로 가격한다고 해도 어림없는 노릇이었다. 마음속으로 하나, 둘, 셋에 뛰기로 작정하고 나는 마음을 단단히 동여매었다. 최대한 시간을 확보하고 폰으로 구조요청을 할 참이었다. 앞에 뭐가 있든 없든 나는 마구 달렸다. 한 줌의 바람 소리가 씽씽 소리를 내며 지나갔다. 내 뒤에 뛰어오는 발소리가 귀에서 멈추지 않고 들리는 것 같았다. 심장이 조여들면서 타들어갔다. 어찌 된 영문인지 계속 달려가도 시원찮은 상황에 갑자기 다리가 붙어 더 뛸 수가 없었다. 나는 상반신을 굽혀 쌕쌕거렸다. 이대로 미친놈한테 어이없게 당할 수밖에 없다는 생각에 이르자 딱 혀라도 깨물고 싶었다. 나는 기다시피 해 묘지 비석에 몸을 숙이고 숨을 죽였다. 아, 제발…… 폰으로 구조요청을 하려고 했지만 불빛이 새어 나갈까 봐 그것도 마음뿐이었다. 나는 조를 저주하고 저주했다.

먹먹한 어둠만 가득할 뿐 눈에는 아무것도 보이지 않았다. 풀냄새가 코끝을 스쳐 지나갔다. 가쁜 숨이 조금씩 가라앉았다. 나는 주변을 두리번거렸다. 건너편 묘지 사이에 시커먼 형체가 어른거렸다.

나무는 아니었다. 두 눈을 부릅떠 보고 봐도 조였다. 우라질, 미친
놈. 아직 안 갔어. 저기 서서 뭐하는 거야? 조의 몸체가 밤을 배경으
로 희미하게 드러났다. 운동복 양주머니에 두 손을 집어넣고 고개를
숙이고 있는 사람은 조가 틀림없었다. 비석 앞에는 가냘픈 촛불이
애처롭게 일렁거렸다. 그는 조문을 하듯 그렇게 한참을 서 있었다.
달빛이 그의 옆얼굴을 비춰주었다. 어찌된 영문인지 그의 얼굴에 습
기가 가득차보였다. 나는 누구의 묘지를 확인할 겨를도 없이 반사적
으로 몸을 일으켜 반대편을 향해 냅다 달려 나갔다. 미친놈도 운다
는 것을 그때 알았다.

조의 입질이 시작되었다. 조가 머리를 벽에 박는 소리가 간간이
들린다. 밤에도 쉬지 못하고 소리만 살아 움직이는 것 같다. 위층에
서 물을 내리는 소리가 들린다. 나는 이어폰을 꺼내 조심스레 현관
문을 열고 바깥으로 나갔다. 아파트에서 반사된 조명과 공원 가로
등에 연두 잎사귀들이 숨을 쉰다. 나도 어느새 어둠에 젖어 들어간
다. 보폭을 줄여 뛰다 보면 나를 반겨주는 건 길가의 가로등과 드문
드문 꺼지지 않은 건물 간판들이다. 낮에는 제대로 보지 못했던 가
로등 불빛에 반사된 잎들이 낮보다는 조금 오그라들어 바람에 나부
끼고 있었다. 잎사귀 사이로 밤의 조각들이 두드러지게 빛났다. 나
는 조가 울던 그 묘지에 가보았다. 그곳에 잠든 사람은 조의 아내 같
았다. 묘지의 비석에는 조의 이름과 조가 남긴 말들이 적혀 있었다.

(1970~2002)······ 안타깝게도 그의 아내는 단명했다. 나는 내 아버지의 점철된 시간을 반추해보았다. 지금 독일 어느 곳에서 아버지는 잠들어 있을 것이다. 내가 아버지의 유골 앞에 선다면 아버지는 벌떡 일어나서 나를 반겨주실까, 내가 아버지를 모르듯 아버지도 나를 모를지도 몰랐다. 가슴을 짓누르는 짠한 아픔이 내 가슴 한 구석을 비집고 들어왔다.

자전거를 타고 집으로 가는 길에 떨어진 나무 잎사귀들이 끝없이 펼쳐졌다. 자전거 바퀴가 일으키는 바람을 타고 단풍잎들이 무리 지어 휘날린다. 회오리바람을 따라 단풍들이 하늘을 향해 줄지어 솟구쳤다. 눈에 보이는 계절은 가을 같은데 체감온도는 겨울이었다. 잠시 숨을 가다듬고 보온병에 담아온 뜨거운 포도주 한 잔을 들이키자 몸이 후끈 달아올랐다. 볼이 알딸딸해졌다. 이래서 술을 마시는 게 아닌가 싶었다. 한 잔의 훈기로 페달을 다시 밟아보았다. 날씨가 어찌 된 일인지 10월인데도 진눈깨비가 내렸다. 조의 입질은 올여름만큼은 아니지만 많이 줄어들었다. 조의 미친 발작은 봄과 여름에 극성이었다. 그도 추위를 아는지 상의를 이제 벗지 않는다. 다만 달라진 게 있다면 마스크를 쓰고 눈만 빼꼼 내고 다니는 정도다. 할로라고 더는 인사하지 않아 나는 엄청나게 안도하고 있다.

연초록 잎사귀를 단 나무가 꿋꿋하게 서서 자리를 지킨다. 아파트

내실 중앙에 있는 나무는 키가 한 층 더 올라갔다. 바야흐로 5층 유리 천장을 뚫을 기세다. 낮에는 간간이 햇볕이 연두 잎사귀를 감쌌고 진눈깨비랑 섞인 바람이 유리 너머로 불었다. 누군가 출입구 문을 벌컥 열어젖히자 바람이 훅 밀치고 들어왔다. 잎사귀 몇몇이 가볍게 흔들거린다. 조는 조의 베란다에서 나는 내 베란다에서 나무를 바라보고 있다. 나는 머그잔에 커피를 가득 담아 중앙의 나무를 바라본다. 그와 나의 간격은 2미터가 채 되지 않는다.

우편함에 하얀 봉투가 고개를 내밀었다. 나는 주소를 차분하게 입속말로 읊조리며 읽어본다. 내 아버지가 살았던 곳의 주소다. 가슴이 거세게 방망이질 친다. 봉투를 들고 내 방에 오기까지 두근거림이 멈추어지지 않는다. 나는 길게 호흡하고 일부러 시간을 늘어뜨렸다. 벽에서 작은 쿵쿵거림이 들린다. 조다. 오늘따라 소리내주는 조가 오히려 고마울 지경이었다. 벽에서 쿵쿵거림이 잦아들자 내 심장 파동도 조금씩 잦아든다. 가위로 조심스럽게 봉투를 살랐다. 사진 몇 장이 불쑥 나왔다. 사진을 확인하기도 전에 가슴이 쿵 하고 내려앉으며 눈에서 눈물이 차오른다. 그레고리 펙을 닮은 내 아버지의 얼굴이다. 석 장의 사진에 아버지는 모진 세월을 아울렀다. 30대의 사진과 4 · 50대의 사진과 돌아가시기 전의 사진 같다. 어머니는 내 눈빛을 보면 아버지를 보는 것 같다고 했다. 내가 그렇게 아버지의 눈빛을 많이 닮았나? 사진을 들어 거울 속의 내 눈빛과 아버지의 사진을 견주어본다. 아버지의 눈을 닮은 것 같기도 하고 아닌 것 같기도 하다. 짙은 눈썹의 아버지는 강인한 인상이다. 광부복을 입은 아버지의 얼굴에 질곡의 역사가 고스란히 새겨져 있다. 아버지의 독일 아내는 아직 살아 있고 아버지와의 사이에서 태어난 오누이가 있다고 한다. 그들이 나를 보고 싶어 한다는 대목에 내 시선이 오래 머문다.

유리 천장에 온통 어둠의 무늬다. 나는 나무의 연두 잎들을 하나씩 떼어내어 불꽃을 쏘아 올리듯 밤하늘로 쏘아 올린다. 먹먹한 어둠 사이로 다문다문 연두 조각들이 채워진다. 연두 잎들이 어둠 속에서 오련히 빛난다. 저만치 어두운 하늘가에 나는 세 장의 연두 잎을 바라본다. 아버지, 어머니, 나. 세 연두 잎이 어둠 속에서 더욱 찬연하게 발한다. 나는 또 저만치 어둠의 하늘가에서 네 연두 잎을 바라본다. 독일어머니. 남동생. 여동생. 그리고 멀찍이 내가 있다. 어둠이 연두들을 지그시 싸안는다. 이제 어둠은 어둠이 아니다. 나는 양팔 벌려서의 간격에서 커피를 마시고 있는 조를 바라본다. 나는 조의 가족들이 문득 궁금해진다. 저만치 어둠의 어느 저편에 조의 가족들을 그려본다. 거기에 또 다른 연두들이 어둠 속에서 빛을 내고 있을 터였다. 나는 다 마신 머그잔을 조를 향해 흔들며 인사한다.

아우프 비더지흔! Auf wiedersehen! 또 봐요!

성

성

분명히 뭔가 기어 올라가는 형체였다. 어두워 제대로 보지 못했으나 나무 잎사귀들이 건들거리는 걸로 봐서 생물체임에 틀림없었다. 손전등이 컴컴한 숲을 좌우로 비추자 움직임은 정적과 함께 까무룩 가라앉는다. 도둑고양이나 담비가 지나간 흔적으로 보기에는 흔들림의 폭이 컸다. 동물들은 대개 민첩하게 움직였다. 남자는 성가신 표정을 지으며 끝까지 살펴봐야 할지 잠시 고민에 빠진다. 숲 우듬지는 보기보다 가파르고 여러 함정이 있었다. 지난번에는 성벽높이를 측정하다 덤불에 걸려 떨어질 뻔했기에 그는 짐짓 망설여진다. 지나쳐가기 꺼림칙해 남자는 배수로 밑에서 위쪽을 다시 살펴본다. 배수로는 성벽 위에서 70도의 경사로 아주 가팔랐다. 오랫동안 비가 오지 않아 배수로 바닥이 바짝 메말라 있다. 손전등을 다른 방향으로 비추자 여전히 흔들림이 포착된다. 오른손으로 손전등을 좌우와 위아래로 비추자 나뭇잎 뒤척이는 소리가 다시 들려온다. 소리 나는 쪽을 향해 발걸음을 총총 떼자 메숲진 어둠을 뚫고 가느다란 빛이 사위를 적나라하게 파헤친다. 희끄무레한 살빛이 보이다 일순 어둠만 가득하다. 여자인지 남자인지 구분하기 어려웠지만 사람임은 분명했다. 앉은걸음으로 뭔가에 매달려 올라가는 움직임이 감지돼 남자가 그쪽으로 손전등을 바투 비추자 검푸르죽죽한 나뭇잎들만 보일 뿐이다.

"여보세요? 거기서 뭐 하는 거죠? 이봐요?"

몇 번 소리쳐 불러도 움직임은 묵묵히 배수로를 따라 올라가다 적막한 수풀로 쉬 사라져 버린다. 아래에서 바삐 따라가던 남자만 낭패감에 젖는다. 사람을 잡느라고 가파른 배수로로 올라갈 수는 없는 노릇이었다. 동물들이 애를 먹인다 했더니, 이제는 사람까지……. 그는 이래저래 귀찮은 일들에 피곤이 몰려온다. 굳이 밤까지 보초를 설 필요는 없었으나 쓰레기를 버리는 한 두 사람을 잡아 본보기로 삼는 게 필요했다. 곳곳에 쓰레기를 버리지 말라는 경고문을 붙여놨지만 그 말을 듣는 사람들은 거의 없었다. 며칠만 지나면 1톤 트럭에 쓰레기가 한가득 쌓였다. 낮에는 좀체 버리는 사람을 발견하기가 쉽지 않은 탓도 있었지만 특별히 밤에 할 일이 없는 남자였다.

숙소로 돌아온 남자는 벗은 구두를 신발장에 가지런히 돌려놓

는다. 신발장에는 몇 켤레의 신발이 일직선을 이루며 나란히 정렬
돼 있다. 옷을 벗어 늘 놓던 자리에 개켜 옷걸이에 걸어 넣는다. 옷
장 안의 옷들이 백화점 진열대처럼 말끔하다. 모든 게 제자리에 있
는 걸 보면 남자는 형언할 수 없이 뿌듯해졌다. 욕실 문을 열자마
자 비릿한 냄새가 훅 달려들어 그는 이맛살을 찌푸린다. 비위가 약
한 남자였다. 오늘따라 수돗물의 소금 맛이 유독 강해 양치를 하다
가 왈칵 내뱉는다. 이곳에 내려오고부터 자주 거슬린 물맛이었다.
컵의 물을 버리고 냉장고의 생수를 꺼내 입을 헹군다. 소금 물맛 때
문인지 습기가 있는 곳마다 여전히 비릿해 속을 뒤집어놓는다. 그러
고 보니 숙소 구석구석이 내밀하게 비릿하다. 숙소 관리자는 지하수
에 염분이 담겨 있다고 했다. 비릿함의 근거는 바다였다. 남자는 숲
에서 놓친 사람 때문에 소금기가 배긴 듯 온몸이 끈적끈적해 욕실로
발걸음을 내딛는다. 발령을 받아 내려온 지 석 달이 넘어가지만 그
는 이곳의 모든 게 낯설고 생경하다.

　까악. 까악.
　녀석은 오늘도 자신의 계획대로 움직인다. 인간의 생활리듬은 아
랑곳없다는 듯 악악댄다. 남자는 까마귀가 우는 게 아니라 짖어댄다
는 생각을 떨쳐버릴 수가 없다. 반쯤 열린 창 너머에 녀석이 꼿꼿이
앉아 있다. 녀석은 히말라야시다 꼭대기에 앉아 사방을 둘러보더니

그와 눈이 맞닥트리자 모르쇠로 일관한다. 남자의 숙소 오 층 베란다와 녀석이 서 있는 거리는 오 미터쯤 떨어졌지만 녀석의 날 선 검은 눈동자가 또렷하게 보일 정도였다. 양쪽 날개를 일직선으로 펴고 치달을 때 녀석은 맹금류만큼 번뜩거린다.

성벽을 감싸고 있는 숲 우듬지는 마치 산의 옆구리를 잘라다 놓은 듯 길고 구릉이 졌다. 성벽 아래에 있는 나무는 주로 아카시아였는데 지금은 성벽을 박차고 올라 거리의 가로수 역할을 하고 있었다. 맨 밑에는 개잎갈나무인 히말라야시다가 벚나무와 마주했다. 숲 사이사이에 토종 소나무도 있었으나 아카시아 나무에 가려 빈약함만 드러냈다. 성벽 위에서 보면 숲 낭떠러지인데 남자가 사는 오 층에서는 꽤 높은 산으로 여겨질 만큼 성벽 숲은 높아 보였다. 남자는 가끔 베란다 의자에 앉아 차를 마시며 성벽 숲을 바라보곤 했다. 녀석의 소리 때문에 바라보기 시작했지만 이제는 녀석의 숨겨진 보금자리가 어딜까, 하고 살피는 버릇마저 생겼다.

녀석의 악악거림에 이미 깨어버린 잠이었다. 밤늦게는 뻐꾸기가 울어대더니 이른 아침은 까마귀가 울어댔다. 성벽을 따라 형성된 숲에 성벽 아래로 온갖 새들이 둥지를 틀었다. 무리 새 중에 우두머리 격은 까마귀가 아닐까 하는 생각이 들 정도로 녀석은 기승을 떨었다. 모름지기 남자는 까마귀가 자신의 세를 과시하는 것 같아 짐짓 거슬렸다. 녀석이 아침 일찍 사냥을 나가면 그동안 숨죽였던 새들의 소리가 하나씩 들려왔다. 먹이를 물고 포드득 자신의 보금자리로 돌아가는 이름 모르는 새들이 의외로 많았다. 숲에도 보이지 않는 질서가 내재해 남자는 씁쓰름해진다. 유독 성벽 아래에 숲이 우거진 걸 두고 사람들은 말하곤 했다. 죽은 병사들의 시체가 거름이 되어 나무가 우거진 것이라고. 시체 얘기를 처음 들었을 때 그는 차 맛이 깡그리 달아났다. 전혀 근거 없는 소리야 아니겠지만 매일 그곳을 순찰해야 하는 그로서는 듣기 거북한 말이었다.

성터는 사람들의 거주지로 오래전부터 점령당해 버렸다. 절도사가 군사훈련을 시키고 업무를 보던 병성은 흔적조차 남지 않았다. 꽤 이른 시간인데도 두 개의 도시락을 들고 뛰는 택배 기사의 그늘진 얼굴과 채 말리지 못한 머리칼을 휘날리며 바삐 등교하는 여고생과 함께 성은 아침을 맞이했다. 누구 하나 성에 관심이 없어 보였다. 그냥 그 공간에 성이 덩그러니 있을 뿐이었다. 그곳에 색다른 게 있은들 달라질 건 없지만 남자는 외면당한 성터가 왠지 자신처럼 여겨졌다. 반쯤 허물어진 성이 마치 야외 설치미술 같이 마을을 향해 서 있었다. 수십 개의 바윗돌을 모아 사각으로 쌓아올린 치성만 도드라지게 솟아 있을 뿐 성은 허허하고 단조로운 구조다. 치성 뒤편에는 낡은 빌라들과 우중충한 주택들이 마구 뒤섞여 흉물스럽기까지 했다. 성벽이 내려다보이는 맞은편 아래는 탁 트인 평원이 펼쳐져 있었다. 심심한 평원의 변화는 문명이 차지한 공간들로 나

누어졌는데 긴 꼬리를 드리운 비행기 활주로에는 규칙적인 쇳소리
가 성벽까지 스며들어 남자는 성 전체가 흔들릴까봐 몸을 자주 움
찔거렸다.

　갈맷빛 능선이 원만한 곡선을 그리며 부드럽게 떠 있다. 가보지는
않았지만 능선 너머에는 바다가 있을 거라고 남자는 짐작했다. 숙
소를 등지고 강이 흐른다. 강이라고 하지만 흘러내리는 물은 실개천
정도였다. 지금은 물이 거의 다 말라버렸지만 모래 삼각주의 크기
로 보면 옛날에는 큰 강이었음을 알 수 있었다. 왜구들이 이 강을 이
용해 배를 타고 성까지 쳐들어왔다고 사료에 적혀 있었다. 병선들이
거친 소리를 내며 뱃전에 부딪치는 물살을 가르고 다가오는 것 같
았다. 남자는 수많은 병사의 외침을 상상해본다. 붉은 깃발을 든 의
병들이 남쪽의 바람을 타고 성을 사수하러 올라왔고, 그 물결이 구
릉 곳곳에 붉은 함성으로 울려퍼졌다. 왜병들이 몰려왔던 바다는 지
금도 그 바다다. 달라진 게 있다면 성을 둘러싼 시간이었다. 몰려오
는 왜적의 무리를 보며 보루의 병사는 오줌을 질금거렸는지도 모른
다. 아니면 숙명의 승부를 담담하게 받아들여 비장한 각오로 칼자루
를 불끈 쥐고 눈을 부라렸을 것이다. 남자는 무엇 하나 뚜렷하지 않
은 성터 사료에 조금은 싱거워진다. 다만 흥미가 간다면 녀석이었
다. 성 주변에 사는 사람들은 까마귀에 영물이 깃들었다고 입을 모
아 얘기했다. 까마귀 한 쌍이 백 년 넘게 성을 떠나지 않고 지킨다는

거였다. 1894년 복원된 성 사료 사진에 검은 새 한 쌍이 남자는 무척 거슬렸다. 까마귀가 이 성의 모든 것을 기억한다며 성터 지킴이들이 우길 때 터무니없는 소리로 여겼지만 내심 껄끄러웠다. 치성 위에 남자가 서 있다. 강의 끝 언저리에 바다가 맞닿아 있다. 이따금 포루 위에서 냄새를 더듬으면 아지랑이처럼 가물거리는 은빛 바다가 보이는 것 같은 착시도 일었다. 떨쳐버렸던 바다의 환영幻影에 남자는 질끈 눈을 감아버린다.

　전날 놓친 사람이 못내 걸려 남자는 숲 우듬지 밤 순찰을 시작했다. 께름칙하면 못 견디는 그였다. 성터 아래에서 놓쳤기에 오늘은 성터 위에서 기다려 보기로 작정한다. 달그림자에 아카시아가 분분하다. 배수로를 올라가던 사람을 놓친 시간이 얼추 밤 11시를 넘었었다. 남자는 배수로 위쪽에서 아래를 굽어본다. 배수로는 보이지 않고 시커먼 어둠만 끝없이 이어진다. 소금기를 머금은 밤바람이 볼을 핥자 적요한 고요가 가슴을 파고들었다. 울컥치밀어 오른 뭔가에 남자는 무엇이 그토록 두려웠단 말인가, 하고 자신에게 되묻기 시작한다. 그 뭔가를 끌어안고 몸부림 친 시간들이 적나라하게 떠올라 남자는 어둠 속에 있는 게 다행스럽기까지 했다. 정말 모를 일이었다. 남자는 출생의 근원을 왜 진즉 확인하지 못했는지, 지금에 와서야 물음표를 던지는 자신이 한심해 헛발질로 몇 번 허공을 휘젓곤 했었다. 일순간 배수로 쪽에서 서걱대는 잎사귀 소리에 그는 반사적으로 고개를 돌린다. 오늘따라 유달리 달이 밝아 소리가 들리는 곳을 주시한다. 희부연 물체가 위쪽으로 올라오는 게 보인다. 남자는 반쯤 무릎을 꿇어 아래쪽으로 고개를 숙인다. 배수로 위로 한쪽 팔이 보이더니 아무것도 걸치지 않은 사람의 등덜미가 희끄무레하다. 남자는 등을 향해 손전등을 비추려하다가 하마터면 손전등을 놓칠 뻔했다. 전라全裸의 여자였다. 여자의 젖가슴이 좌우로 흔들리며 가쁜 숨소리까지 들려오지 않는가! 손전등을 황급히 다른 쪽으로 돌린 그는 여자 앞에 나타나야 할지 머뭇거리며 어찔할 바를 모른다. 상대를 보고 민망할 여자를 생각하니 시커먼 덤불 속으로 자신도 모르게 몸이 숨겨진다. 헉헉거리며 올라온 여자는 손전등의 빛 때문인지 주위를 흘끔흘끔 살피더니 사람이 없는 걸 확인하고는 털썩 주저앉는다. 장갑을 벗은 여자는 목에 두른 수건으로 겨드랑이의 땀을 부지런히 닦더니 숨을 들이쉰다. 밤이었으나 달빛과 먼 가로등 빛에 여자의 몸매가 오롯이 드러났다. 마치 열쇠 구멍으로 여자를 훔쳐보는 것 같아 남자는 머쓱해진다. 여자의 목덜미에서 시작된 부드러운 곡선은 드가의 목욕하는 여인들마저 연상시켰다. 비누 냄새만 풍기지 않았지 살 냄새인지 꽃향기인지 모를 향내가 남자의 코끝을 스쳐지나간다. 봉긋한 젖가슴을 보자마자 남자는 아랫도리가 움찔거려 괜스레 허리띠를 조여 매었다. 숨 고르기를 마친 여자가 일어나 달빛을 향해 두 손을 벌려 긴 호흡을 한다. 여자의 행동을 몰래 지켜보던 남자만 난감해진다. 지금 여자 앞에 나타났다가는 치한으로 오해받기 십상이었다.

각종 넝쿨과 덤불에 둘러싸인 배수로는 아는 사람만 알지 거기에 배수로가 있는지조차 몰랐다. 여자는 성벽 아래 배수로가 시작되는 빈 공터에 서 있었다. 신경 써서 들여다보지 않는다면 숲에 가려 잘 보이지 않았다. 그곳은 오직 여자만의 공간 같았다. 여자는 달빛의 정기라도 받으려는 듯 양팔을 한껏 들고 하늘을 바라본다. 남자가 쳐다보는 곳에서는 여자의 옆모습만 보일 뿐이었으나 유연한 옆선이 달빛 조도를 받아 은은하게 빛났다. 남자의 맥박이 조금씩 빨라졌다. 고즈넉한 밤을 타고 농밀한 아카시아 향내가 지천에 진동하고 온통 어지러웠다.

숙소로 돌아온 남자는 예기치 않은 광경이 못내 지워지지 않는다. 한밤중에 발가벗고 배수로를 오르는 여자라니…… 황당하다 못해 장면을 다시 떠올릴수록 뭔가에 홀려버린 것 같아 당황스러웠다. 여자가 로프를 타고 올라가는 곳은 정확하게 말하면 빗물받이 수로였다. 20미터의 높이로 성과 맞닿아 있었다. 빗물받이 수로였지만 성 관리 구역 안에 속했다. 재수 없는 일이 생기지 말란 법이 없듯이 혹 불상사가 생기면 곤란해질 수 있었다. 남자는 문화재청 공무원이었고 성벽을 보존해야 할 책무가 따랐다. 여자의 행위를 무한정 방관

할 수는 없었다.

팩스로 들어온 공문에는 며칠 뒤에 주민대책위원들과 만남을 주선하라는, 성터복구에 따른 주민의 민심을 살피라는 지시가 덧붙여져 있다. 몇 달 동안 이곳에서 일어난 일들에 남자는 심경이 복잡해진다. 소속은 문화재청인데 문화재는 허울만 있고, 그 허울을 뒤집어쓴 꼭두각시가 된 것만 같아 못내 찜찜했다. 남자는 자신의 정확한 임무가 뭔지 이곳에 오고부터 헷갈려졌다. 지시를 받은 사안은 시청과 구청, 주민의 동향을 살피고 매일 보고서를 작성하는 거였으나 성 순찰과 쓰레기 수거가 더 실질적인 업무였다. 해를 넘기고 지금껏 끌어오다 문화재청에서 세운 대책이 파견공무원인 남자였다. 주민의 반발에 어느 정도 성의를 보일 필요가 있는 차원에서 그가 임시방편 투입된 거였다.

사람들이 시청으로 몰려와 시위한다는 전화를 받자마자 남자는 시위를 중재해야 할 부담감에 가슴이 울렁거린다. 예상은 했으나 불편하고 성가신 일이었다. 문화재청에서 사람이 내려왔다는 얘기를 들은 후부터 주민들은 더 거세게 항의했다. '성 정비 예산확보를 위한 궐기대회'라는 띠를 두르고 사람들이 시청 청사 현관 바닥에 줄을 지어 앉아 있다.

"이보세요! 우린들 땅바닥에 앉아 시위하고 싶겠습니까? 문화재청이나 시에서 지금껏 한 게 뭡니까? 몇 년 동안 청원서만 해도 수십만 장입니다!"

항의자들의 목소리가 점점 높아진다.

"문화재청에서도 최대한 주민 여러분의 의견을 반영하려고 합니다."

전과 같은 답변으로 주민을 설득해야 하는 남자는 한시라도 이 자리를 모면하고 싶은 마음뿐이었다. 강파른 노인이 자리에서 벌떡 일어나더니 잡고 있던 피켓을 남자를 향해 가리킨다.

"저런 애송이를 보낸 것부터 보면 뻔하잖아. 문화재청에서 성 복구 의지가 없는 거야!

분이 다 풀리지 않았는지 노인은 들고 있던 피켓을 남자 쪽으로 냅다 집어 던진다. 피켓이 남자의 무르팍에 미처 이르지 못하고 땅바닥에 내팽개쳐진다. 현수막의 항의 글자들이 점점이 커져 남자의 눈앞에 떡 버티고 있다. 남자는 왜 자신이 이곳에 불려와 이런 수모를 당하는지, 버럭 화를 내거나 맞장 뜰 처지가 아니었기에 이러지도 저러지도 못하는 자신에게 수틀리기만 한다.

작은 배를 누군가 젓고 있었다. 사내아이가 섬을 향해 힘껏 노를 저었다. 바다 물결은 잔잔하고 햇살을 받은 물빛은 사이다 거품처럼 보글거린다. 섬에는 초라한 움막이 보였다. 아이를 향해 두 팔을 벌려 반갑게 맞이해주는 사람들. 그들의 따뜻한 눈빛이 사내아이를 즐겁게 한다. 남자가 잊을 만하면 한 번씩 꾸는 꿈이지만 똑같은 장면의 꿈을 반복해서 꿀 수 있을까, 하는 의문이 생기곤 했다. 남자는 꿈이든 기억이든 깡그리 지우고 싶지만 지워지지 않아 매번 까칫거렸다.

어린 시절부터 남자의 집은 항시 정돈되어 정갈했다. 햇빛이 거실을 비추면 광선을 받은 사물들은 먼지 하나 없이 반들거렸다. 남자는 그 분위기에 안도했다. 모든 것이 있어야 할 곳에서 자리를 지켰다. 아버지는 비상시에 먹을 식량 두서너 달 분을 항상 지하창고에 배치했을 뿐 아니라 정전이 났을 때도 바로 찾을 수 있도록 제자리에 놓는 습관을 강요했다. 남자는 눈을 감고도 집안의 물건들이 어디에 있는지를 가늠했다. 자신이 찾던 물건이 제자리에 있음을 감지했을 때는 짜릿한 전율마저 느낄 정도였다. 정돈은 남자에게 지극히 자연스러운 일이었다. 명절날 친척들이 모였을 때 아이들이 물건을 만지고 제자리에 두지 않으면 아버지는 양미간을 찌푸리셨고 어머니는 따라다니며 바로바로 제자리에 놓아두었다. 가족 중에 아버지의 생활 철학을 가장 잘 받아들인 사람은 남자였다. 습관은 같았지만 남자는 가족들과 많이 닮지 않았다는 걸 가끔 사람들을 통해 확인해야 했다. 늦둥이가 부모를 많이 닮지 않았어, 하다가 하는 행동을 보고 닮았다고 사람들은 금세 말을 바꾸었다. 남자는 닮지 않았다, 에 불안하다가 닮았다, 에 안도했다.

며칠 내내 여자가 지워지지 않아 남자는 여자가 나타날 시간에 맞춰 배수로 위, 성벽 아래에서 지켜보기로 마음먹었다. 구름 속에 숨은 달로 주위는 무척 어두웠다. 남자는 여자의 맞은편 아지트를 응시한다. 한 시간 넘게 기다렸지만 여자는 나타나지 않았다. 허깨비를 본 것도 아니고 그날 여자를 본 건 틀림없는 사실이었다. 일회성 이벤트였거나 늘 배수로를 타는 여자가 아닐지도 모른다는 생각에 이르자 공연히 순찰한 게 후회가 되었다. 남자가 성벽을 순찰하는 코스는 숙소 밑의 도로에서 시작해 성터 위까지 걸어 올라가거나 아니면 차로 성터 밑의 터널을 지나 성터 위 정상까지 올라가는 정도였다. 괜히 헛걸음했다는 생각도 들었지만 남자에게 남아도는 것은 여분의 시간이었다. 남자는 갑자기 여자가 올라간 배수로를 타보고 싶은 호기심이 발동했다. 실내암벽 등반을 몇 달 타본 적이 있기에 못할 것도 없다는 생각에 이르자 즉각 몸이 움직였다.

배수로는 이끼가 끼어 상당히 미끄러웠다. 남자는 암벽화도 신지 않은 여자가 맨발로 어떻게 올라갔을까 뜨악해졌다. 배수로의 폭은 1미터가 족히 넘었기에 양다리를 벌리고 올라가는 건 무리였다. 발디딤 공간이 있는 것도 아니었고 손잡이 역할을 하는 홀드가 있는 것도 아니었다. 배수로 밑에서 로프를 걸고 올라갔는지도 몰랐다. 헤드램프도 켜지 않은 여자가 발가벗은 몸으로 오른 걸 보면 보통

암벽을 타본 솜씨가 아니었다. 남자는 여자도 거뜬히 올라간 배수로라고 만만하게 봤다가 오늘 낭패를 당한다. 갖가지 넝쿨들과 나뭇가지들에 뒤엉켜 고개를 들기조차 힘들 뿐 아니라 잘못 디뎠다가는 주르륵 미끄러질 판국이었다. 그나마 헤드램프를 켜고 왔으니 망정이지 그냥 왔다가 무슨 일을 당했을지도 모를 일이었다. 눈앞을 가로막는 잎사귀들을 피하다 팔은 가시넝쿨에 연방 긁혀 따끔거린다. 미세한 움직임이 일자 남자는 극도로 예민해진다. 바스락거리는 소리에 남자는 하마터면 오줌을 찔끔거릴 뻔했다. 머리끝이 주뼛 설 찰나에 남자의 앞을 뭔가 휙 지나친다. 도둑고양이였다. 고양이 한 마리에 겁을 먹은 자신에게 남자는 헛웃음이 났다. 클라이밍 경험이 있는 남자였지만 배수로를 헉헉거리며 올라가는 수준은 딱 초보였다. 그동안 몸은 굳을 대로 굳어 갑각류의 등처럼 딱딱해졌다. 이대로 가다간 화석처럼 굳어질지도 모를 일이었다. 배수로 위에 간신히 올라오자 땀범벅이 돼 지쳐 벌러덩 누운 꼬락서니에 남자는 어이가 없어진다. 이만한 높이에 허덕거리다니, 자신도 모르게 불쑥 튀어나온 말이었다.

　여자가 나타나지 않아 한편으로는 다행스러우면서 한편으로 기다려지는 건 무슨 심사인지 모를 일이었다. 매일 배수로를 발가벗고 기어 올라가는 건 미치지 않고서는 불가능한 일이었다. 그렇다면 그날은 왜? 꼬리에 꼬리를 문 궁금증이 순찰할 때마다 남자의 뇌리에 떠올랐다. 성벽 한 바퀴를 다 돈다는 건 꽤 시간이 걸렸다. 꼼꼼히 살피면 한 시간은 족히 걸렸다 성벽 아래에 우거진 숲이 성벽을 감싸다 보니 마치 산 중턱에 성벽이 있고 그 아래 숲이 있는 형국이었다. 숲의 나무들은 성벽 아래를 치고 올라 성벽 중간까지 가지를 뻗고 있었다. 그러다 보니 쓰레기를 골진 숲에 버리는 몰염치한 사람들을 만들어냈다. 어쩌다 한 번씩 성 지킴이들이 쓰레기를 수거하곤 했으나 턱도 없이 부족했다. 여자는 일주일째 배수로를 타지 않았다.

북쪽성벽을 따라 검정 물체가 성 둑을 향해 오르고 있다. 움직임이 큰 걸 보면 사람임에 틀림없었다. 남자의 직감대로라면 이번에도 여자임이 확실했다. 성터 북쪽은 그나마 이곳이 성이었다는 것을 알 수 있게 성벽이 상당히 남아 있었다. 북쪽 성벽은 그다지 숲이 우거지지 않은 곳이었다. 어두웠다면 여자를 못보고 그냥 스쳐 지났을 것이다. 여자가 성벽을 타는 곳은 엄청 위험한 곳이었다. 남자가 부임해 오기 전 집중호우로 북쪽의 성벽 일부가 무너졌다고 들었다. 보수공사를 하여 지금은 다 정비가 된 상태지만 일절 사람의 출입을 금했다. 출입금지 팻말이 북쪽 성곽 아래에 붉은 글씨로 굵게 쓰여 있었다.

민소매 차림의 여자가 성벽을 오른다. 성벽을 따라 형성된 울타리

둑도 배수로 못지않게 가팔랐다. 여자가 올라가는 걸 물끄러미 바라보던 남자만 난처해진다. 저번처럼 발가벗은 게 아니라 옷은 입었어도 여전히 몸매가 드러나 무안한 건 마찬가지였다. 남자는 단단히 마음먹고 여자를 뒤따라간다. 여자가 잔디를 깔아놓은 성벽 안까지 올라오자 남자는 여자 앞에 성큼 다가선다. 쌕쌕거리며 올라오던 여자는 남자와 눈이 마주치자 화들짝 놀란 표정을 짓는다.

"어머머…… 이봐요? 누구세요? 이 시간에, 여기서 뭐하는 거죠?"

남자는 여자의 질문에 다소 어이가 없었지만 물러날 수는 없는 노릇이었다.

"성터 문화재관리담당자입니다. 지금 이곳에서 무엇을 합니까?"

"……."

"그냥, 운동하는 거예요. 성벽은 건들지 않았어요."

여자의 목소리가 나지막하게 들려온다.

"성벽을 건들지 않았다고요? 성벽 타는 걸 직접 보고 얘기하는 겁니다. 이렇게 위험한 곳에서 운동을 하다니요! 일주일 전에도 배수로 탔던 사람, 맞죠?"

남자의 질문이 끝나자마자 여자는 획 돌아서 성벽 아래로 뛰어 달아난다. 나뭇잎들이 잠깐 흔들리더니 다시 숲은 어둠만 남긴 채 잠잠하다. 여자가 로프를 잡고 내려가는 것 같아 남자는 경고라도 하듯 소리를 질렀다.

"이보세요? 거기 위험합니다! 다시는 여기서 성벽 타지 마세요!"

낯 뜨거운 장면을 본 것 같아 오히려 남자의 낯이 후끈거렸다. 굳이 이곳까지 와서 성벽을 타는 여자를 이해할 수도 없었지만 이해한다고 한들 남자에게는 번거로운 일이었다. 성벽을 건드리지 말아야 하는 룰 정도는 알고 있다고 했지만 그래도 모를 일이었다. 성벽 아래에 쌓인 쓰레기들이 이곳의 양심을 대변해주지 않는가.

일주일째 잠을 제대로 못 잔 남자였다. 붙박이장에서 무슨 소리가 들려 남자는 귀를 벽 가까이 갖다 대본다. 사람이 자면서 새근거리는 숨소리가 간헐적으로 들리는 것 같더니 점점 사라진다. 남자가 잠에서 깰 무렵이면 어렴풋이 들려왔다. 남자는 환청을 들을 정도로 쇠약하지는 않았다. 여태껏 소리를 모아두었다가 벽이 조금씩 풀어놓는 걸까, 남자는 자신이 강박증이 아닐까 스스로 의심이 갔다. 남자는 붙박이장의 숨소리를 오래전에 들은 것 같기도 했다. 급한 숨소리에는 노동의 지친 흔적이 담겨 있었다. 기억이 희미해질 때면 사내아이가 협소한 방에 누워 자는 꿈을 꾸곤 했다. 잠든 아이의 표정은 그렇게 평온할 수가 없었다. 누워 있는 사람들의 얼굴은 선명하지 않았지만 사내아이 옆에는 거친 숨소리가 갈강거렸다. 뇌리에 흩어져 있는 기억의 단상들이 조밀하게 연결돼 우울한 서사를 만들어가자 남자는 다시 진저리쳐진다.

까악. 까악. 까마귀 소리에 남자는 이곳의 모든 게 생채기가 일 듯 불편하다. 까마귀, 비릿한 바다냄새, 버려진 성터…… 그리고 배수로를 오르는 발가벗은 여자, 모를 일이었다. 아득바득 애 태우며 숨겨둔 은밀한 것들이 이 성에 오고부터 마냥 느슨하게 풀어지는 것 같아 남자는 그 느슨함에 불안해졌다. 땀에 젖은 여자의 거뭇한 젖꼭지에 생각이 이르자 남자의 가슴은 다시 벌렁거린다.

남자는 두 번째 배수로를 타기 시작한다. 보통 실내암벽이 밖으로 돌출되었다면 배수로는 40센티미터쯤 밑으로 푹 꺼져 있었다. 시멘트로 포장된 건 인공암벽과 비슷했다. 암벽화를 신은 남자가 로프를 연결할 만한 곳을 이리저리 찾아보았다. 배수로 옆 틈새에 고리를 걸 수 있는 볼트가 박혀 있는 걸 발견한 남자는 실실 웃음이 나왔다. 여자가 오랫동안 이곳을 암벽장소로 정해 연습했다는 걸 알 수 있는 증거물이었다. 처음에 볼트를 발견하지 못한 건 꼼꼼하게 살피지 못한 탓이었다. 배수로 밑바닥에도 파인 곳이 몇 군데 있었다. 남자가 로프를 의지해 배수로를 타고 올라간다. 여전히 남자는 올라가는 게 버겁다. 처음 탈 때보다 편했지만 무뎌진 몸이 좀체 풀리지 않아 로프에 불끈 힘을 줘본다. 몇 달 전 발령을 받고 이곳에 내려왔을 때는 혼자라는 해방감에 신이 날 정도였다. 한 달이 더 지나자 무료한 지겨움이 결코 좋기만 한 건 아니란 걸 뼈저리게 깨달았다. 남자를 턱턱 숨 막히게 하던 집이 그립기까지 했다. 외롭다든가 슬픈 감정이 아닌, 자신이 이 버려진 성터와 절묘한 세트를 이루고 있다는 인식에 도달하자 몸과 마음이 더 움츠러들었다. 배수로를 올라갈수록 남자는 그동안 갇혀 있던 것들이 스멀스멀 풀어지는 것만 같아 자못 성취감에 몸을 떨었다. 부드럽게 녹아내린 몸이 로프에 힘을 주자 탄력을 받은 생식기마저 금세 빡빡해진다. 팽팽한 줄이 하부에 살짝 스칠 때마다 남자는 왠지 모를 뭔가에 야릇해진다. 왜 벌거벗은 몸으로 여자가 성벽을 탔는지 백번 이해가 되기까지 했다. 온몸이 피돌기를 시작하는지 오랫동안 잊고 있었던 감각들이 또렷이 살아난 듯 아랫도리가 젖어들며 남자는 달뜬 신음소리마저 내었다.

성터 위까지 올라왔는데도 남자의 희열은 쉽게 가라앉지 않는다. 밤하늘은 더없이 청명하고 달빛의 요염함에 몸은 자잘하게 풀어진다. 가쁜 호흡을 가다듬자 남자 옆쪽으로 여자가 성터 위에 다리를 올려놓으며 올라온다. 여자의 숨결이 남자에게까지 들린다. 남자가 그렇게 제지를 했는데도 아랑곳하지 않고 여자는 여태껏 성벽을 탄 것이었다. 같은 공범자가 된 것 같아 남자는 쓴웃음이 나온다. 오늘도 여자의 돌출패션은 여전하다. 여자가 가까이 다가오자 남자는 벗은 조끼로 젖은 아랫도리를 살짝 가렸다. 노란 헬멧을 쓴 여자가 모자를 벗는다. 짧은 컷의 여자는 살빛이 땀으로 얼룩져 있다. 남자를 바라보는 여자의 시선이 의미심장하다.

　남자와 여자는 성터 아래 잔디밭에서 말없이 성 아래를 굽어본다. 성터 치성 뒤로는 황토와 섞인 잔디가 밤공기에 축축했다. 치성 아래는 아직도 잠들지 못한 건물들이 버거운 일상을 버티고 있었다. 땀이 식어가고 있었다. 사람들이 사는 마을은 부유하는 밤 연기로 다문다문 가려져 형체가 불분명했다. 침묵을 깬 건 여자였다. "저기요? 캔 맥주 있는데, 마실래요?" 남자가 미처 대답하기도 전에 잔디밭을 뚜벅뚜벅 걸어가더니 여자는 배낭 앞에 퍼질러 앉는다. 마침 나들이라도 온 듯 여자는 배낭에서 캔 맥주를 꺼내와 남자에게 건넸다. 남자가 올려다본 밤하늘에 잔별들이 아스라하다. 달은 멀찍이 곡선을 그리며 성터를 밝게 비추었다. 아카시아 암향이 어둠에 잦아들자 뜻하지 않게 여자와 대작한 남자는 왠지 모르게 붕 뜬 기분이 들었다. 맥주를 몇 번 들이키자 짜릿한 전율이 몸의 내밀한 곳까지 퍼져갔다. 간만에 남자는 마음이 평온한 상태는 이런 게 아닐까 하고 고개를 주억거렸다.

　"달빛이 정말 부드러워요. 제가 옷도 안 입고 배수로를 타서, 저 여자 미치지 않았나 생각했죠?"

　남자를 향해 여자가 멋쩍은 듯이 묻는다.

　"옷을 벗고 성벽을 타면 뭔가 모를 힘이 솟구쳐요. 내 안의 잡스러운 기억들이 성벽으로 스며들어 새로운 기억들로 채워진다고 할까,

저는 이 성 때문에 다시 산목숨이거든요. 이 성터, 죽기에 좋은 장소 같지 않아요?"

여자가 죽기에 좋은 장소라는 말을 하자 남자는 견딜 수 없는 기분이 몰려들어 웃어서는 안 될 상황에 남자는 피식 웃고 말았다.

"그날 무엇에 이끌려 여기까지 왔는지 모르겠어요. 죽는 것 말고는 달리 방법이 없다는 믿음에 도달하면 전에 없던 용기도 생기나 봐요. 꽤 늦은 밤이었는데…… 어디가 어딘지 분간하기도 쉽지 않았죠. 내가 서 있는 곳 아래는 낭떠러지 같았고, 무엇보다 어두운 숲이라 죽기에 딱 좋은 장소라는 생각이 들었는지도 몰라요."

한 사람의 생사가 달렸던 얘기가 왜 우스운지 모르지만 여자의 치켜뜬 잿빛 두 눈에 슬픔의 그림자가 드리우자 남자의 눈빛도 나직이 가라앉는다.

"택시를 타고 가다 무작정 내려달라고 했는데…… 한참을 걷다가 멈추게 된 곳이 이곳이었어요. 드센 바람이 휘몰아치다 못해 할퀴어 대더군요. 사나운 바람이 사정없이 나를 몰아쳤어요. 마치 차디찬 죽음이 나를 기다리고 있는 것 같았죠. 정신없이 뛰어내렸는데 뭔가 미끄럽게 재빨리 내려가더군요. 이제 죽는가 보다 했죠. 그러다 정신을 잃었나 봐요. 시간이 얼마나 흘렀는지, 살갗을 꼭꼭 찌르는 아픔에 깨어났어요. 몸은 천근만근 무거워 꿈쩍도 하지 않는데 딱딱한 무언가가 계속 쪼아댔어요. 도저히 견딜 수 없어 눈을 뜨니 글쎄, 검은 새 한 마리가 내 눈을 노려보고 있잖아요."

까마귀? 남자는 성 숲에 사는 까마귀가 화들짝 떠오른다. 녀석이 맞을 거라는 심증이 가는 건 왠지 모를 일이었다.

"꿈인가 했는데…… 성벽 배수로 밑이더군요. 통증이 느껴지자 그제야 지난밤 제가 한 행동이 떠올랐어요."

달무리조차 없는 명징한 밤이다. 밤은 외로운 이들의 떨림을 진정시키러 깊숙이 잦아들었다. 밤의 입김이 온갖 내밀한 이야기를 들으러 곳곳에 포진했고, 드높게 월광만 성벽을 배회할 뿐이다. 아카시아 나무 잎사귀로 달빛 조각들이 흩어졌다 엮어진다. 하얀 꽃망울이 터질 때마다 대지는 향긋함에 취해 나른히 잠들어 있다. 달빛이 어둠을 뚫고 여자를 향해 쏟아져 내렸다. 여자는 털어버리지 않고는 정녕 견딜 수 없다는 듯 담담하게 말했다. 꽃향기를 머금은 바람이 남자와 여자를 에워싸자 남자는 어쩌면 자신도 고백해야 할지 모른다는 두려움에 눈앞에 잦아든 어둠을 노려보았다. 어둠은 서글픈 기억들을 끊임없이 자아냈다. 심장을 짓누르고 있던 온갖 것들이 무너져 가벼워질 수만 있다면, 남자는 살 수 있을 것도 같았다. 오래전 성에는 많은 죽음이 있었다. 지금도 낯선 죽음들이 있다. 이 여자는 죽음에 실패한 경우지만 남자가 알지 못한 시간에 여기 또 다른 죽음들이 묻혀 있는지도 몰랐다. 그렇다고 보면 여자가 말한 '죽기에 딱 좋은 장소'라는 말은 전혀 터무니없는 말도 아니었다. 죽음이 죽음을 부르고 있는가. 여자는 왜 죽으려고 했는지에 대한 얘기는 하지 않았다. 얘기하지 않은 것은 남자와의 거리감일 수도 있었고 자신의 가슴 속에 빗장을 채워 묻으려고 했는지도 모른다. 오랫동안 성이 죽어간 사람들의 사연을 고스란히 안고 있듯 말이다. 남자는 죽으려고 작정한 사람들은 삶의 열정이 남다른 사람일 거라고 반추해본다.

눈앞에 희붐한 새벽이 다가온다. 얼마를 잔 것일까. 여자는 가고 없었다. 남자는 오랜만에 깊은 잠을 잔 것 같아 한결 개운했다. 지난 밤에 여자의 가슴이 남자의 살갗에 와 닿은 것 같아 심장이 다시 뜨듯해진다. 달빛은 강렬했고, 여자는 포근하고 생기가 넘쳤다. 알싸하게 취해 남자는 여자의 품에 안겨 운 것도 같았다. 여자의 진실에 무슨 고백을 강요받았는지, 도무지 기억이 나지 않는다. 다만 남자의 가슴은 지금까지 따뜻하게 먹먹하다. 남자는 여태껏 기다란 성벽을 따라 걷는 게 절대 편치가 않았다. 온갖 기억들이 되살아날 것만 같은 성터에서 늘 도망을 꿈꾸곤 했다. 삶은 높은 절벽에 매달려 올라가지도 내려가지도 못할 상황을 매번 연출하지 않았는가. 사람들은 되도록 높이 성을 쌓으려고 했지만 드높은 성은 어이없게 일순간 와르르 무너져 내렸다. 하지만 모든 게 끝나버린 게 아니었다. 무너진 그 성벽을 타고 새로운 이야기들이 성벽에 다시 저장되었다. 일시적이든 장기적이든 성은 물기를 머금은 수련처럼 고스란히 숨었다가 피어나기를 반복했다.

  먼 하늘가에 스러지는 새벽 별들이 아스라하다. 남자는 성벽을 따라 맨발로 걸어본다. 촉촉한 잔디에 발이 닿을 때마다 흙 향내가 물씬 풍긴다. 타원형의 성벽이 안으로는 사람들의 삶을 밖으로는 초연한 듯 아래를 굽어본다. 새벽안개 사이로 솟구쳐 올라오는 것들이 보인다. 마을을 안은 북쪽 성벽들이 금방금방 세워져 간다. 다시 집집이 성벽을 쌓고 무수한 성이 성을 채워나간다. 성벽이 고개를 들고 곧추세워져 가면 끝없이 세워져 가는 성벽을 따라 남자는 계속 걸어간다. 무수한 얘기가 성 안에서 속살거리는 것 같아 양쪽 귀를 잡고 흔들어 본다. 사람들이 웃고 있다. 사람들이 울고 있다. 사람들이 한숨짓는다. 사람들이 깔깔거린다. 다시 사람들이 성벽 속으로 사라진다. 성벽 맞은편에 아슴푸레하게 바다가 보인다. 사내아이가 노를 저으며 미소 짓는다. 바다가 온통 황금빛으로 찰방거린다. 까마귀 두 마리가 성터 위를 배회한다. 남자는 가물거리는 바다를 다시 눈을 부릅떠 바라본다. 머지않아 그곳을 찾아가야 할지도 몰랐다.

수로

스마트폰의 메인 시각은 9시 5분이었다. 오후 PT까지 일곱 시간 남짓 남았지만 수의 미간은 잔뜩 주름이 져 있다. 조금 전 카센터 직원과의 통화는 발생해서는 안 되는 불상사였다. 수입 차 전문 수리 센터였다. 5일 정도면 충분하다고 1급 정비사는 자신 있게 장담했었다. 어제 그렇게 당부를 했는데 저녁이 되어야 차를 찾을 수 있다니…… 빠듯한 일정을 생각하자 수는 부아가 치밀이 올랐다. 아침 출근하자마자 건넨 최의 짧은 멘트는 수를 더욱 긴장시켰다.

오후 S사 기획 PT 기대해도 되지?

최는 늘 이런 식이었다. 상대를 신뢰한다는 것을 담보로, 그 짧은 문장의 함의는 몇 십 배의 무게로 다가왔다. 어찌 보면 최가 사람을 부리는 수완이었다. 수뿐만 아니라 여러 사람이 이 짧은 문장에 붙잡혀 날밤을 지새워야 했다. '기획실 공동 프로젝트' 제안 또한 수를 떨떠름하게 했다. 부장의 취지는 기획실과 회사를 위한 것이기에 김과는 절대 못한다고 정색할 수도 없는 노릇이었다. 부장은 김과 수, 둘 다 기획 보고서를 만들라고 지시했다. 둘 중에 좋은 것을 택하겠다는 속셈이었다. 이도 저도 성에 차지 않을 때는 둘을 합쳐서 대안을 만들 게 뻔했다. 이번 프로젝트도 예외는 아니었다. 이 방법은 부장이 자주 쓰는 꼼수였다. 수로서는 그 꼼수의 끝을 알았기에 썩 내키지 않았다. 파티션 너머로 수를 훔쳐보는 시선이 느껴졌다. 김이었다. 김의 눈빛에 수는 으르렁대는 하이에나를 떠올렸다. 수와 눈이 마주치자 김은 넉살 좋은 미소를 수에게 보냈다.

PT는 빈틈없이 준비했지만 몸은 생리 전날처럼 찝찝했다. 점검을 체질화하고 사는 수로서 승용차의 지연은 있을 수 없었다. 예상치 못할 일이 생길까 봐 일주일 전에 차를 맡긴 거였다. 아침에 반드시 대령해 놓겠다던 차를 오늘 저녁이 되어야 찾을 수 있다는 건 도무지 납득이 되지 않았다. 수가 아끼는 차였다. 할부금을 안고 살 수도 있었으나 2년 동안 적금을 부어 구입한 차였다. 긁힌 선은 조수석 옆 사이드미러 아래에서 뒷문 끝까지 무지막지하게 그어져 있었다. 견적이 제법 나오겠다는 정비사의 말에 수는 신경이 날카로워질 대로 날카로워졌다. 차에 익숙해져 흥겨워질 찰나에 잔인하게 횡으로 그어놓았다. 깊게 팬 자국에서 광물의 날카로움이 번득였다. 그냥 스쳐 긁힌 게 아니라 누군가 작정하고 그어놓았다는 걸 단박에 알 정도로 골이 깊었다. 보험사 직원은 수에게 비웃듯이 물었다. "누군가 작정하고 별렀나 봐요?" 보험 직원의 물음에 아무 대답을 하지 않은 수는 입술을 잘근잘근 깨물었다. 범인은 아파트의 사각지대를 노리고 치밀하게 자행했다. 수한테 원한을 가진 사람일 수도 있었고 아닐 수도 있었다. 그냥 술에 취해 다른 사람의 차를 긁으려다 수의 차를 망쳐놓았을지도 몰랐다. 누가 그랬을까? 라는 의심은 수의 생각을 마비시키고 뼈까지 삭아지게 했다.

오전 미팅 장소는 공교롭게도 재개발 지역으로 뜨고 있는 중앙시장 근처였다. 무슨 일로 갔는지 모르지만 수의 기억에 중앙시장은 낯설지 않았다. 어릴 때 누군가와 갔을지도 몰랐다. 그 지역에서 중앙시장은 이름처럼 중심지였고 꽤 활성화된 시장이었다. 하지만 주변에 대형마트가 들어서고 인구 층이 이동하면서 중앙시장은 옛 이름을 무색하게 했다. 도시계획대로 재개발이 되면 주변 상권이 살아날 확률에 부동산 업자들은 기대가 이만저만이 아니었다. 몇 시간 뒤 만나기로 한 G 컨설팅 담당자도 재개발과 무관하지 않았다. 몇 주째 기온은 삼십칠 도를 웃돌다가 사십 도까지 육박했다. 이른 시간인데도 불볕더위가 장난이 아니었다. 계속된 폭염에 농작물과 가축, 사람마저 죽게 되었다고 아우성들이었다. SNS에는 검증되지 않은 루머들이 떠돌았다. 이웃나라의 방사능 유출과 황사현상이 폭염의 주범이라고 했다. 건물과 상점에서 내뿜은 에어컨 열기들이 복사열과 섞여 도시를 휘감았다. 쩡쩡 울리는 태양의 기염에 모두 녹아 버릴 듯 사람들은 휘청거렸다. 서늘한 한 줌의 수분이 주어진다면 수는 잠시 숨을 돌릴 수 있을 것 같았다. 수는 여름 내내 아웃 웨어를 걸쳐 입을 정도로 햇빛 알레르기가 심했다. 따가운 햇살에 팔을 드러내면 금방 오도독 붉어졌다. 택시를 타고 미팅을 가야 하자 수는 왠지 모르게 안절부절못했다. 회사 입구에서 콜택시를 기다리고 있던 수는 자신이 끝을 알 수 없는 밀림 속을 헤매고 있다는 생각이 불현듯 들었다. 앙상하게 마른 짐승이 헉헉거리며 배회하는 꼴이었다. 그러자 자신이 한없이 초라해졌다. 이긴 자만이 살아 남으리라는 생각에 이르자 두 주먹이 부르르 떨렸다.

  예약이라는 빨간 전자 글자를 깜박이며 은색 택시 한 대가 수 앞에 미끄러지듯 정차했다. 수가 갈 곳은 정확하게 말하면 중앙시장은 아니었으나 달리 택시 운전사에게 뭐라고 표현하기가 어중간했다. 중앙시장을 지나 이백 미터 떨어진 건너편이었지만 그렇게 말해본들 중앙시장을 비껴갈 수는 없었다. "대수동 중앙시장요." 택시기사는 알아들었는지 아무 말도 않고 가속페달을 밟아 달리기 시작했다. 차 안은 에어컨의 찬 공기로 춥기까지 했다. 가방에서 겉옷을 꺼내려던 수는 겉옷을 챙겨오지 않은 걸 그제야 알았다. 뭘 빠트렸나 했는데 겉옷이었다. 수는 창문 쪽 거리를 응시하며 검지 손톱을 물어

뜯었다. 수의 회사에서는 부지만 확보되면 해외 브랜드를 유치할 아웃렛을 계획하고 있었다. G 컨설팅의 의중을 제대로 파악하고 다음 기획안을 만들어야 하는 수 입장에서는 여간 신경이 쓰이는 게 아니었다. G 컨설팅의 규모는 컸고 이번 미팅만 성사되면 수는 무난하게 상반기 실적에서 앞설 수 있었다. 승진을 생각하자 수는 김의 의뭉한 눈빛이 떠올라 입안이 까칠거렸다. 저번 승진을 빼앗아 간 건 김이었다. 김보다 몇 점 앞서는 점수였는데도 수는 승진에서 밀렸다. 전 이사와 뻔질나게 골프 회동을 할 때 짐작을 못한 건 아니었으나 끝까지 치사하게 수를 밀어낼 줄은 몰랐었다. 벽보에 붙은 인사 공지를 보고 어, 생각도 못 했는데! 라며 너스레를 떠는 김의 표정은 가관이었다. 게다가 학교 선배라는 건 똥 밟은 것처럼 더럽고 괴로웠다. 개자식…… 수는 계속 손톱을 짓뜯으며 욕지거리를 내뱉었다.

마포대교를 지나자 태양은 회색 구름 속으로 종적을 감추었다. 하늘이 시커멓게 장막을 드리우자 주변이 칙칙해졌다. 시간이 흐를수록 도로를 뒤덮은 건 희뿌연 기운이었다. 부연 안개 속을 택시가 힘겹게 가는 듯했다. 바깥공기가 서늘하게 느껴졌는지 운전사는 운전석의 창문을 내렸다. 물기를 머금은 바람이 에어컨 냉기와 범벅돼 수의 팔을 핥아댔다. 한바탕 비가 퍼부을 듯 주변이 어둑해졌다. 수의 직장에서 중앙시장까지는 승용차로 대략 50분 거리였다. 멀다면 먼 거리였다. 자기 차를 타고 갔다면 이 시간을 최대한 즐기면서 갈

수 있었을 텐데 라는 아쉬움이 수를 떠나지 않았다. 뒷자리에 앉아 즐겨 듣던 음악조차 들을 수 없다고 생각하자 승용차가 자꾸 눈에 밟혀 속이 아려왔다.

　그때 스마트폰이 문자 온 것을 알렸다. 남편이었다. 앞뒤 다 잘라 먹고 말하는 버릇은 여전했다. "언제 갈 거야?" 6개월의 별거에 수는 다소 숨통이 트였다. 아침에는 서로 바빠 못 만나고 저녁에 만나도 서먹하기는 마찬가지였다. 종일 문자 한 통 보내지 않는 남편에게 매달리는 바보짓을 더 이상 하고 싶지 않았다. 징글징글한 결혼생활에 끝장을 내야 했다. "이렇게 살 바에 우리 헤어져." 수가 이 말을 내뱉자마자 남편은 기다렸다는 듯 가방을 싸 들고 자기 엄마 집으로 가버렸다. 막내딸의 결혼을 반드시 보고 눈을 감고 싶다는 아버지의 유언 어린 당부를 떨쳐버리기가 쉽지 않았었다. 가족들은 꼭 그래야만 한다는 눈짓으로 수에게 애절한 사인을 보냈다. 결혼을 등 떠밀리듯 해야 하는 부담감은 그리 오래가지 않았다. 마침맞게 적당한 사람이 나타난 것이었다. 격정적이거나 화려하지 않았지만 무난함이 편했다. 그러나 그 무난함이 지겨움이 될 줄은 몰랐었다. 며칠 뒤 법원에서 보자는 문자를 남기려다 수는 멈추었다. 시어머니는 수가 먼저 이혼을 제안했다며 위자료는 한 푼도 줄 수 없다고 목소리를 높였다. 수가 평소 알고 있던 교양 넘치던 목소리랑 사뭇 달랐다. 오히려 위자료는 당신 아들이 받아야 한다며, 못을 박았다. 문자에 답이 없는 수를 보고 남편은 씹혔다고 욕을 할지 몰랐다. 그러나 지금은 미팅이 우선이었다.

택시가 고가도로 아래에 자리한 시장을 향해 갈수록 수는 휘둥그레졌다. 몇 년 전 수가 알고 있던 시장의 모습이 아니었다. 시장은 폭격까지는 아니더라도 전쟁 세트장을 방불케 할 정도로 닳아 있었다. 건물들은 낡아서 금방이라도 폭삭 내려앉을 듯했다. 희끄무레한 상가들이 너덜하게 서 있었다. 활발하게 다니던 차들이나 웅성거리던 사람의 모습은 좀체 찾아볼 수가 없었다. 수는 자신이 잘못 왔나, 하고 의구심이 들었다. 서울 여러 곳에 중앙시장이 있었지만 재개발 예정지는 이곳이 분명했다. 혹여 수가 잘못 들었을 수도 있었다. 하지만 그럴 리가 없었다. 장소와 시간을 몇 번 확인한 수였다. 수는 택시 운전사에게 이곳이 중앙시장이 맞나 재차 물었다. 운전사는 대수동 중앙시장이라며 내비게이션을 보라고 말했다. 수는 운전사에게 다시 타고 가야 할지 모르니 잠시만 기다려 달라 말하고 내렸다.

건물들과 상가들은 마치 오래전 비워진 것 같았다. 중앙시장 입구로 들어가는 아치형의 둥근 지붕에는 간판이 떨어져 나간 땟자국과 몇 가닥 전기선만 삐죽 보였다. 수가 알고 있는 대로라면 건너편 상가가 틀림없는데 건물은 오간 데 없고 부서진 콘크리트 잔해와 녹슨 철근이 자리를 대신했다. 그 옆에는 각종 쓰레기가 너절하게 쌓여 있었다. 정말 모를 일이었다. 난감한 수는 G 컨설팅 담당자에게 전화를 걸었다. 통화음은 가는데 상대편은 전화를 받지 않았다. 멀찍이 노인이 리어카를 끌고 수를 향해 오고 있었다. 오르막이 아닌데도 노인은 힘겹게 리어카를 끌어당겼다. 리어카에 온갖 잡동사니들이 실려 허물어질 듯 위태위태했다. 노인의 아지트에 수가 발을 잘못 들여놓은 것처럼 착각이 들 정도로 노인과 이곳은 기이하게 어울렸다. 수가 자신이 가고자 하는 건물을 묻자 노인은 한 손으로 리어카를 잡고 한 손으로 힘겨운 듯 어느 곳을 가리켰다. 노인의 거무죽죽한 손가락이 가리킨 곳은 낡은 건물이 몇 채 서 있는 곳이었지만 희미했다. 노인이 가리킨 방향으로 찾아 나섰지만 수가 찾고자 한 곳은 보이지 않았다. 다시 물어보려고 노인이 걸어간 쪽으로 고개를 돌렸을 때 노인은 이미 보이지 않았다. 골목 어귀에 발정 난 두 마리의 고양이가 얼굴을 비비적거리는 것 외에 인기척은 없었다. 페인트가 벗겨진 상가 셔터에 녹물 자국들이 줄을 이었다. 녹슨 자물통 밑에는 거미줄들이 어지럽게 얽혀 횟가루를 뿌려놓은 것 같았다. 사람의 소리는 어떤 소리도 들리지 않았다. 오랜 시간을 함묵한 이곳에서 수만 낯선 침입자가 되어 떠돌았다. 수는 그 침묵이 견디기 힘들었다. 몇 바퀴를 돌아도 수의 앞에는 비슷한 갈림길만 나타났다. 오늘 만날 담당자에게 30분 전부터 전화를 걸었지만 어찌 된 영문인지 전화를 받지 않았다. 스마트폰의 시간은 거의 11시 30분이 다 돼 가고 있었다. 약속시간 10분 전이었다. 수는 약속 장소에 거의 다 왔는데 건물을 찾지 못했다고 조금만 기다려 달라는 양해의 문자를 급하게 전송했다. 스마트폰 액정에 굵은 빗방울이 툭 떨어졌다. 곧이어 정수리 위로 차가운 빗방울이 떨어졌다. 수의 머리카락이 쭈뼛거렸다. 다시 몇 방울이 목 뒷덜미에 떨어지자 며칠 전 꾼 꿈이 또렷하게 되살아났다.

마구 들어붓듯이 도시에 비가 내렸다. 말간 하늘에서 소낙비가 쏟아졌다. 곳곳마다 빗물에 침수돼 난리였다. 집을 향해 가는 수는 종아리까지 차오르는 빗물에 어찌할 줄을 몰랐다. 집에 있을 아이들 때문에 심장은 콩닥콩닥 터져버릴 지경이었다. 지금의 폭우라면 집에도 엄청나게 물이 찼을 거였다. 세찬 물살이 도로에 철썩거렸다. 종아리는 물살을 좀체 가누지 못하고 미적거렸다. 나아가야 하는데 물의 압력이 다리의 무게를 짓누르고 있었다. 수는 대문을 휘돌아 흐르는 물살을 잡으려고 팔을 가누었다. 아이들을 이대로 떠내려 보낼 수 없다는 생각에 수는 흘러가는 물살에 몸을 내던졌다. 사람들이 달려들어 수의 팔을 잡아당기며 끌어당겼다. 아이들이 떠내려가는데 수가 할 수 있는 일이 아무것도 없었다. 안 돼! 라는 절규와 함께 수는 물에 첨벙 내려앉아 버렸다. 꿈이었지만 정말 실제 상황처럼 생생하고 처절했다. 현실과 달리 꿈에서는 네다섯 살쯤 보이는 수의 아이들이었다. 휴…… 긴 한숨이 수의 입에서 새어나왔다.

하늘빛이 점점 일그러지더니 검검하다 못해 무시무시해졌다. 택시가 있는 곳으로 발걸음을 돌렸지만 택시는 눈에 띄지 않았다. 종종걸음으로 걷던 수는 경보 걸음으로 바꾸었다. 구두 힐에 미끄러져 발을 몇 번이나 접질렸다. 수한테 이번 미팅과 PT는 승진을 좌지우지할 정도로 중요했다. 넌지시 웃고 있는 김의 살찐 얼굴이 떠오르자 수는 화들짝 정신이 들었다. 서너 사람이 지나다닐 수 있는 골목 중심에 수는 서 있었다. 먹먹한 골목에는 허연 수증기를 머금은 뭔가가 불쑥 튀어나올 것 같았다. 가게의 베니어 상판들이 너덜거리며 털벅거렸다. 나달해진 상판 소리가 들릴 때마다 수의 신경이 바짝 곤두섰다. 여기저기에서 무엇인지 모를 무엇들이 마구 삐거덕대는 것 같아 수는 초조해졌다. 굵직한 빗방울들이 머리카락으로 자꾸 파고들었다. 수는 선택해야 했다. 이러다 두 건을 다 놓칠 판이었다. 별다른 묘책이 없었다. 이미 30분이 지난 뒤였다. 스마트폰에는 어떤 울림도 답장도 들어오지 않았다. 중앙시장의 미팅을 떨쳐버리자 수의 마음은 더 다급해졌다. 빗줄기들이 도로를 향해 내리꽂듯 쏟아졌다. 빗물에 흠씬 젖은 시장은 흉물스러워 끔찍스러웠다. 한시바삐 돌아가야 했다. 회사에 도착해 PT까지는 채 네 시간밖에 없었다. 이미 옷은 다 젖어 원피스는 달라붙어 버렸다. 사무실에 여벌의 정장이 준비돼 있었다. 도착해서 옷을 갈아입고 프레젠테이션을 하기까지의 여유는 있었지만 서둘러야 했다. 수는 구두를 벗어 손에 쥐고 뛰었다. 빗물에 앞이 보이지 않을 정도였지만 비는 줄기차게 내렸다. 예상치 못한 집중호우였다. 도로 하수구에서 빗물이 역류하여 분수처럼 넘쳤다. 기다리라고 한 택시는 좀체 보이지 않았다.

아래턱이 의지와 상관없이 덜덜거렸다. 윗니와 아랫니가 부딪치는 소리는 더욱 빨라졌다. 빗물에 옷은 이미 젖을 대로 젖어 마른 체형을 말갛게 드러냈다. 수가 발을 들어 빗물을 휘젓자 짜릿한 감각들이 하체에서 꿈틀거렸다. 주위는 빗물로 물체조차 가늠하기가 불분명했다. 얼마 전에 꾼 꿈이 다시 재현되는 것 같아 수는 도리질을 쳤다. 눈앞에 사람의 형체가 아른거렸다. 택시운전사일지도 몰랐다. 빗물에 얼룩진 사람의 얼굴은 불분명했다. 구릿빛 목과 안경을 쓴 얼굴에 빗물이 주룩주룩 흘러내렸다. 황토 물살이 뛰어가는 수의 발걸음을 더디게 했다. 자동차가 바퀴를 빼내려고 요동치는 소리가 여기저기서 날카롭게 들려왔다. 짐승들이 울부짖는 소리 같아 수는 마냥 움츠러들었다. 페트병들이 도로 하수구 구멍 쪽으로 둥둥 떠내려갔다. 수를 향해 큰 걸음으로 뛰어오는 남자를 보자 수는 짧은 탄성을 내지르며 하이힐을 놓아버렸다. 남자의 두 눈은 보이지 않고 안경은 희부연 습기로 가득했다. 남자가 두 손을 들어 손짓했다. 함빡 젖은 남자가 뭐라고 수를 향해 소리쳤지만 빗소리에 잘 들리지 않았다. 도대체 무슨 일인지 수는 꼼짝할 수가 없었다. 종아리까지 차오르고 있는 빗물에 수는 근육이 마비된 듯 감각이 없었다. 콘크리트 바닥에 하이힐 두 짝이 나뒹굴며 떠내려갔다. 두 다리도 턱처럼 떨려왔다. 수는 몇 초의 따뜻함이 절실했다. 남자가 수의 떠내려가는 구두를 잡아 건졌다. 멍하게 서 있는 수를 향해 남자가 여기를 빨리 빠져나가야 한다고 큰소리로 말했다. 남자가 수의 오른쪽 팔을 잡아 끌어당겼다. 팔을 잡은 그의 손에서 미지근한 온기가 느껴졌다. 물에 빠진 사람처럼 수는 남자에게 바짝 엉겨 붙었다. 도로 갓길에 폭우를 고스란히 맞고 있는 승용차가 보였다. 뒷좌석 문을 연 남자가 수를 밀어 넣었다. 원피스에서 떨어진 물방울들이 마른 시트를 향해 그림자처럼 번져갔다. 수가 앉자 자리는 이내 얼룩져 축축해졌다.

수를 향해 남자가 수건을 내밀었다. 닦을 생각조차 않는 수를 남자가 잠시 쳐다보았다. 이곳은 홍수가 나서 위험하다고 빨리 빠져나가야 한다고 말했다. 젖은 머리카락이 앞이마를 가려 수는 남자의 얼굴이 불분명했다. 남자는 몸을 돌려 수의 머리에서 뚝뚝 떨어지는 물을 수건으로 훔쳐내었다. 물기를 거의 닦았음에도 수는 온몸으로 떨어댔다. 남자는 운전석 의자를 뒤로 젖혀 수의 옆으로 다가앉았다. 바들바들 떠는 수를 남자가 한쪽 팔을 들어 수건으로 감쌌다. 남자의 체온이 수의 등 언저리에 전해졌다. 수는 아무 저항을 못하는 아이같이 순순히 따랐다. 남자의 입에서 나온 숨결이 수의 귓

불을 자극했다. 따뜻하고 야릇한 입김이었다. 순간 수는 그 따뜻함에 모든 것을 내맡기고 싶어졌다. 몇 초만이라도 그 따뜻함을 유지할 수 있다면 모든 것을 이겨낼 수 있을 것만 같았다. 수가 격렬하게 남자의 품으로 파고들자 당황한 남자가 멈칫거렸다. 남자가 두 팔로 수를 꼭 껴안자 수는 고개를 들어 젖먹이 아이처럼 입술을 더듬었다. 남자의 입속은 말랑하고 따뜻했다. 수는 물속에서 자맥질하듯 남자의 입속으로 빨려 들어갔다. 남자가 수의 원피스를 거칠게 가슴으로 끌어올렸다. 버클의 차가움이 수의 배를 잠시 스쳤다. 남자의 손길이 닿자마자 검붉은 유두가 빳빳하게 일어섰다. 강렬한 열꽃이 등줄기를 타고 피어올라 머릿속을 달구었다. 차 문을 향해 끊임없이 빗살이 내리쳤지만 수증기로 바깥을 볼 수가 없었다. 수의 몸은 녹진히 녹아내렸다. 며칠 못 잔 잠을 자야 하듯 피곤이 몰려왔다. 차창에 부딪히는 소리가 희미하게 들려오자 수는 이대로 잠들었으면 하는 갈망이 커져갔다. 눈꺼풀이 무겁게 감겨오면서 깊은 잠에 빠져들 것만 같았다. 의지와 달리 몸이 먼저 반응을 했다. 얼마나 잠든 것일까, 라는 생각에 미치자 수는 정신이 번쩍 들었다. 라디오 앰프의 푸른 숫자가 2시였다. 남자는 운전석에 앉아 수해뉴스를 듣고 있었다. 수가 인기척을 내자 멋쩍은 듯 남자도 몇 번 헛기침을 했다.

차 바퀴로 빗물이 쓸려가는 소리가 세찼다. 굵은 빗줄기에 차 바퀴는 계속 물안개를 뿜어냈다. 앞질러가는 트럭이 물살을 어지럽게 갈라놓았다. 승용차 옆으로 물살을 거스르며 차들이 지나갔다. 좌우로 튕겨져 나온 물줄기들이 물거품을 토해내며 위로 솟구쳤다 떨어졌다. 승용차 정면으로 앞차가 거슬린 물들이 몇 번이나 퍽 소리를 내며 덮쳐왔다. 와이퍼가 좌우로 바쁘게 물을 쓸어냈지만 헛수고로 보였다. 반포대교는 통행이 금지돼 있었다. 대교 남단은 이미 강처럼 흘러넘쳤다. 햇빛을 가리기 위해 임시 천막으로 만든 삼각형 흰 지붕만 싯누런 물에 고개를 내밀었다. 올림픽대로는 완전히 잠겨 그곳이 도로였는지 분간하기가 어려울 정도였다. 황토 물과 시커먼 물이 뒤섞여 울렁거렸다. 어마어마하게 불어난 급류를 보고 수는 이 모든 상황이 낯설지가 않았다. 그 광경은 오래전 후쿠시마의 쓰나미를 방불케 했다. 시커먼 바닷물이 밀려와 순식간에 집과 도로를 쓸어버렸었다. 꽁무니를 빼며 달아나던 자동차가 결국에는 물에 휩쓸려 흔적조차 보이지 않던…… 지금 눈앞에 펼쳐진 장면도 그와 못지않았다. 몇 시간 전만 해도 습기 한 점 없던 마른하늘이었다. 수는 자신이 촘촘한 거미줄에 걸려 제자리에서 버둥대는 벌레 같았다. 드문드문 트럭과 자동차들이 다리 쪽을 향해 오다가 다시 방향을 돌려 뒷걸음질 쳤다. 올림픽대로 아래에 주차했던 차들이 포물선을 그리며 떠다녔다. 어디가 길이고 어디가 강인지 구분할 수가 없었다. 황갈색의 물 천지였다.

라디오에서 한강의 수해지역을 선포하고 시민들에게 대피를 요청하는 아나운서의 목소리가 다급하게 울렸다. 몇 주 동안 지상의 습기란 습기들을 모두 빨아들인 하늘이 한꺼번에 물을 토해내고 있었다. 교통방송에서는 몇 시간의 폭우로 잠수교뿐만 아니라 여러 다리가 통제되었다고 취재기자가 빠르게 전했다. 남자가 직진 방향을 꺾어 유턴을 시도했다. 원효대교 쪽으로 갔다가 다시 방향을 돌려야했다. 그곳도 통제되기는 마찬가지였다. 승용차는 수가 알지 못하는 거리를 향해 한껏 내달았다. 한강을 거슬러 북쪽으로 가고 있는 것 같았다. 한 시간 후에 PT였다. 아무래도 시간 내 도착하기는 불가능할 듯했다. 수는 최 부장에게 몇 번 전화를 걸었지만 부장은 전화를 받지 않았다. 폰 배터리가 충전을 바란다는 메시지가 깜박거렸다. 수는 양 손가락의 깍지를 꼈다 뺐다를 반복했다. 후배인 박 대리도 계속 통화 중이었다. 수가 어쩔 줄 몰라 하자 남자는 더욱 속도를 내었다. 손이 부드득 떨렸다. 폰 진동 울림이었다. 부장이었다. 수가 통화를 누르자마자 폰 화면이 까무룩 꺼져버렸다. 이렇게 일이 수틀릴 수가 없었다. 단단히 열 받은 부장의 얼굴이 떠오르자 낭패감이 밀려왔다. 남자도 핸드폰이 빗물에 고장 났다고 했다. 연락할 아무 대책이 없었다. 주위는 전부 물바다였다. 삽시간에 경계가 무너져버렸다. 공중전화 부스도 보이지 않았다. 도로 아래에 반쯤 물에 잠긴 플라타너스가 바람에 잉잉거렸다. 한시라도 빨리 강을 건너가는 게 최선의 방책이었다. 김이 배를 잡고 웃는 모습이 그려지자 아랫배가 아릿하게 저렸다. 수가 가지 않으면 수의 기획 보고서를 갖고 김이 대신할 것이었다. 공동 프로젝트였기에 김은 보고서를 훤히 꿰뚫고 있었다. 공동 프로젝트라고 하지만 수의 기획안이었다. 수가 아이디어를 냈고 모든 프레젠테이션 과정도 수가 만들었다. 김은 살짝 이름만 올린 것뿐이었다. 근데 정작 주인공은 빠지고 조연이 이 모든 성과를 차지하게 되다니, 한 번도 아니고 몇 번이나 이런 상황을 맞닥트린 현실이 수는 저주스러웠다. 오전 미팅 나갈 때 김의 표정이 끔찍하게 그려졌다. 어쩌면 김은 오늘 하루의 일들을 예상하고 있었을지도 몰랐다. 프레젠테이션을 득의양양하게 하는 김의 모습을 생각하니 수는 강물에 당장 뛰어 들어가고 싶은 심정이었다.

남자는 하천이 불어나 도로가 물바다가 됐다고 지하철역으로 방향을 돌렸다. 지하철 입구 아래에는 빗물을 잔뜩 안은 수챗구멍이 휘돌고 있었다. 어마어마하게 불어난 물은 회오리바람처럼 빈 구멍들을 찾아다녔다. 구멍이 채워지면 다시 역류하여 급살 맞게 흘러갔다. 하얀 스티로폼 박스들이 빙하 조각처럼 여기저기에서 표류했다. 네 살배기쯤 돼 보이는 아이가 엄마의 손을 잡고 지하철 입구 벽 상단에 서 있는 게 보였다. 아이는 강처럼 불어난 주위를 신기한 듯 기웃거렸다. 한 발짝이라도 잘못 디디면 아이는 물살에 휩쓸려 갈지도 몰랐다. 아이만 위험을 모르는 것 같았다. 수는 금방이라도 아이가 엄마 손을 놓칠 것 같아 초조해졌다.

의사는 무리하지 않으면 괜찮다고 했다. 양막을 지탱하는 자궁경관이 약하지만 크게 염려할 일은 아니라고 거듭 말했었다. 다만 무리한 운동이나 스트레스는 꼭 피하라고 의사는 당부했다. 초음파기기에서 태아의 심장은 펄떡펄떡 뛰었다. 태아의 심장소리가 생생하게 들릴 때마다 수는 미안하면서 왠지 모르게 짜릿했다. 수는 그동안 피임 조절을 잘해왔었다. 무엇이 잘못되었는지 임신은 예상치 못한 복병처럼 수를 당황시켰다. 남편도 시어머니도 아이를 천천히 가지라고 말을 하곤 했었다. 수가 임신한 사실을 회사에는 비밀로 했기에 해외 출장을 미룰 수가 없었다. 원하지 않았지만 이미 생겨버린 태아였다. 그렇다고 생명을 지울 수는 없는 노릇이었다. 앞날의 막막함처럼 태아도 불투명했다. 그날 해외 출장을 가지 않았다면…… 아이는 지금쯤 살아 있었을까, 한 번씩 되뇌는 질문에 수는 씁쓸해졌다.

싱가포르는 비가 내리고 있었다. 후덥지근한 날씨를 예상한 수는 비가 내려 오히려 일하기에 편할 거라는 기대감마저 생겼다. 그날 오후에 T사와 면담할 때 아랫배가 뻐근하게 뭉치는 것 같았다. 장대비가 건물 창문을 부수듯 내리쳤다. 아열대성 기후답게 일주일 내내 비가 퍼붓는다고 T사의 애널리스트가 양 어깨를 들썩이며 말했다. 창을 타고 주르륵 흐르는 빗줄기를 보며 수는 자고 일어났을 때 허벅지를 타고 흘러내리던 진득한 맑은 액체를 떠올렸다. 냉이었다.

냉 줄기는 빗물처럼 투명했다.

호텔 로비에서 키를 건네받는데 아랫배가 뒤틀리며 숨을 쉴 수조차 없었다. 이마에 땀이 나며 열이 치솟았다. 하체에 물컹한 무엇이 흘러내렸다. 배를 움켜잡고 주저앉는 순간 다급한 직원의 영어 억양이 통증에 섞여 들려왔다.

"What's going on? Are you ok? Emergency!"

병원 창문에는 영롱한 빗방울들이 굴러 내리기를 반복했다. 대롱대롱 매달려 있다가 또 다른 물방울을 만나 뭉쳐지면 물방울은 그 무게를 이기지 못하고 미끄럼질 쳤다. 수는 그것이 마치 수천만의 알갱이들이 오로지 한 곳의 입성을 향해 거침없이 질주하는 듯 보였다. 생명은 강렬한 집착에 의해 그렇게 탄생하는지 몰랐다. 수는 제 무게를 견디지 못하고 하강하는 물방울을 보며 부실한 요람을 떠올렸다. 그렇게도 멀리, 그렇게도 힘들게, 그렇게 생명을 향해 달려온 태아였다.

자궁경관이 약해 양수가 터졌고 태아는 질식했다고 의사는 유감을 표했다. 아는 사람이 아무도 없는 낯선 타국이라는 게 오히려 수의 마음을 편하게 했다. 수의 손이 배를 찾아 더듬었다. 이미 배의 부피는 푹 꺼져 뱃가죽만 미지근했다. 태아의 흔적은 남은 통증이 말해주었다. 수는 그 통증이 지속되기를 곱씹었다. 태아는 자신을 원하지 않았다는 것을 알고 떠났는지도 몰랐다. 태아가 그 사실을 알았다면 그것은 너무나 가혹하고 잔인한 일이었다. 22주가 채 안 된 생명이었다. 물비린내가 공기를 타고 수의 코를 스쳤다. 사타구니를 타고 흐르던 양수도 진득하면서도 비릿했다.

지하철 입구의 아이는 발을 들었다 놓았다 장난을 쳤다. 한 발짝만 잘못 디디면 물에 빠져버릴지도 몰랐다. 아이도 아이 엄마도 위험을 모르고 불어난 물 구경에 빠져 있었다. 수는 창문을 약간 열어젖혔다. 수의 의도를 알았는지 남자가 수를 향해 고개를 좌우로 흔들었다. 싯누런 물이 무서웠는지 배가 고팠는지 갑자기 아이가 큰소리로 우는 것 같았다. 아이가 급류를 향해 손짓하며 울어대자 남자는 차를 돌려 역사에서 멀어져 갔다. 아이의 엄마가 아이를 어르고 있었다. 수는 고개를 돌려 뒷자리의 창으로 아이가 보이지 않을 때까지 바라보았다. 아이 엄마가 아이를 품에 안고 있는 게 멀리서 보였다. 아이는 안전했다.

유산의 원인을 남편은 수의 탓으로 돌렸다. 남편도 원하지 않았던 아이였다. 수를 향해 노려보며 말하던 남편의 목소리가 날카롭게 다시 들려왔다. "당신은 아이를 애당초 원하지도 않았어! 항상 일이 우선이었지." 평소에는 입을 꾹 다물고 말조차 않던 남편이 아이를 잃자 맹공격을 퍼부었다. 아이 얘기를 하자면 수라고 받아칠 말이 없는 건 아니었지만 싸우고 싶지가 않았다. 남편이 그토록 아이를 원했는지 의아했으나 다 부질없는 짓이었다.

토사와 섞여 개천은 온통 황갈색이었다. 하늘에서 쏟아져 내리는 비라고 하지만 순식간에 이렇게 많은 물이 어디서 모인 것일까, 물의 속도는 초원을 달음박질하는 짐승의 무리처럼 빨랐다. 수천 갈래의 길과 구멍에서 나온 물들이 목적지를 향해 가고 있었다. 한 치의 주저함도 없이 그들은 갈 곳을 향해 가고 있었다. 다만 정신을 못 차리고 있는 것은 사람들뿐이었다. 그들을 모두 수용할 요람은 아무 일도 없었다는 듯이 그들을 받아들일 것이고, 그들은 거기서 또 다른 여행을 꿈꿀 것이었다.

승용차는 빗물을 거슬러 또 다른 대교를 향해 달려갔다. 도시에 이렇게 많은 다리가 있다는 게 수는 엄청난 위로가 되었다. 이 다리를 못 건너면 또 다른 다리에 기대를 걸었다. 하천 다리는 엿가락처럼 휘어져 물에 잠겨 있었다. 하천 옆 이층 양옥집들이 반이나 물에 잠겨 위층의 노란 물통들이 즐비하게 보였다. 도로에는 하얀 물거품들이 수증기를 쉬지 않고 피어 올렸다. 그 수증기들은 경계가 아예 없었다. 희부연 수증기들을 뚫고 버스가 나타났다가 또 다른 수증기를 뚫고 트레일러가 나타났다. 전조등을 비추어도 수증기가 더 짙어 잘 보이지 않았다. 남자가 클랙슨을 힘껏 눌러대며 달음박질했다. 빗소리와 물소리, 클랙슨 소리가 섞여 들려왔다. 수는 불쑥 차들이 튀어나올 때마다 가슴이 철렁 내려앉았다. 차선의 경계는 이미 무너져 버렸다. 수증기 속에는 수가 알지 못하는 또 다른 세계가 도사리고 있는 듯 보였다. 강 건너의 세계는 마치 미지의 끝도 없는 갈림길처럼 더 아득하게 여겨졌다. 건물과 사람들은 다 사라지고 오직 수만 그 세계를 향해 손을 내밀고 있었다. 이상하게도 온 도시가 물난리가 났는데 사람들은 도통 보이지 않았다. 긴급히 대피를 했을지도 몰랐다. 아니면 모두 어디로 갔단 말인가. 이대로 간다면 도시는 물에 점점 잠겨 고대 설화에 등장하는 도시처럼 될지도 몰랐다. 바다에 잠긴 도시는 지금도 수천 년의 잠을 고요히 자고 있었다. 이 도시도 잠을 청하고 있는 듯 적막했다. 수는 그 고요함에 질려버릴 것 같았다. 마땅히 있어야 할 곳을 자신만 이탈한 것 같아 두려움이 몰려왔다. 조밀한 그물에서 벗어나지 못한 답답함이 밀려오면서 다시 한기가 몰려왔다. 머리부터 다리까지 떨리기 시작했다. 양 어깨를 감싸고 있는데도 피부들이 일제히 흔들거렸다. 몸 속 뼈들조차도 제자리를 못 지키고 떨어대는 것 같았다. 수는 주체할 수 없는 빗물처럼 강 주변을 뱅글뱅글 휘돌다 자신도 떠내려갈 것 같아 현기증이 일었다.

빗물에 쓸리는 차바퀴 소리를 뒤로하고 차는 방향을 바꿔 북쪽으로 내달았다. 물은 일제히 내려가고 수는 물을 거슬러 올라갔다. 물은 종착지를 향해 유유히 가는데 수만 종착지가 불분명해 보였다. 처음부터 목적지와 종착지 같은 건 없었는지도 몰랐다. 목적지를 향해 끊임없이 흘러가는 물은 거침이 없었다. 마땅히 가야 할 곳을 그들은 가고 있는 듯 보였다. 그들의 끝은 새로운 시작처럼 여겨졌다.

물들과 반대로 수는 길을 찾아가고 있었다. 그런데 가면 갈수록 자신이 가고 있는 길이 자꾸 헷갈리기만 했다. 길의 경계는 애매했다. 아니 처음부터 없었는데 사람들이 길을 만든다고 억지를 부렸는지도 몰랐다. 가느다란 길이 멀리 간당거리며 강 위에 서 있었다. 수는 그 다리들이 덜덜거리며 떨고 있다는 생각이 들었다. 강 너머 하늘에서 푸른 섬광이 번쩍거렸다. 강 건너 세상이 마치 고립된 섬처럼 여겨졌다. 수는 흔들거리는 다리를 건너 그 섬을 향해 가고 있었다. 과연 생존자가 몇 있을까, 하는 허무맹랑한 추측부터 자신이 지금 건너가고 있는 것이 실제 상황인지 의구심마저 들었다. 도시 전체가 바다에 가라앉는 상상을 하자 수는 갑자기 실실 웃음이 나왔다. 프로젝트도 미팅도 모두 물 건너갔다는 생각이 들자 연신 헛웃음이 터져 나오며 오줌을 찔끔거렸다. 수도 도시도 물속에서 오랜 잠을 잘 준비를 해야 할지도 몰랐다. 깔깔대며 웃는 수를 남자가 룸미러로 힐긋 훔쳐보았다.

틈

아내의 집에는 물 냄새가 나지 않는다. 굴절의 그림자조차 없는 백일의 집이다. 언젠가 아내의 집에는 비가 내리지 않을 거라고 생각했었다. 물기의 흔적을 큼큼거리며 맡아보지만 좀체 느껴지지가 않는다. 아내의 살갗에도 습기가 없다. 그녀의 피부는 보드랍지만 바싹 말라 있다. 그녀는 내 몸에 끈적이는 축축함이 파충류처럼 미끈거려 싫다고 했다. 내 손이 그녀의 몸을 더듬으면 그녀는 소스라치게 놀란다. 나는 손의 물기를 닦고 또 닦지만 아내를 만지면 금세 축축해진다.

나는 내 집이 없다. 얼마 전부터 내가 사는 집을 아내의 집이라 부른다. 법적으로도 내 집이 아닐뿐더러 모두들 그렇게 알고 있다. 처음 지인들이 집들이 와서 은근슬쩍 나에게 물었다. "누구 명의로 돼 있어?" 내가 대답할 겨를도 없이 아내는 잽싸게 자신의 집이라고 또 박또박 말했다. 나는 아내의 목소리가 저렇게 큰 적이 있었나, 하고 의구심마저 들었다. 아내는 늘 정중하고 나직하게 말을 했기에 나는 아내가 한 말을 놓치지 않으려고 바짝 귀를 기울여야 했다. 그러나 아내가 학생들을 가르칠 때는 종종 소리를 지른다며 아이가 살짝 일 러주었다. 나는 남의 집에 얹혀살 듯 아내에게 얹혀산다. 그렇다고 내가 딱한 처지는 아니다. 명실공히 나는 아내의 남편이고 아이의 아빠이다.

아내의 집은 눈부시다. 가구도 눈부시고 조명도 눈부시고 옷들도 눈부시다. 눈부신 아내의 집을 방문하고 나면 내 시력은 종종 의식 을 잃곤 한다. 천장만 빼놓고 눈부신 장식품들로 빼곡하다. 한 벽면 은 온통 시계들만 걸려 있다. 뻐꾸기시계, 디즈니시계, 태양시계. 해 바라기시계. 시계추들이 제각각 똑딱거리면 나는 뾰족한 갈퀴 모양 의 태엽에 휘말릴 것만 같아 나도 모르게 움츠러든다. 또 다른 벽에 는 이름 모를 그림들로 가득하다. 아이의 방이라고 예외는 아니다. 퍼즐 판을 제외한 곳곳에 온갖 소품들로 가득하다. 소품들로 가득 찬 화장실에서 엉거주춤 바지를 벗고 엉덩이를 어디에 두어야 할지 몰라 몇 초를 망설일 때도 있었다. 조심하여 씻지 않으면 아내의 귀 중품에 물이 묻을지도 모르기에 나는 제단에 의식을 치르듯 조심조 심 또 조심한다. 도우미 아주머니의 불평은 나날이 늘어간다. "이 집은 청소하기가 너무 불편해유. 장식품 깰까 봐 여간 성가신 게 아녀유." 나는 장식품을 하나씩 닦고 있는 아주머니에게 조금씩 미안해진다.

저녁부터 쏟아진 기습 폭우가 말썽이었다. 사무실 전화벨이 끊임없이 울려댔다. 여기저기에서 비가 샌다고 난리였다. 가장 빈번하게 전화를 건 어린이집이 오늘 첫 일이었다. 비에 함빡 젖은 얼룩고양이가 골목 모퉁이를 향해 종종걸음을 떼었다. 달려오는 차를 피하느라 고양이가 화들짝 고개를 돌린다. 녀석의 초점 없는 눈망울이 물기를 잔뜩 머금고 있어 사이드미러에 시선이 갔다. 좁은 골목을 벗어나자 탁 트인 공터가 펼쳐졌다. 의뢰를 맡은 어린이집은 공터 언덕 위 삼 층 건물이었다. 하얀색의 건물은 얼핏 봐도 지은 지 얼마 안 돼 보였다. 삼 층 창문 언저리에 '피카소 어린이집'이라는 간판이 눈에 들어온다. 간판이름을 확인하고 나니 담장 벽에 이상한 얼굴들이 마구 그려져 있는 게 보였다. 비에 젖은 얼굴들이 괴이한 표정으로 째려보는 것 같아 나는 떨떠름해졌다.

익숙한 냄새가 교실 전체에 포진해 몸에 감기듯 착 달라붙었다. 창문 쪽 벽면은 빗물이 스며들어 흉물스럽기까지 했는데 맞닿은 천장에도 곰팡이 때가 까맣게 앉아 벽지는 금방이라도 떨어질 것 같아 나도 모르게 움칠거려졌다. 이번이 첫 누수는 아닌 듯 보였다. 벽면과 장판이 맞닿는 모서리에 군데군데 걸레로 받쳐둔 게 한두 곳이 아니다. 양동이에 빗물이 몇 초 간격으로 떨어져 원장과의 대화를 비집고 들어왔다. 그 소리는 일정한 무게감 속에 젖어 짧은 전율을 안겨주었다. 원소들이 결합하여 어떤 다른 형질로 바뀔 때 나는 소리, 마치 서곡을 연주할 때 타악기의 정점처럼, 몇 초의 간격에 신성함까지 품고 있었다. 걸레로 빗물을 닦아내는 교사들의 표정이 잔뜩 일그러져 어두웠다. 귀찮음과 짜증 외에는 어떤 것도 섞이지 않은 얼굴이었다. 빗물은 옥상을 타고 스며들어 벽면까지 젖어든 게 틀림없었다. 누수탐지기를 쓰지 않아도 단박에 알 수 있는 건 오랜 노하우의 견적서인 셈이었다.

"아무래도 옥상 방수를 다시 해야 할 것 같습니다."

얼마 전 어린이집을 인수한 원장은 생각지도 못한 돈이 나가야 하는 것에 난색을 띠었다. 싼값으로 해준다는 말에 업체에 맡겼다가 다시 누수가 됐으니 속도 상할 거였다.

"공사 견적비를 메일로 보내드리겠습니다."

"교육청 감사 나오기 전에 공사를 마쳐야 하는데…… 최대한 빨리 한다면 언제쯤 될까요?"

"비가 오늘 그친다 해도 방수 페인트가 말라야 하니, 아무리 빨라도 일주일은 되어야 할 것 같습니다. 이대로 계속 비가 온다면, 시일이 더 걸릴 수도 있겠죠."

시일이 더 걸린다는 말에 원장은 미간을 찌푸린다. 나중에 안 사실이지만 원장의 요구는 시일을 당기는 것에만 그치지 않았다.

사무실 문을 여는 순간 뭔가가 득달같이 달려들었다. 물비린내였다. 자연스러운 밀착에 마음이 놓이는 것은 오래된 습성인지 모른다. 한쪽 구석에 쭈그린 수족관의 빛이 내 얼굴에 어른거린다. 아내의 반대로 사무실로 밀려난 수족관이었다. 수족관 테두리에 검녹색 이끼가 널름대며 서늘한 촉수를 내민다. 어제만 해도 녀석들은 분명히 살아 있었는데 풀숲을 떠다니는 부유물처럼 흐물흐물하다. 나는 존재감을 느낄 수가 없어 팔을 뻗어 물을 휘저어본다. 차갑지도 뜨뜻하지도 않은, 미지근한 물살이 손등을 적신다. 나를 알아본 것일까, 녀석들이 오늘따라 아주 느리게 반응한다. 며칠 전부터 한 녀석의 동작이 급격히 둔감해졌다. 주둥아리를 한껏 위로 쳐들어 맥없이 뻐금거린다.

어린이집 방수공사는 그렇게 까다로운 게 아니니 며칠이면 마무리되겠지만 주상복합아파트는 생각만 해도 골이 지끈거렸다. 하도급 업체가 맡기에 벅찬 데다 시공사와 입주자 사이에서 시달려야 하는 게 무엇보다 골칫거리였다. 이번 공사는 왠지 시일이 오래 걸릴 듯 께름칙했다. 애써 잠을 청해도 잠이 오지 않아 결국 일어나버렸다. 거실로 나가 담배를 한 대 피우려다 내일 처리해야 할 공사를 생각하며 억지로 다시 눈을 감아본다. 불현듯 아이의 얼굴이 떠오른다. 몇 년 동안 외국에 나가 있다 들어온 아이는 부쩍 말이 없어졌다. 말을 배우러 나갔던 아이가 정작 돌아와서는 말을 잘하지 않는다. 엊저녁에 아내가 한 말이 귀에 쟁쟁거린다.

"아이 일에 상관 마! 언제부터 아이 일에 신경 썼어? 당신 일이나 잘해!"

"……."

말할 여지를 주지 않고 쏘아붙이는 아내 앞에 나는 입술을 앙다물었다.

"당신은 늘 그래. 항상 불리하면 입을 다물지."

아내의 못마땅한 눈빛과 도어 차단의 날카로움이 겹쳐 날아왔다. 아이를 병원에 데려가 보는 게 어때? 라고 말했다가 낭패를 당했다. 아내와 나는 왜 이렇게 자꾸 꼬일까, 아내는 내 말을 물고 늘어지는 묘한 재주를 가졌다.

벽이 쿵쿵거린다. 여자의 날카로운 비명도 들린다. 사내의 고함이 외벽을 타고 울린다. 1504호에 사는 수상한 남녀는 일주일 간격으로 저렇게 치고받고 싸운다. 한 번도 저 사람들과 마주친 적은 없지만 직원들 말로는 내연관계 같다고 했다. 생활의 지겨움이 벽을 타고 고스란히 전해졌다. 악악대는 절규가 벽으로 스며들어 나는 귀를 막아야 했다. 몇 주 전만 해도 그들은 격렬한 밤을 보냈는지 여자의 교

성이 자지러졌다. 침대 들썩거리는 소리와 여자의 신음이 몇 초 간
격으로 들려와 잠을 설치게 하더니, 오늘 밤도 깊게 잠들기는 틀렸
나보다. 새벽 일찍 아파트 누수공사를 점검하러 일어나야 하는 나로
서는 짜증스런 일이 아닐 수 없었다. 찌뿌듯한 몸을 밤새 들척거려
도 잠이 좀체 오지 않는다.

인터폰 소리가 급하게 울린다. 이 시간에 찾아올 사람이 없었지만
낯선 방문자에 나는 찰나의 불안감에 휩싸인다. 문밖에 처음 보는
여자가 서 있다. 내가 안에서 쳐다보고 있다고 생각을 한 걸까, 여자
는 다급하게 말문을 열었다.

"저기요, 1504호에요! 빨리 문 좀 열어주세요!"

밤마다 내 수면을 방해하는 1504호 여자였다. 다급한 눈빛이 구
해달라고 호소하지만 인터폰 누르기가 망설여졌다. 다른 곳으로 가
주었으면 하는 내 바람과는 달리 여자는 인터폰을 뚫어지라 쳐다보
고 있다. 여자의 무작정 버팀에 내가 견디지 못한 형국이 되었다. 현
관문을 조심스레 열자 여자는 내 동의도 구하지 않고 쑥 밀치고 들
어와 현관문을 닫았다. 여자의 막무가내에 어이가 없었으나 헝클
어진 머리에다 입술 언저리에 피까지 맺힌 꼴을 보니 입을 다물어
야 했다. 벨이 요란하게 다시 울렸다. 누군가 반복해서 급하게 눌러
댔다. 본 적은 없었지만 1504호 사내 같다는 생각이 단박에 들었다.
여자의 몸이 가늘게 떨렸다. 여자는 나를 향해 고개를 절레절레 흔

들었다. 문을 열어주지 않자 사내는 다른 호수의 벨을 신경질적으로 눌러댔다.

"도대체 어디 간 거야! 잡히기만 해봐, 이년 죽여 버릴거야."

미친 야수 한 마리가 복도에서 부르짖고 있었다. 사내가 잠잠해지자 털썩 소파에 앉은 여자는 고개를 약간 뒤로 젖히고 눈을 감았다. 마치 제집 소파에 앉은 것처럼 자연스럽다. 안절부절못하는 건 나지 그녀가 아니었다. 뜻밖의 불청객으로 나만 난감할 뿐이다. 아주 희미하게 코끝을 파고드는 생경한 공기에 나는 점점 무력해진다. 어색한 기류가 공간을 채우고 있다. 무료함을 견디지 못한 내 시선은 천장에서 수족관, 마지막에 여자에게서 눈빛이 딱 멈춘다. 여자의 팔과 허벅지에 시퍼런 멍울들이 푸른 이끼처럼 번져 있다. 나는 여자의 얼룩이 물 얼룩처럼 여겨졌다. 아무 소리가 들리지 않음에도 여자의 물 얼룩이 몸 전체를 휘돌면서 흐느끼는 것 같아 내 손바닥은 습기로 축축해졌다. 짧은 반바지의 쫄티 차림인 그녀는 유독 눈망울이 크다. 20대 중후반으로 보이는 그녀가 옆집 여자라는 사실에 왠지 모를 씁쓸함이 밀려왔다.

여자는 좀체 일어나지 않을 것 같더니 무슨 생각인지 몰라도 고개를 치켜들었다. 비장한 각오를 품은 듯 머리를 다잡아 쓸어 올리곤 나를 향해 어색한 미소를 지었다.

"사장님, 담배 한 대 피워도 되죠?"

여자의 뜬금없는 사장님 소리에 당황한 나는 탁자 위에 담배를 얼른 건넸다. 한 개비의 담배를 피워 문 그녀는 긴 고통을 뱉어내듯 연기를 뿜어낸다. 희멀건 연기가 천장 위로 점점이 스러진다. 어디서인지 몰라도 물비린내가 점차 풍겨왔다. 재떨이에 담뱃재를 털면서 여자는 불쑥 나에게 묻는다.

"집 놔두고 왜 사무실에서 자요? 가족이 없어요?"

갑작스러운 여자의 질문이 나를 당황하게 했다. 여자는 내 사생활을 빤히 알고 있다는 듯 능청스러운 시선을 감추지 않았다. 목젖에서 응어리 같은 게 울컥 치밀어 오른다. 주상복합아파트라지만 주거용으로 쓰는 사람이 대부분이었다. 공사대금을 못 받아 사무실을 이곳으로 옮겨왔다. 아는 거래처가 아니면 아파트인 줄 알지 사무실인지도 잘 몰랐다. 여자가 나에게 묻는 의도가 선뜻 이해가 되지 않았다. 여자는 궁금증이 서린 얼굴로 잠시 나를 응시하더니 계속 담배를 피워댄다. 질문에 바로 대답을 못하는 나 자신에 약간 짜증이 일었으나 그렇다고 여자에게 굳이 답을 해야 할 의무도 없었다. 네가 대답하지 않을 것을 알았는지 아니면 아예 대답을 듣고 싶지 않았는지 여자는 급히 담뱃불을 끄지도 않은 채 현관문을 열어 주위를 두리번거리다 나가버렸다. 자다가 황당한 일을 당한 나만 머쓱해진 꼴이었다.

그녀가 피우다 남긴 담배꽁초에 침이 잔뜩 묻어 있다. 진득하게

침 묻은 담배꽁초를 보는 순간 왜 그것을 피우고 싶었는지 모르겠다. 나는 꺼져가는 담배꽁초에 다시 불을 붙였다. 가느린 연기를 따라 어린 시절 마을소녀의 큰 눈망울이 아스라이 어른거렸다. 소녀의 눈동자와 여자의 눈이 겹쳐서 다가온다. 나는 다시 그녀를 빨아들인다. 시뻘겋게 타들어 가는 그녀의 몸에서 하얀 실처럼 뽑혀 나온 연기는 비릿한 물 냄새로 다시 내 가슴에 깊숙이 파고든다. 연기는 아내가 되고, 소녀가 되고, 그녀가 된다. "나도 가족이 있어. 아내도, 아이도." 나는 여자에게 오랫동안 숨긴 비밀을 털어놓듯 혼잣말로 주절거렸다.

미세한 실금이 여기저기 퍼져 있다. 콘크리트 바닥은 들끓는 열기로 아지랑이처럼 이글거린다. 바닥에서 올라오는 지열이 장난이 아니다. 어제 꽤 많은 비가 내렸는데도 옥상바닥은 습기를 모두 빨아버렸는지 흔적조차 남아 있지 않았다. 짐작한 대로 어린이집 누수는 옥상 모서리에서 갈라진 균열이었다. 대충 육안으로 봐도 2미터가 넘었다. 실내 천장이 반 넘게 누수가 된 게 짐작이 되었다. 방수 턱 모서리는 수직이어야 하는데 앞쪽으로 기울어져 있었다. 균열도 앞쪽으로 들떠 있었다. 규사를 사용하지 않았거나 방수 턱을 바닥면과 일치시키지 못해 생길 때 흔히 생기곤 했다. 값싼 모래를 사용했으니 어쩌면 당연한 결과였다. 예상한 대로 누수 탐지기가 필요 없게

됐다. 어린이집 원장은 막무가내로 계속 가격을 깎아달란다. 가격을 깎으면 자재를 싼 것으로 할 수밖에 없다고 말해도 아랑곳없었다. 교육청 감사만 받으면 그만이라고 몇 번을 강조한다. 이런 꼴 보지 않고 일을 가려서 하고 싶은 마음이야 꿀떡 같지만 그래서는 돈벌이가 되지 않았다. 이제 조금 자리를 잡아가지 않는가. 사람들은 비가 오면 누수공사 대목이라 하지만 이 바닥 일이 없을 때는 없다가 일이 있을 때는 한꺼번에 몰려 정신을 못 차리게 한다.

며칠 전 집중호우로 도시 곳곳이 침수되었다. 누수. 누수. 도시 전체가 물이 새지 않은 곳이 없다는 듯 텔레비전과 라디오에서 누수현장을 취재해 시청자들에게 겁을 줬다. 안방에서 TV를 보던 사람도 집의 한쪽 구석에서 물이 쨀쨀 새고 있다는 착각이 들 정도였다. 일부 지역에서는 정전마저 되었다. 어떤 곳에는 컴컴한 어둠이, 어떤 곳에는 화려한 불빛이 번쩍댔다. 보통 누수는 시공사 부주의나 빗물에 의한 누수가 대부분이었지만 이 주상복합은 둘 다가 원인이었다. 삼십 층에서 내려다본 지상은 하얀 여백에 점 같은 형체들만 꿈틀거리는 것 같아 어지러웠다. 사람들이 레고 장난감처럼 보이자 후들거리고 있는 내 정강이에 힘이 쭉쭉 빠진다. 여기서 떨어지면 어떻게 될까, 쓴웃음이 나왔다.

한때 나는 땅 끝을 생각했었다. 삼 년의 회사 생활에 종지부를 찍고 시작한 정수기와 비데사업이었다. 퇴직금이라 해봐야 얼마 되지 않았으나 나에게는 큰돈이었다. 남의 돈도 적지 않게 끌어다 투자했다. 망하는 사업에는 그만한 이유가 있었겠지만 어른들 말대로 세상 물정을 몰라도 한참을 몰랐다. 정수기와 비데를 대여해줄 세상이 올 줄 누가 알았겠는가. 치밀한 준비를 해도 사업이 될까 말까인데 정말 대책 없이 덤벼든 거였다. 사채업자들을 피해 고향 집에 머물렀는데 슬레이트 지붕에 감이 떨어질 때마다 채권자들이 찾아온 줄 알고 깜짝깜짝 놀라 잠을 잘 수가 없었다. 하지만 사채업자보다 더 힘든 고문은 따로 있었다. 나는 판사의 처분을 기다리는 피고처럼 처가 식구들의 눈초리를 견뎌야 했다. 메마르고 비정한 그들의 말들, 그들의 말에는 한 줌의 습기조차 없었다. 품위 있고 점잖은 그들의 말이 내 가슴에서 칼날이 되어 내 내장을 사정없이 난도질했다. 그날도 오늘처럼 바람비가 내렸다. 겨울이었고 볼에는 청량감마저 느껴지는 바람이었다. 가슴 밑바닥에서 물 냄새가 왈칵 치밀었다. 아이의 얼굴이 물 냄새와 범벅되어 내 가슴을 파고들지 않았다면 지금의 나는 없었을지도 모른다.

50대 여자는 적잖이 흥분해 있었다. 입주자 대표라고 자신을 소개한 남자도 흥분하기는 마찬가지였다.

"아니, 시공사가 그렇게 안전을 장담해서 믿고 들어왔어요. 최고급 자재를 썼다는 아파트가 입주한 지 한 달도 채 되지 않아 물이 새다뇨! 이게 말이 돼요! 저쪽을 좀 보세요."

가리키는 방향은 베란다 난간 쪽이었다. 외벽을 타고 빗물이 들어와 거실 상당 부분까지 젖어 있었다. 20층이 이 정도라면 전체적으로 누수가 시작되고 있다고 봐야 했다. 날이 밝으면 누수탐지기로 정밀조사를 하겠지만 외벽으로 침투한 빗물의 양이 꽤 많았다. 입주자들은 시공사의 부실시공에 분통이 터졌으나 마음 놓고 얘기도 못 하는 실정이었다. 아파트 시세가 급락할까 봐 부동산 업자들 모르도록 쉬쉬하며 속앓이해도 언제까지 비밀이 보장될 수는 없었다. 시공사의 손실도 만만치 않아 보였다. 대리석 바닥부터 벽지까지 온통 수입한 자재들이니 손실이 어마어마할 것이다. 사다리차를 몇 대 투입해야 할 테지만 중도에 책임 소재 때문에 공사대금을 못 받지 않을까 하는 우려에 나는 신경이 극도로 예민해진다. 아파트 하자 분쟁은 노상 있는 일이었다. 손해를 보는 사람이 있으면 이득을 보는 사람이 있었다. 결과는 소송까지 가서 결국 좋지 않은 마침표를 찍는 게 다반사였다.

아파트 누수 공사에 인력이 다 투입되어 누수 의뢰는 내가 거의 도맡아 하는 신세가 되었다. 육체는 고단했지만 일감이 떨어지지 않아 올해는 직원들에게 성과금도 줄 수 있을 것 같아 내심 뿌듯해졌다. 재개발 아파트와 빌라들이 밀집된 이곳에는 유달리 물 냄새가 심하다. 골든 맨션이라고 입구에 써진 간판은 올드 맨션으로 바꿔야 하지 않을까, 하는 생각이 들 정도로 낡고 닳았다. 퇴색한 삶의 누더기들이 건물 얼굴에도 선명하게 드러났다. 아파트 입구에 여자들이 서 있다. 나를 쳐다보는 눈길이 예사롭지가 않았다. 층계를 올라가자 팔짱 낀 여자들이 사나운 얼굴로 금방이라도 서로 싸울 기세이다.

"아니, 제 말 좀 들어보세요. 아줌마, 처음부터 오 층에서 샌다고 내가 말했잖아요!"

"어머머, 우리 층에서 샌다고 누가 말해요?"

"아니 7층과 6층은 새지 않으니 당연히 5층에서 새는 거죠?"

4층 여자의 매서운 소리가 복도를 쩡쩡 울리고 있다. 돈 문제가 개입되면 어제의 이웃도 원수가 되는 게 오늘의 현실이었다. 경비실 아저씨가 중재에 나선다.

"여기 누수 점검하는 전문가 모시고 왔어요. 어디서 샜는지 밝혀질 테니 모두들 조용히 해요."

빌라 5층에서 시작된 누수였다. 4층뿐 아니라 아래층도 조금씩 욕실에서 물이 새고 있었다. 20년이 넘은 빌라니 전체적으로 조금씩 새고 있다고 봐야 했다. 욕실 공사는 환풍이 되지 않아 방수 칠이 마르려면 나름 시간이 걸렸다. 방수공사를 마치려면 꽤 시간이 걸릴 것 같아 대강 상황을 설명하자 5층 여자의 얼굴이 울상이 된다.

"아저씨, 그러면 우리가 다 책임을 물어야 하는 건가요?"

"공동구역에서 샐 수도 있으니 정확한 것은 누수 정밀 조사를 해

봐야 알 것 같습니다."

여자들이 수군대자 화가 치민 5층 여자가 현관문을 사정없이 세게 닫아버린다.

휘발성의 강한 냄새가 코를 자극한다. 뚜껑을 열어놓은 방수 페인트에서 나는 냄새다. 사람들은 유독 방수 냄새를 싫어했다. 욕실 공사를 할 때는 암모니아 냄새가 난다고 코를 막기 일쑤였다. 페인트와는 상관없이 살 거라 다짐했을 때가 있었다. 아버지 몸에서는 늘 페인트 냄새가 났다. 페인트로 덕지덕지 칠한 아버지의 몸은 아무리 씻어도 냄새가 사라지지 않았다. 잘 벗겨지지 않아 아버지의 살이 벌겋게 달아오르면 나는 아버지의 몸에 붙은 페인트를 저주하며 때를 밀었다. 양복을 입으면 그 양복에서도 여지없이 페인트 냄새가 났다. 집에는 온갖 페인트 통들이 널브러져 있었다. 대문 옆에도 뒤란에도 빈 땅이 있는 곳엔 페인트 통들이 자리를 차지했다. 빨간 ㄱ자 형의 슬레이트 지붕을 보고 동네 사람들은 우리 집을 페인트 집이라 불렀다. 비가 내리면 뚜껑을 열어둔 페인트 통에서 여러 색깔의 페인트가 묘한 빛깔을 띠며 마당으로 흘러내렸다. 빗물에 녹지 않는 페인트를 막대기로 힘껏 휘저어 나는 벽에다 평소 하고 싶은 지저분한 말들을 썼다 지웠다 했다. 쓸 때의 야릇함과 거기를 덮을 때의 야릇함이 야릇한 냄새와 어울려 잠시 아찔할 때도 있었지만 나의 유일한 놀이에 싫증을 느껴본 적은 없었다. 아이들이 학원에 갈 시간에 서울서 내려온 소녀의 오빠와 나는 동네의 담장과 바위를 찾아 페인트를 칠하며 시간을 때웠다. 가끔 마을 어른들이 버럭 화를 내면 칠을 하고 도망가는 재미에 우리는 그 놀이를 반복했다. 소녀와 소녀의 오빠는 할머니와 살았다. 소녀의 큰 눈은 옆집 황소가 배고파 우는 것처럼 촉촉했다. 팔월의 끝 무렵이 되면 우리 집 담벼락을 뒤덮어 향내를 물씬 풍기던 무화과 냄새도 페인트 냄새와 비슷했다. 채 익지 않은 무화과를 따서 못으로 꼭꼭 찌르면 엄마 젖에서 나던 뽀얀 진이 나왔다. 우리는 무화과에서 나오는 진을 페인트라 불렀다. 무화과를 짜서 벽에 바르면 진들은 아쉽게도 금세 말라버렸다. 내가 회사에 처음 취직했을 때 아버지는 페인트 냄새나는 손으로 내 어깨를 토닥거리며 등을 쓰다듬었다. 나는 그 페인트 냄새가 역겨워 아버지처럼 살지 않겠다고 철없는 맹세를 나불거렸다.

아이가 아픈 것 같다. 도통 말을 하지 않으려 한다. 아이에게 무슨 일이 있었던 것일까. 친구들과 놀려고도 하지 않고 대부분 집에서 시간을 보낸다. 아주 활발한 아이였다. 아내는 이유를 말해주지 않는다. 흔히 겪는 사춘기란다. 아내의 무덤덤한 말에 나까지 맥이 빠진다. 아내가 아이를 데리고 호주에 갔을 때 친구들은 아내가 돌아오지 않을 거라고 다들 말했지만 나는 아내가 돌아오리라는 걸 의

심하지 않았다. 다만 그 돌아옴의 이유가 나와는 전혀 상관이 없는, 아내가 중요시하는 일들의 책임의식에서 비롯된 거였지만. 아내에게 남자가 있을지 모른다고 누군가 귀띔해주었을 때도 내가 아는 아내는 너무도 도덕성이 높은 여자였다. 아내의 집안도 아내도 명예에 목숨을 건 사람들이었다. 다른 여자였다면 10년 넘게 돈을 벌어오지 않는 남편에게 이혼을 요구했겠으나 아내는 도덕성이 높은 여자라 감히 그런 일은 자행하지 않았다. 물질적인 가치 때문에 가정을 파괴하는 일을 아내는 가장 혐오했지만 나는 그 혐오를 나날이 겪어야 했다. 시간이 흐르면 각별했던 부부 사이라도 정감이 옅어지고 기억도 흐릿해지지만 아내와 나는 예전부터 그랬기에 떨어져 있다고 굳이 달라질 건 없었다.

발걸음을 떼자 복도 사이사이에 센스등이 작동한다. 전날 집을 나설 때 아내는 나를 돌아보지도 않았다. 현관문을 닫는 순간 깡그리 박제가 된 기분이었다. 1504호 앞에 물체가 어른거렸다. 1504호 여자였다. 여자는 술에 만취되었는지 고꾸라져 있었다. 여자를 보자마자 일상의 권태가 피곤으로 몰려왔다. 아내의 집을 방문하고 나면 몇 곱절 피로가 쌓였다. 여자가 몸을 좌우로 비틀며 신음한다. 우는 것 같기도 하고 말하는 것 같기도 하다. 나는 얼마 전 일이 떠올라 여자를 외면하고 싶었다. 바짓단에 뭔가가 걸려 걸음을 주춤 멈추었더니 여자가 바짓단을 움켜잡고 놓지를 않는다. 또 이 여자 때문에 잠을 설쳐야 할 걸 생각하자 짜증이 왈칵 치밀었다. 경비실 벨을 눌러주고 나는 현관문을 잽싸게 닫아버렸다.

물 냄새가 훅 끼친다. 수족관의 옅은 빛이 나를 맞이한다. 수족관 빛 사이로 맥없이 떠다니는 부유물이 보인다. 물고기 한 마리가 옆으로 흐느적거리며 입을 벌리고 있다. 뭔가 말을 하려다 만 듯한 입이다. 물고기가 말하려는 게 뭘까, 나는 물고기를 연이어 곱씹어 본다. 손바닥에 물고기를 살며시 올려놓는다. 손바닥은 이내 축축해진다. 손가락 사이로 물방울이 뚝뚝 떨어진다. 물고기는 계속 뭔가 뻐금거리며 말을 하는데 일순간 내 바짓단을 잡던 여자의 입술이 뻐금대는 것 같아 나는 얼른 손을 놓아버렸다. 수족관에 남은 한 마리의 물고기가 하염없이 떠가며 나를 응시한다.

주상복합 아파트 누수공사가 잘 마무리되었다. 늦은 밤부터 새벽까지, 낮과 밤이 바뀐 불편함에 따른 보상을 받는 시간이었다. 낮에 해야 할 공사를 밤에 했으니 공사는 까다롭고 어려웠다. 한여름의 도시는 깊이 잠들지 못한다. 빌딩군은 그들만의 열기로 지쳐 있을 뿐이었다. 밤이라도 지열로 덥기는 낮과 마찬가지였다. 잔열은 좀체 가라앉지 않고 빌딩 주변을 서성거렸다. 주상복합 아파트가 휘황찬란한 빛을 발하며 온통 금색으로 번들거린다. 강의 조망과 고급 자재, 역세권까지. 입주자의 강렬한 바람을 실현한 아파트가 조금씩 갸우뚱거리며 비틀거린다. 높은 곳을 한 가닥 줄에 매달려 방수액을 칠해야 했다. 사다리 기계차로 할 수도 있었지만 그렇게 할 때 보안이 지켜지지 않았다. 시공사의 보안도 철저했고 입주자들의 가슴앓이도 만만찮았다. 새어나가는 습기를 철저히 막아야 했다. 조금의 균열도 있으면 안 되었기에 그럭저럭 모두의 비밀이 유지된 셈이다. 언젠가는 비밀이 야금야금 새어나가겠지만 발 빠른 입주자들은 암암리에 빠른 거래를 서둘 것이었다. 미봉책은 성공작이었다.

술잔이 이어지면서 이런저런 자질구레한 얘기들이 소소히 피어오른다. 자식 자랑, 마누라 자랑, 심지어 자신의 자랑까지. 그것도 밑천이 다 떨어지면 껄끄러운 가시의 대상들이 입에 오르내린다. 그것도 밑천이 다 떨어지면 직접적으로 상관없는 사람들이 입에 오르내린다. 동네의 성질 사나운 이웃이나 연예인, 정치인까지.

"사장님, 소식 들었죠? 왜, 그 수상한 남녀가 사는 1504호 말이에요."

"1504호? 왜?"

"글쎄 여자가 베란다에서 떨어졌대요. 어제 형사들이 저희 사무실까지 조사하러 왔잖아요. 신기하게도 숲 덤불에 떨어져 생명은 건졌나 봐요. 경비 아저씨 말로는 몰골을 알아볼 수 없을 정도였대요."

여기저기서 놀란 반응들을 보인다. 사람들은 그 높은 곳에서 살아남은 여자가 신기해 죽겠다는 표정들이다.

"여자의 몸이 온통 맞은 자국으로 성한 곳이 없었대."

반쯤 취한 내 신경이 흐름을 딱 멈춘다. 1504호 여자가…… 엊그제께 나는 여자와 함께 있지 않았던가. 그날 나는 정신을 잃을 정도로 마신 것 같다. 아마도 친구의 급작스러운 죽음 때문이었는지도 모르겠다. 사무실에 어떻게 들어갔는지 아직까지 기억이 없다. 주점에서 1504호 여자를 만났던 것 같다. 여자의 촉촉한 눈이 나를 이끌었는지도 모르겠다. 눈을 떴을 때 여자는 앞가슴에 돌돌 시트를 말아 잠들어 있었다. 돌아서 누운 여자의 등줄기에 검푸른 얼룩들이 드문드문 눈에 띄었다. 여자는 미동도 없이 숨만 고르게 쉬었다. 시트 바닥이 축축했다. 여자와 밤새 무슨 얘기를 했는지 도무지 생각이 나지 않았다. 물 냄새만 물씬 풍겼던 것밖에는…… 나는 여자의 푸르죽죽한 등에 시트를 덮어주고 나왔다. 어찌 된 영문인지 아무리 술을 마셔도 취하지 않고 오히려 정신이 또렷해진다. 발걸음이 쉽게 사무실로 옮겨지지 않았다. 보도블록의 벽돌들이 퍼즐처럼 딱딱 아귀가 맞아 있다. 여자의 얼룩진 몸이 보도블록과 섞여져 흐릿하다. 가장 서러운 사람은 몸 안에 얼룩진 사람이 아닐까. 안으로…… 밖으로…… 세상에는 얼룩진 사람들이 의외로 많다.

아이가 퍼즐을 맞추고 있다. 5000피스에 난이도가 꽤 높은 퍼즐이다. 500피스로 시작한 퍼즐 맞추기는 계속 진행형이었다. 아이의 도전은 당분간 멈추지 않을 것 같다. 아이의 눈빛은 특수한 사명을 띤 공작원처럼 진지하다. 채워지지 않은 공간이 몇 개 남아 있지 않다. 퍼즐이 비어 있는 하얀 공간이 유독 눈에 띈다. 아이는 계속 퍼즐을 배치한다. 광활한 바다다. 폭풍우에 배가 휘청거린다. 퍼즐은 한 폭의 유화를 그린 것처럼 완성의 끝을 향해 가고 있다. 멀리서 봤을 때는 바다였는데 가까이 가보니 균열의 집합체다. 아이의 입술에 환한 웃음이 잠깐 머문다. "휴, 이제야 겨우 다 맞췄어." 아이의 미소에 성취감이 가득하다. 아이가 다 맞추었다고 말을 내뱉자마자 퍼즐은 도미노처럼 맥없이 후드득 떨어진다. 일순간 아이의 얼굴이 새파랗게 일그러진다. 어그러진 퍼즐들이 뒤죽박죽 쌓여 있다. 옆집 여자의 얼굴이 느닷없이 떠오른다. 여자가 피우다 남긴 담배꽁초의 물 냄새가 가슴을 파고든다. 하필이면 지금…… 그 여자의 물 냄새가 그리워지는 걸까. 아이가 내 얼굴을 빤히 쳐다본다. 어떻게 해야 해요? 라고 묻는 얼굴이다.

"자, 아빠하고 다시 퍼즐을 시작하자."

퍼즐을 잡는 내 손이 떨린다. 아이가 퍼즐을 잡는다. 퍼즐 판에는 아무것도 없다. 퍼즐 하나가 백지의 틈을 메운다.

풍경

풍경

"저건 물닭이에요."

그녀의 입에서 거침없이 나오는 새들 명칭에 나는 그녀가 환경운
동가일지도 모른다는 생각이 들었다. 망원경을 들고 새들을 관찰하
기 바쁜 그녀는 물 만난 고기처럼 팔딱 뛰었지만 이 추운 겨울 강에
서 나는 뭐하나 싶어 설핏 짜증이 났다. 나는 무슨 주의나 무슨 운동
가라면 겁부터 나는 사람이었다. 주의를 내세우는 사람들은 막판에
주의만큼 집요한 무엇으로 질려버리게 했다. 게다가 나는 조류라면
자다가도 경기가 일어날 지경이었다.

상류의 강 수위는 겨우내 비가 오지 않아 마른 땅만 앙상하게 드러
냈다. 강바닥의 자갈돌들이 훤히 비칠 정도로 수심이 얕아 철새들 먹
이 잡기에 더 쉬워 보였다. 나는 그녀가 말한 물닭을 여태껏 물오리

로 알고 있었다. 그녀에게 물오리랑 비슷하다고 묻고 싶었지만 강을 향해 망원경을 들이밀었다 카메라로 찍었다 종종걸음으로 분주한 그녀를 보자 입을 다물었다. 십 리 대밭을 걸어오는 한 시간 내내 끊임없이 조잘대는 그녀의 야생 조류 설명과 세차게 불어오는 바람에 귀가 따가웠다. 나는 머플러로 히잡 쓰듯 머리 전체를 감쌌다. 그녀의 목소리가 나직하게 들려왔다. 어차피 그녀는 자기 흥에 겨워 떠들어대는 것이기에 내가 듣든 안 듣든 상관없어 보였다. 그녀가 나를 향해 뭐라고 말하는 듯하면 나는 이따금 고개를 주억거려주었다.

전망대에서 주위 경치를 보고 싶다는 그녀에게 끌려 우리는 전망대로 올라갔다. 높이도 높이지만 칼바람에 볼이 얼얼해졌다. 펑퍼짐한 강은 대숲을 거쳐 완만하게 흐르고 멀리서 물너울이 생겼다 사라지기를 반복했다. 추위에 입이 떨어지지 않은 나와 달리 그녀는 전망대의 망원경을 이리저리 돌려 소리를 질러댔다.

"우와! 저기, 흑두루미 봐요! 쟤들은 고고해서 외로움을 즐긴답니다. 저 녀석, 멋지게도 생겼네요."

공감의 차이가 이렇게 다를 수 없었다. 내 눈에는 흑두루미고 물닭이고 다 새였다. 불현듯 얼마 전까지 전봇대에 죽치고 있던 녀석들이 떠올라 몸서리쳐졌다. 서울에서 이곳까지 와서 탄성을 내지르며 대숲을 관찰한 그녀를 나름 이해하려 애썼다. 하지만 그녀와 나는 이제 두 번째 만남이었다. 아무리 철딱서니 없는 여자라도 기본

예의는 지켜야 했다. 첫 만남이 좋은 인상을 준 것도 아니었다. 시아버지 장례식에서 처음 만나고 오늘이 두 번째였다. 더군다나 나는 그녀의 손윗동서였다. 장례식장에서 그녀와 내가 나눈 대화는 두 마디도 채 되지 않았다. 머리를 까닥 숙여 인사를 두 번 정도 나눴고, "식사하세요." 정도의 말을 건넨 것 같다. 나는 장례준비로 분주하기도 했지만 그녀와 말을 섞고 싶지가 않아 가능한 그녀를 배제했다. 괜히 관계를 맺었다가 복잡해지는 건 그녀 이전의 여자들로 충분했다. 단발머리의 그녀는 나이보다 앳돼 보였다. 40대 초입의 노처녀였던 그녀는 6개월 전 내 남편의 남동생과 결혼했고, 우리 부부는 그 결혼식에 가지 않았다. 남편의 남동생은 애가 둘 딸린 이혼남으로 그녀는 그의 세 번째 여자였다.

서울에서 몇 시간을 운전해 상당히 피곤할 텐데도 식사 끝나자마자 강으로 가자며 우리 모두를 끌고 나선 그녀였다. 새들이 대숲으로 돌아올 시간이라며 지금 가지 않으면 철새의 군무를 보지 못한다고 거듭 재촉했다. 결국 그녀가 오늘 내려온 목적은 우리도 아니고 새를 보러 온 거였다. 그녀는 일주일 전부터 이곳 철새의 특징들을 인터넷에서 면밀히 조사해두었다고 말했다. 나는 생각할수록 부아가 치밀고 남편이 얄밉기까지 했다. 반갑지 않은 손님들을 맞이하러 청소와 음식 준비로 며칠이나 고생한 나였다. 내려온다고 할 때 남편이 거절해주기 바랐지만 결혼인사가 늦었다며 내려온다는데 남편도 막을 재간이 없었단다. 이틀만 견디자, 나는 마음을 몇 번 다잡았다.

"새들이 이렇게 모여든다는 건 그만큼 살기가 좋아졌다는 거죠. 새들은 환경이 좋지 않으면 절대 오지 않아요."

그녀의 환경상식에 감동은커녕 나는 점점 심드렁해졌다. 그녀의 말뜻을 몰라서가 아니었다. 그녀는 새가 좋아서 전문가가 되었지만 나는 새가 싫어서 전문가가 되었다.

"이 도시의 사람들은 축복받은 거예요."

축복? 나는 그 말에 발끈했지만 반박은 못했다. 반박하면 대화가 길어질 게 뻔했고 서로 대립해 논쟁으로 지치고 싶지 않았다. 싸움은 이 집으로 이사 오고부터 충분히 싸웠다. 그녀가 뭐라고 씨부렁대든 그녀는 내일이면 떠날 사람이었다. 우리 집에 온 손님에게 구태여 나쁜 인상을 심어줄 필요가 없었다. 나는 그녀가 자연 친화다 뭐다 해도 머리에 몇 번 새똥을 맞으면 감탄에서 불평으로 변할 것을 의심하지 않았다

"새는 알을 낳을 만큼만 집을 작게 지어요. 게다가 집을 튼튼하게 짓지 않고 대충 지어요. 최소한의 보호만 하는 거죠. 그래야 훌훌 털고 언제든 떠날 수 있으니까요. 우리는 집 장만하는 데 세월 다 쏟아붓고 집 평수는 무조건 넓어야 하잖아요."

나뭇가지를 물고 날아가는 두루미를 가리키며 그녀가 말했다. 그녀의 이 말은 무슨 속내가 담겨 있는지, 우리 집을 빗대서 하는 말인

지, 그녀의 저의를 알 길이 없었으나 나는 그녀가 그렇게까지 배배 꼬인 사람 같지는 않아보였다. 식사 전 그녀는 우리 집 내부를 구경했었다.

"형님, 빌라가 꽤 넓네요. 이 빌라 몇 평이에요? 53평요? 근데 아파트 평수보다 훨씬 더 넓어 보여요. 강의 배경이 다 들어와 마치 별장에 온 듯해요."

이 방 저 방을 스스럼없이 열어보는 그녀의 행동을 천진하다고 봐야 할지 무례하다고 봐야 할지, 정원 테라스로 나간 그녀는 또 감탄을 발했다.

"어머, 어쩜 화초들을 이렇게 잘 키우세요! 저는 식물만 키우면 죽인다고 규진 씨가 식물 키우지 말라고 해요. 엄밀히 말하면 제가 죽이는 게 아닌데도 말이에요."

그녀는 시동생의 얼굴을 한번 쳐다보더니 그에게 동의를 구하는 눈짓을 보냈다.

"애당초 우리나라 환경에 못 적응하는 식물들을 키우니 죽는 게 당연하잖아요. 그래서 자생력 생기게 저는 그냥 내버려둔답니다. 환경에 맞춰서 살아남든, 아니면 견디지 못하고 죽든 말이죠."

경어체로 또박또박 느리게 말하는 그녀의 말하기 방식은 예절적인 의미보다 자신의 확신을 상대에게 주입하려는 듯 보였다. 결혼 20년 만에 전세를 전전하다 겨우 마련한 집이었다. 그녀의 남편이 말썽만 피우지 않았다면 20년을 10년으로 줄였을 뿐 아니라 이 빌라로 이사도 오지 않았다. 그런 집을 녀석들과 이제 그녀까지 주절댔다.

겨울 강은 느려지게 느슨하고 한적해 마른 수초들 옆으로 몇 종류의 새들만 여유를 만끽해 을씨년스러웠다. 강물의 세기에 휘어져 앙상한 몰골을 드러낸 수초들과 버드나무들에 내 눈길이 머문다. 여름 장마가 지면 지금 뭍으로 드러난 곳은 대부분 강물에 잠겨 흔적조차 없었다. 거친 물살과 바람을 이겨낸 나무들이 온통 휘어져 여기저기 생채기를 남겼음에도 몸마디들이 잘려나가 굽어진 나무 사이로 강물은 평화롭게 휘돌았다. 인공 분재가 아닌 자연 분재의 치열함에 왠지 나도 모르게 숙연해졌다. 삼각주가 작은 섬처럼 형성된 강 중앙과 샛강 후미에는 까치 몇 마리가 풀밭 모이를 찾고 있었다. 강어귀의 바닷물이 강으로 역류하는 시간이었다. 소금냄새를 좇아 상류까지 올라온 갈매기들이 그 옆으로 다가가자 한 마리의 까치가 기를 쓰며 갈매기를 쫓아내었다. 몇 마리의 갈매기가 작은 까치 한 마리를 당해내지 못하는 것을 지켜본 그녀는 까치가 텃새라 행세한다며 자기 영역을 지키려 그런다고 말했다. 그러면서 까치에 대한 조류백과사전을 읊어댔다. 그녀는 마치 자신의 영역에서 놀고 있는 까치 같았다. 까치의 괴롭힘에 견디다 못해 날아가 버린 갈매기가 꼭 내 처지 같아 씁쓸해졌다.

그녀는 이 강에 사는 생물들에 대해 모르는 것이 없었다. 조류 박

사처럼 그들의 이름뿐만 아니라 그들의 습성과 특성을 꿰뚫고 있었다. 나중에 알게 되었지만 그녀의 직업은 정확히 말하면 야생동물 보호운동가였다.

"새들에게는 보금자리가 중요해요 지금 대숲 때문에 다양한 생물들이 생존하는데 강물이 1급수라 어쩌면 수달도 있을지 모르겠어요."

강물에 사는 수달을 한 번도 보지 못했지만 그녀의 말대로 수달이 있음직도 했다. 물비늘을 헤치며 물장구치는 수달을 내가 떠올리자마자 그녀는 멀리 떨어져 강물 위를 헤엄치는 새들을 따라가며 정답게 말을 건네곤 정작 옆에 있는 나에게는 설명만 했다. 나는 새 강의를 들으러 온 사람이 아닌데도 말이다.

서녘 하늘가에 연붉은 노을이 깃털처럼 드리워져 갔다. 머지않아 녀석들은 들녘에서 배를 채우고 대숲으로 잠을 청하러 올 터였다. 강 중류까지 바닷물이 치고 올라왔을까. 강바람이 몰고 온 차가움에 비릿함이 배여 있다. 두 시간을 넘게 산책한 그녀는 지칠 줄 모르고 카메라 셔터를 눌러댔다. 멀찍이 남편과 시동생이 앞서갔다. 시동생이 대나무 숲을 향해 성큼 걸어가더니 굵직한 대나무를 잡고 판다처럼 기어오른다. 하지만 몇 걸음 못 올라가 이내 미끄러지고 말았다. 그는 대나무의 단단함과 울창함에 탄복했으나 지금 그 대나무가 병들어 있는 줄 몰랐다. 그녀가 대나무 숲을 향해 카메라 초점을 맞췄다. 대나무 잎 사이로 서늘한 빛이 얼룩졌다. 언뜻 보기에 대나무는 아무 문제가 없어 보일 정도로 연초록 잎을 휘날렸다. 식물전문가는 대나무가 병에 걸린 게 너무 울창한 탓이라 했다. 땅에서 올라오는 습기 때문에 곰팡이가 발생했고, 공기가 통하지 않아 잎 마른 병이 생긴 거란다. 대나무 사이를 공기가 통하도록 솎아줘야 하는데 대숲에 보금자리를 튼 철새들이 날아갈 것을 우려한 구청에서는 근본적인 치유보다 누렇게 말라 버린 잎사귀만 잘라내었다. 누구의 안위를 위해 누군가는 고스란히 대가를 치르며 죽어가야 했다.

십 리 대숲을 여기 사는 사람치고 안 걸어본 사람은 드물었다. 무얼 모르는 관광객들은 숲의 야릇한 신비에 매료돼 예찬을 아끼지 않았으나 나는 대숲 안까지 쉽게 들어가지 못하고 바깥 언저리까지만 발을 내디뎠다. 섬뜩한 뭔가가 감지되어 전신에 소름이 돋아난 탓도 있었지만 그곳은 녀석들의 영역, 내가 침범해서는 안 된다는 사인을 텔레파시로 느꼈기 때문이었는지도 몰랐다.

작년 겨울, 녀석들이 갉아댄 전선사고로 정전이 발생했었다. 그날 나는 혼자 집에 남았었다. 급작스러운 어둠에 내 시야는 방향을 잃고 몸조차 굳어져갔다. 어둠에 적응할 즈음 숨었던 물체들이 하나씩 부유스름하게 되살아났다. 거실 소파에서 어떤 움직임이 포착되었을 때 내가 대숲에서 겪은 떨림이 느닷없이 내 몸을 휘감았다. 베란다 방충망이 찢어져 남편이 새로 갈아야 한다는 말이 일순 떠올랐어도 그럴 리가 없다는 내 부정과 달리 온몸이 옥죄어왔다. 어둠을 비집고 열쨘 바람이 휙휙 지나갈 때 나는 사시나무 떨듯 떨었다. 맞닥트린 실체에 내 안시眼視를 의심했으나 녀석들은 거실 곳곳에 똬리를 틀고 나를 비웃듯이 쳐다보았다. 그 순간 기억의 끝자락에 숨겨두었던 공포영화의 장면들이 엄습해왔다. 손에 무엇이든 잡고 녀석들을 향해 돌진했을 때의 상황을 그려보자 피범벅이 될 내 처참한 꼴만 떠올라 더 끔찍했다. 나는 혼자였고 녀석들은 족히 스무 마리가 넘어보였다. 나는 거실 벽을 더듬어 베란다로 조심조심 뒷걸음질 쳤다. 그러나 녀석들은 마치 내가 다음 동작을 취할 것을 예견한 듯 미동도 않고 내가 걸어가는 방향을 주시했다. 심장이 쿵쿵 뛰었다. 검은 공포가 나를 언제 덮을지 모른다는 불안에 제발 다가오지 말라며 나는 마음속으로 수도 없이 부르짖었다. 겨우 베란다 창에 다다라 조금 열려 있는 창문을 힘껏 열어젖혔는데 무슨 정신으로 열었는지 아직까지 등골이 오싹하다. 한 줌의 찬바람이 들이치자마자 검은 무리는 후다닥 날아갔다. 반쯤 넋이 나가 빛이 들어왔는데도 안심이 되지 않았을 뿐 아니라 다리에 힘이 풀려 그 자리에 풀썩 주저앉고 말았다. 강 건너 불빛만 어둠 속에서 위태롭게 떨고 있었다.

까마귀 배설물 때문에 관리비의 항목 하나가 더 늘어났다. 관리비가 늘어난 게 몇 년 전부터였다. 시에 건의하자 까마귀 배설물 피해보상은 현행법에 없어 보상이 힘들다는 말만 되풀이했다. 주민들한테 사탕발림으로 내놓은 게 고작 배설물 청소였다. 하지만 청소는 형식뿐, 옥상과 외벽의 냄새는 쉽게 날아가지 않았고 바닥에 떨어진 똥 자국 또한 쉽게 지워지지 않았다. 인도에 희멀건 녀석들의 체취를 확인할 때마다 바이러스 균들이 포자처럼 떠돌아다니는 것만 같아 몸 전체가 가려워졌다. 녀석들의 흔적은 여름 폭우에나 지워질 터였다. 생태도시를 만들겠다던 시장의 눈부신 야심 덕분에 철새 천국이 되었지만 주민들은 그들이 몰고 올 세균에 긴장했다. 공항 쪽에서도 죽은 떼까마귀가 여러 마리 발견되자 주민 공청회에서 대책을 세워야 한다고 공론이 모아졌다. AI이 을숙도에 이어 지금 내가 사는 동네까지 번지지 않으리라는 보장이 없었다. 올해는 떼까마귀와 갈까마귀 10만 마리 정도가 왔다고 하는데 그들이 바이러스를 퍼트린다고 생각하면 자다가도 악몽을 꾸었다.

사진을 찍던 그녀가 강 중류, 정자 위로 공사 중인 다리를 가리켰다. 내가 고가도로 공사 중이라고 말하자 그녀는 놀란 듯 눈을 동그랗게 떴다. 그녀가 무슨 말을 하려는지 짐작이 가고도 남았다. "고가도로가 건설되면 이 지긋지긋한 까마귀들이 깡그리 없어져요. 내가 장담하죠!" 야구 모자를 쓴 남자가 단언하는 말은 설득력 있게 들렸다. 녀석들만 없어진다면 고가도로 짓는 데 찬성 못할 이유가 없었다. 그러자 다른 쪽에서는 몇 백 억 들여 생태도시 만들어놨는데 도로 때문에 철새들이 오지 않으면 모든 것이 무산된다고 침을 튀겨가며 언성을 높였다. 우리 부부는 동네를 가로지르는 고가도로가 놓여도 지금보다는 괴롭지 않을 것 같았다. 환경단체와 주민과의 치열한 공방 끝에 언제 시작할지 모르던 고가도로 공사였다. 몇 년째 견디다 못해 집을 부동산에 내놓자 다리 공사가 시작되었다. 소음 때문인지 몰라도 떼까마귀들이 거짓말같이 모두 강 건너 동네로 넘어갔다. 그녀가 나에게 묻는 것이 그 다리였다. 녀석들이 강 건너편 도로 전깃줄에 빼곡하게 앉자 그쪽 동네 사람들이 못 살겠다고 난리법석이었다.

잠을 자고 대숲을 나온 철새들이 강 주위를 도는 시각은 대게 동틀 무렵, 이른 아침 시간이었다. 출근길에 새똥이 여기저기 떨어지자 우산을 쓰고 출근하는 사람들이 속출했다. 지하에 주차하지 않은 승용차들은 새똥으로 피해가 다반사였다. 건너편 동네에서 우리 동네의 고충을 통감한다는 소식들을 전해왔다. 여태껏 어떻게 참았냐면서 당장 대책을 세워야 한다고 호들갑을 떨었다. 얼마 전까지 강 건너 불구경하던 사람들이었다. 우리 동네라고 마냥 상관없는 일은 아니었다. 고가도로가 완공되면 철새들이 다시는 이 도시로 오지 않을 거라는 환경단체의 주장과 달리 우리 동네로 철새들이 재차 날아올지도 몰랐다. 공교롭게도 십 리 대밭은 우리 동네 쪽이 가장 길었다.

"떼까마귀에요! 형님. 얘들아, 반갑다! 정말 잘 생겼구나! 저 힘찬 날갯짓 좀 봐!"

순식간에 녀석들이 하늘을 차지해버렸다. 해거름 빛이 꼬리를 감추기 시작하자 무수한 검정 날개들이 하늘을 덮어버렸다. 그녀는 아우성을 지르다가 폴짝 뛰면서 손뼉을 쳐댔다.

"동영상으로 본 것과 확연히 달라요. 장관이에요! 멋져서 눈물이 날 것 같아요!"

나는 혹여 몰라서 다시 머플러로 머리를 칭칭 감았다. 이 끔찍한 광경에 눈물을 흘리는 위인들이 있다니, 참 가지가지였다. 10만 마리가 오든 20만 마리가 오든 피해만 주지 않는다면 문제될 게 없지만 녀석들이 싸대는 배설물과 녀석들이 안고 온 병균들 때문에 우리가 모조리 떼죽음을 당할지도 몰랐다. 군무니, 예술이니, 공존이니, 저마다 떠들어대지만 다들 자신의 집과 상관없어서 말할 수 있는 거였다.

이곳으로 이사 올 때만 해도 까마귀 떼들이 몰려오리라곤 상상조차 못했다. 강 개발로 주변 땅 시세가 오를 거라는 지인의 귀띔에 빌라를 사서 옮겨온 터였다. 몇 년 전 녀석들이 떼거리로 몰려왔을 때만 해도 그들이 드리울 그늘을 전혀 감지하지 못했었다. 검고 긴 행렬이 매년 동네를 잠식해 놓을 줄은 말이다.

"에이, 빌어먹을 저놈의 까마귀!"

남편이 녀석들을 쳐다보며 말했다. 유리창 너머로 시커먼 무리가 날개를 펄럭대며 지나갔다. 아침과 해 질 무렵에 노상 겪는 일이었다. 몇 십 마리 정도 된다면 어떻게 해보겠지만 수십만 마리가 되니 어쩔 도리가 없었다. 환경단체는 까마귀가 해충과 낙곡을 먹어 농사에 이로운 새라고 강조했다. 게다가 녀석들이 먹은 만큼 쏟아놓는 배설물은 땅을 기름지게 만든다며 공공연히 선전했다. 시에서는 전국에서 몰려온 관광객들 덕분에 지역 경제가 살아났다고 홍보하지만 까마귀가 있는 동네에는 염장 지르는 말들이었다. 새벽안개를 비집고 녀석들이 정체를 드러내면 나는 머리털이 쭈뼛 섰다. 송전탑 꼭대기까지 빼곡히 올라앉아 턱 버티고 지상을 내려다보는 녀석들은 엄청난 위용을 과시했다. 내가 사는 공간 위에 누군가 자신의 볼일을 보고 자신의 흔적을 남긴다는 것, 아주 불쾌한 일이었다. 뿌지직 싸대는 녀석들의 체취가 빚어낸 흔적들…… 똥을 싸는 곳은 딱히 정해져 있지 않았다. 녀석들이 대숲으로 사라지기 전까지 모든 놀이마당이 해당되었다. 그 놀이마당에 내 집이 있었고, 사람들의 집이 있었다. 녀석들이 찍찍 싸대는 배설물은 회칠하듯 건물과 도로 바닥에 표식을 남겼다. 그 표식은 미지에서 온 외계인의 기호처럼 괴기했다. 그 경고 표식을 볼 때마다 녀석들이 우리 영역에 침범한 게 아니라 우리가 녀석들을 침범한 우스운 꼴이 되고 말았다.

"세상에, 규진 씨 저 까마귀 봐요. 저게 갈까마귀야! 저건 떼까마귀고!"

그녀의 손에 든 망원경이 좌우로 위아래로 바삐 움직였다.

"어머머, 쟤네들 날아가는 모습 봐."

베란다에서 그녀는 큰소리로 그를 불러댔다. 탄성을 지르는 그녀의 눈빛을 보자 어째 그녀가 빨리 떠날 것 같지 않아 나는 초조해졌다.

"까마귀들이 대숲에서 자고 일찍 먹이를 찾으러 가네요. 아주버님, 아무래도 저희들 오늘 못 갈 것 같아요. 이왕 온 김에 하루 더 묵고 가도 되죠?"

"그럼요, 한번 내려오려면 힘들 텐데 얼마든지 묵고 가세요."

남편은 내 동의도 구하지 않고 대뜸 허락했다. 나를 바라보는 그녀를 향해 나도 억지웃음으로 그렇게 하라고 말할 수밖에 없었다. 1박 2일이, 2박 3일…… 어쩌면 더 머물 수도 있을 것 같아 나는 적잖이 언짢아졌다.

입만 열었다 하면 남편 자랑을 일삼는 그녀에게 나는 배알이 꼴렸다. 아직 신혼인 그녀에게 당신이 칭찬하는 그 남자는 과거에 이러이러했어, 하고 까발릴 수도 없고, 그렇다고 모른 체하자니 속이 뒤틀렸다. 장례식을 마지막으로 보지 않으려고 한 사람들이었지만 세상만사 뜻대로 되는 일이 없었다. 웬일인지 시동생은 지난 과거를 들먹이며 남편과 나에게 용서를 빌었다. 남편은 동생의 사과에 모든 과거가 물 씻은 듯했지만 나는 아니었다. 용서를 받아주었다고 지나간 모든 것들이 유야무야가 될 수는 없었다. 이번에 우리 집에 내려올 수 있었던 것도 그놈의 사과 때문이었다. 굳이 착각하고 있는 그녀의 환상을 깨고 싶지 않았던 것은 내가 말하지 않아도 살아보면 머잖아 알 터였다. 더욱 나를 황당하게 만드는 건 자신의 남편이 이렇게 괜찮은 사람인데 주위 사람들 반응은 자기 같지 않다며 서운하다고 그녀는 뾰로통하게 말했다. 그녀가 그에 대한 진실을 얼마나 알고 있는지 되묻고 싶었지만 난처한 표정의 두 남자 얼굴을 보니 물어서는 안 되는 거였다.

"형님, 이 영상 좀 보세요. 환경련에 초청받아 규진 씨랑 야생동물 보호 강연한 거예요."

그녀의 얼굴에 한껏 자부심이 담겨 있었다. 그녀는 환경과 관련된 곳이라면 어디든 강연한다고 했다. 그녀 옆에서 기타 치며 노래하는 그의 모습은 전혀 다른 세계 사람같이 낯설었다.

"새들은 욕심 부리지 않아요. 몇 천 킬로를 날아가기 위해 적당하게 먹어요. 사람들은 그렇지 않잖아요."

나는 그녀의 식상한 조류 상식이 갈수록 듣기 싫어졌다. 뭐든지 새들과 사람을 비교하는 것도 수틀렸다. 그녀의 논리에 따르면 나는 새들과 달리 넓은 평수에 살고 욕심이 많은 거였다. 마땅히 그들의 배설물을 감사하게 여기고 집이 부식되든 말든 집값이 내려가든 말든 공존하기를 원해야 했다. 먼 시베리아에서 남쪽의 작은 도시까지, 날갯짓을 멈추지 않고 녀석들이 찾아온 데는 분명한 목적이 있었다. 녀석들도 생물이니 사람들이 자신들을 어떤 눈초리로 바라보는지 충분히 알 터였다. 어떤 무리는 자신들을 좋아하고 심지어 자신들의 모습을 사진에 담느라 여기저기 플래시를 터트린다. 또 어떤 사람들은 욕을 해대며 삿대질하며 증오의 눈빛도 모자라 자신들을 죽이려고 총을 쏴대는 것을 녀석들도 모르지 않으리라. 사람들의 증오심을 제대로 안다면 몇 년째 줄기차게 이곳을 찾지 않았을 터였다. 하지만 어찌된 노릇인지 사람이건 짐승이건 상대 입장에는 아무런 관심이 없어 보였다. 오직 그들의 이기에 의해 건너편 동네로 갔다고 봐야 했다. 웃어야 할지 아니면 당연한 인내의 대가인지 모르지만 요즘 우리 동네 땅값이 부쩍 오르고 있다.

강물을 가로질러 총소리가 연이어 들려왔다. 남편은 엽총 소리 같다고 했다. 이른 아침이었다. 물살을 가르듯 소리는 공기를 가르고 하늘 천장까지 갈라놓았다. 건너편 하늘에는 수만 마리의 까마귀들이 괴성을 내지르며 빠르게 비행했다. 잠시 후 경찰차 사이렌 소리가 울려퍼졌다. 엽총 소리가 더는 들리지 않았다. 오전 뉴스에 건너편 동네에서 까마귀 떼를 향해 누군가 사냥총을 발사했다고 했다. 두 마리의 까마귀가 총에 맞고 떨어진 광경이 뉴스 화면에 비쳤다.

204

시에서는 생태환경도시에서 있을 수 없는 얘기라며 치를 떨었고, 아나운서는 까마귀 떼로 인한 주민들의 성난 민심이라 말했다. 몇 년간 우리 동네는 잘 참았는데 넘어간 지 한 달도 안 돼 저 난리들이라며 동네 사람들이 혀를 찼다. 나는 총을 쏜 사람의 심정이 충분히 이해가 되었다. 나도 저 까마귀들을 총으로 쏘고 싶을 때가 한두 번이 아니었었다.

'새떼들의 천국만 중요하나! 주민의 생활은 누가 책임지나! AI가 닥치면 시장이 책임지나! 생존권 보장하라!' 거리에 내걸린 현수막이 대교에 기다랗게 걸려 바람에 펄럭거렸다. 그 위 전선에는 떼까마귀 수천 마리가 그 현수막을 째려보며 똥을 갈겨댔다. 까마귀 군무축제 포스터를 바라보며 지나가는 사람들의 표정이 어둡다. 처음부터 공존은 불가능한 것이었을까? 이대로 까마귀 개체 수가 마구 늘어난다면 사람들이 도시를 모두 떠나야 할 사태가 발생할지도 몰랐다.

여행가 누구처럼 자유롭게 살고 싶었다는 그녀는 끝끝내 그렇게 살지 못하고 시동생과 결혼했다. 세계 여러 곳을 여행하다 터득한 경험 때문인지, 아니면 사람 사귀는 걸 원래 좋아하는지 모르지만 그녀는 우리 부부를 전혀 어려워하지 않았다. 아주버님과 형님은 그렇게 편한 관계가 아닌데 그녀는 나와 남편을 친근하게 자주 불렀다. 남편으로서는 허물 많은 동생과 결혼해 주었으니 고마움직도 했지만 그녀가 점점 나에게 밀착될수록 나는 조금씩 곤란해졌다. 하루만 참자고 했는데 이러다가 끈끈하게 이어질 것만 같아 찝찝해졌다. 시부의 장례식에서 나는 "시댁이여, 안녕!" 이라고 결별인사를 했었다. 내 섣부른 안심은 그녀의 등장으로 어딘가 어긋나기 시작했다. 그와 그녀가 나에게 이러면 안 되는 거였다.

탕. 탕. 탕. 강 건너편에서 총소리가 다시 들려왔다. 새떼들이 강 건너 동네로 넘어간 후 세 번째 총소리였다. 하늘을 천천히 선회하던 녀석들이 무엇에 쫓기듯 까악 대며 소리를 지른다. 탕. 탕. 탕. 서너 발의 총소리가 또다시 울렸다.

"형님, 이게 무슨 소리에요?"

그녀는 총소리란 걸 빤히 알면서도 되물었다. 망원경을 꺼내 든 그녀가 베란다 유리문을 급히 열더니 겉옷을 걸치고 그와 현관문을 나섰다. 나는 굳이 말리고 싶지 않았다. 몇 시간 후면 그녀는 떠날 사람이었다. 나는 마지막 식탁을 정성껏 차렸다.

식사 내내 그녀는 별말이 없었다. 며칠 동안 집안의 공기를 그녀의 너스레로 바꾸어놓았던 그녀였다. 다행히 죽은 까마귀는 없었던 모양이다. 아마 까마귀가 죽었더라면 까마귀 장례식 치른다고 그녀는 오늘 올라가지 않았을 수도 있었다. 녀석들이 사라진 하늘은 말끔했다. 해가 떠오르자 날빛을 받은 물살이 저마다 반짝였다. 강물은 오늘도 어김없이 바다를 향해 흘러갔다. 남자들은 마트에 뭔가를 사러 나갔고 그녀와 나는 베란다 데코에서 강을 바라보며 차를 마셨다. 그녀가 떠난다고 생각하니 나는 몸이 조금씩 풀리면서 흥겨워졌다. 배웅하기 전 마지막 남은 티타임이었다. 그러나 그녀가 그렇게 일격을 가할 줄은 미처 눈치 채지 못했다. 그녀는 곧 떠날 사람이었다.

"형님, 형님과 아주버님이 규진 씨 때문에 겪은 어려움을 전혀 모르지는 않아요. 두 아이한테 들은 것도 있고…… 집안 분위기를 보면 어느 정도는 짐작할 수 있잖아요."

나는 그녀가 이렇게 말을 건네는 것에 내심 긴장이 되었다.

"아버님 돌아가시고 규진 씨도 많이 외로움을 타는 것 같아요. 피붙이라고는 아이들과 아주버님밖에 없다면서……."

나는 그녀가 그 다음 내뱉을 말에 극도로 신경이 날카로워졌다. 흘러가는 강물처럼 다 흘러 보내려고 했는데 난데없이 그녀가 역류를 시도했다.

"규진 씨가 아주버님 있는 곳으로 내려가 살고 싶다는 말을 가끔씩 해요. 저도 괜찮을 것 같아요. 생태도시인 이곳에서 일할 것도 있을 것 같고요."

정수리에서 찌르는 듯한 통증이 일었다. 당장 쐐기를 박아야 했다. 전에도 그는 피붙이 운운하며 이곳에 내려온 적이 있었다. 그의 두 번째 여자와 그가 이곳에서 일 년 남짓 살 동안 우리 가정은 하루도 마음 편한 날이 없었다. 내가 미처 답을 하기 전에 그녀는 바로 내 의향을 물었다.

"저희 여기 내려와 사는 것 어떻게 생각하세요?"

피가 거꾸로 도는 것처럼 나는 금방이라도 돌아버릴 것 같았지만 어떻게 된 영문인지 내 입의 말은 어설프게 겉돌았다.

"글쎄, 뭐, 나야…… 요즘 경기도 그런데…… 여기도 옛날 같지 않아서."

내심 내 의도를 그녀가 빨리 파악해 주기바랐건만 그녀는 눈치가 더뎠다. 나는 남편과 그가 들어올 현관 쪽을 몇 번 주시하면서 마음 속으로 거듭 외쳤다. 내가 진짜 하고 싶었던 말은 "안 돼! 절대 내려오지 마!" 였으나 말이 내뱉어지지 않고 입안에서만 맴돌았다.

"규진 씨를 만나지 않았다면 전 아직 여러 나라를 떠돌고 있었을 거예요. 제 어린 시절은 생각하기 싫을 만큼 불행했으니까요. 부모님이 이혼한 후 이집 저집에 맡겨져……."

그녀는 갑자기 어린 시절이 생각났는지 습기가 가득한 눈으로 강물을 그윽하게 쳐다보았다. 나는 속이 바짝 타들어갔다. 그녀가 정말 내 앞에서 이러면 난처했다. 마침내 마음에 쌓인 걸 더 억누르지 못한 그녀의 볼로 눈물이 주르륵 흘러내렸다. 아뿔싸, 외면하고 일어서려는 찰나에 그녀는 급기야 울음을 터트렸다. 눈물 콧물을 쏟아내는 그녀를 보다 못해 나는 그녀에게 티슈를 들이밀었다. 점점 뭔가 일이 꼬이고 뒤틀렸다. 나는 그녀의 급작스러운 심정 고백에 마음이 착잡해졌다.

"친구들이 청첩장 보내올 때 10년 다니던 직장을 정리하고 세계 여행을 시작했어요. 태국 갔을 때 사람들에게 착취당하고 버려진 코끼리를 보자 너무도 가슴이 아팠어요. 들판을 자유롭게 누비고 살아야 할 동물들이…… 인간에게 이용만 당하고 버려지고…… 꼭 그 코끼리가 제 어릴 때 모습 같아서, 그때부터였던 것 같아요. 야생동물을 보호하자고 나선 게요."

울음 섞인 그녀의 목소리가 낮아지면서 차분해졌다. 설명하던 목소리가 아닌 그녀의 내밀한 목소리들이 차곡차곡 내 안을 비집고 들어와 내 안에 침잠했다. 그녀가 이러면 정말 안 되는 거였다.

"지금 친정엄마가 위암 말기에요. 엄마가 아파서 그런지 많이 변했어요. 처음으로 엄마가 저에게 미안하다고 했는데, 저는 엄마한테 어떻게 해야 할지 모르겠어요."

불현듯 간암으로 투병하던 친정아버지의 마지막이 떠올랐다. 새까맣게 말라가던 그 모습이…… 답습된 상처는 우리를 화석으로 고착화한다. 그것은 시간이 가면 갈수록 더욱 단단해져 형질마저 바꾸어놓는다. 어쩌다 한 번쯤 파격과 변수를 만날 수 있는 흐름을 만나는데, 나는 어째 그녀에게 일격을 당한 것 같은 느낌을 지울 수가 없었다. 굳어진 형질의 심연을 파고들어 흐트러지게 만드는 것은 무엇일까, 나는 멀찍이 시선을 흐르는 강물에 두었다. 상류에서 내리지르던 강물은 온갖 것들을 생경하게 바꾸어 놓는다. 무기력하게도 흘러내리는 습기를 막을 재간은 아무에게도 없어 보인다. 모를 일이었다. 가슴 밑바닥에서부터 물기가 조금씩 차올라 나는 애써 꾹꾹 집어삼켰다.

"상처뿐인 저를 규진 씨가 받아주었어요. 그리고 며칠 동안 아주버님과 형님이 따뜻하게 대해주어서…… 엄마 생각이 나네요."

그녀가 어쩌자고 나에게 이러는지 참말로 곤혹스러웠다. 그냥 손님처럼 며칠 머물다 좋았던 추억만 간직하고 가야 맞는 도리였다. 눈물을 훔친 그녀의 눈가에 티슈들이 들러붙어 떼라고 시늉했으나 그녀는 엉뚱한 곳을 더듬는다. 어쩔 수 없이 내 손으로 그것을 떼 주었다. 손가락에 그녀의 축축한 볼 감촉이 짧게 와 닿았다.

대숲 위로 까만 날개들이 무수히 모였다 점점이 흩어진다. 하늘을 박차고 오르는 기다란 무리들은 이제 검은 띠가 되어 여러 기괴한 모양들을 만들어낸다.

"얘네들이 저렇게 빙빙 도는 것은 둥지로 찾아들 순서를 기다리는 거예요. 새들은 자기들만의 질서가 엄연해요."

그녀의 목소리가 하늘가에서 들려오는 것 같았다. 땅거미가 거의 다 진 시각이었다. 거뭇한 강 건너 하늘에는 어둠별만 아련히 강을 내려다보았다. 저녁 준비하려고 부엌에서 분주히 움직이는데 푸드 덕거리는 소리가 들려 고개를 돌렸다. 어찌된 일인지 베란다에 까마귀 한 마리가 다리를 절룩이며 뛰어오르려고 애를 썼다. 창문이 조금 열려 있었나, 참으로 모를 일이었다. 다른 때 같았다면 방어기제로 막대기를 찾아 까마귀를 후려치든지 아니면 깃털을 다 뽑아도 분이 안 풀렸을 텐데 내가 왜 그 까마귀에게 그렇게 했는지 나도 모를 노릇이었다. 억세고 거칠 거라고 여겼던 새의 다리는 생각만큼 억세지 않았고 가늘고 약해 보였다. 나를 보자마자 겁에 질려 도망치려는 약한 생명체에 불과했다. 119에 전화하려다 새 한 마리에 출동할걸 생각하니, 아니다 싶었다. 다리에 피가 엉겨 말라붙은 까마귀는 재차 넘어졌다 일어서기를 반복했다. 내가 무릎걸음으로 다가가자 힘이 다 빠져버렸는지 구석에서 두 눈만 껌벅이며 웅크렸다. 한껏 겁먹은 눈빛이었지만 상황 판단이 되었는지 내 처분을 기다리듯 별로 저항하지 않았다. 손을 내밀어 새의 상처 입은 다리를 잡는데 갑자기 그녀의 습기 머금은 눈빛이 떠올라 나 스스로가 당혹스러웠다. 정말 이상한 일이었다.

눈이 거의 오지 않는 이곳의 겨울 강은 매섭지 않다. 아주 오래전부터 도시의 강은 다리 하나를 건너 풀숲에 이르면 급하게 달려오던 숨을 멈추곤 했다. 강폭이 아주 넓어 광활했다면 체감은 더욱 쓸쓸했겠지만 사람 사는 동네들 가운데로 흐르는 강은 오늘도 급할 것 없이 천연히 흘러간다. 다시 엔굽이친 물결은 대숲진 강 중류를 향해 차차 젖어들면서 바다로 향한다. 언젠가 차창 밖 몇몇 집에서 다문다문 피어나는 굴뚝 연기를 보고 삶의 끈질긴 영속성 때문에 울컥한 적이 있었다. 삶은 아침저녁으로 피어오르는 연기처럼 모질게 반복되어 오랜 습속을 만들어 내곤 했다. 어쩌면 그 궤적 속에서 내 생명 의지를 붙잡으러 애썼는지도 몰랐다. 마른 풀로 가득한 강섬들이 생명을 머금고 옴지락거린다. 머잖아 저 풀등은 푸른 잎으로 눈부시게 빛날 것이다. 그녀는 이 강에 수달이 있을 거라고 넌지시 알려주었다. 수달! 물고기를 물고 물살을 가로지르는 수달의 무리를 떠올려보았다. 쌍쌍의 고니들이 강물 위에서 자맥질한다. 떼까마귀들이 시베리아로 돌아가면 머잖아 백로가 떼 지어 올 것이다. 순백의 날갯짓이 드리울 초록 강은 한껏 그들을 포용하며 어루만질 터였다.

전망대 맞은편 대숲 우듬지에 연두 빛 잎사귀가 바람에 너울댄다. 카톡. 그녀가 올린 밴드 동영상이다. 지난번 내려왔을 때 전망대에서 함께 찍은 사진들이다. 우리들 뒤로 여울진 강이 부드럽게 흐른다. 그녀가 내 팔짱을 끼고 활짝 웃고 있다. 세찬 바람에 머리카락과 머플러가 휘날린다. 그녀의 조잘거림에 모두 웃고 있는데 여전히 나만 어정쩡하다.

하우젠이 말하다

하우젠이 말하다

　당신의 한쪽 어깨가 왼쪽으로 조금씩 처진다. 당신은 어제도 오른발뒤꿈치를 빼내어 킬힐 뒤축에 걸쳐놓기를 반복했다. 내 짐작대로라면 당신의 오른발은 상당히 문제가 생겼을지도 모른다. 현관문을 열고 누군가 들어오자 재빨리 구두를 고쳐 신은 당신이 생긋 미소를 짓는다. "어서 오십시오" 구두 속으로 잽싸게 발을 밀어 허리를 곧추세우는 순간은 0.1초의 찰나다. 나는 당신의 노련한 대처가 얄밉다. 양손을 가로질러 공손하게 인사하는 자세는 상대를 흡족하게 만든다. 당신은 오늘도 음성 안내기가 말하듯 똑같은 멘트와 미소를 잃지 않는다. 당신은 오래전부터 나를 알은 듯이 가리키기도 쓰다듬기도 하면서 고객들에게 나를 자신 있게 소개한다.

　당신의 얼굴 근육이 꿈틀대기 시작한다. 아, 에, 이, 오, 우의 발성과 동시에 어제와 똑같은 미소를 만들기에 여념이 없다. 나를 구성하고 있는 몸체는 상당히 어려운 용어라 평소 당신이 쓰던 단어들이 아님에도 당신은 입을 앙다물거나 벌려 준비 발성을 끝내고 속살거렸다. 물론 이 발성법은 당신과 나만 아는 비밀이다. 그것도 시원찮을 때는 목을 손으로 잡고 여러 번 헛기침을 한 뒤 당신은 흡입기로 흡입하듯 나를 모조리 빨아드렸다.

"여사님, 2층으로 올라가 보실까요."

단순함과 미니멀리즘을 추구하는 디자이너가 손수 제작한 나선형 계단은 품격이 있으면서 균형감 있게 안착했다. 디자인 스튜디오를 운영하는 J 디자이너의 명성은 외국에서 더 알려져 있었기에 그녀의 모던한 디테일은 많은 고객을 사로잡기에 충분했다. 나뚜찌의 짙은 블론드 소파가 거실의 전면 유리창과 대응하면서 나른한 봄빛의 여유를 안겨준다. 거실 옆으로는 산 풍경이 정면에는 강줄기가 아련하다. 강을 따라 이제 막 피기 시작한 벚꽃들은 한 폭의 산수화처럼 에둘러져 환상미마저 자아내 사람들의 시선은 나를 담아내려고 핸드폰으로 찍어대기 바빴다.

당신은 지하 1층에서 지상 2층을 오늘도 몇 번씩 올라갔다 내려갔다를 반복했다. 당신의 값싼 구두가 나를 여기저기 짓밟는다. 싸구려 샴푸향보다 더 견딜 수 없는 모멸감에 나는 몸서리친다. 나를 탐하는 사람들은 프라이버시를 강조하며 의심과 계산이 뒤범벅된 눈으로 나를 바라보았다. 어떤 손님은 나의 가치를 평가절하하면서 자신들의 안목을 추켜세우기도 했다. 심지어 내 앞에서 다른 건축가들의 이름도 들먹였다. 그러나 내가 가장 이해할 수 없었던 건 당신의 눈빛이었다. 그 눈빛은 침착함이 빚어낸 무관심인지 관심인지 헷갈리게 만들었다. 당신의 눈빛은 이탈리아의 장인이 빚어낸 유리 조명만큼 밝게 빛나나 어쩐지 서늘해 보였다. 그 눈빛은 이 단지를 에워싼 감시 카메라보다 고객들에게 신뢰감을 줄 정도로 깊고 맑다. 그런데 당신은 지금 어디를 보고 있는 걸까, 당신에게 나는 하나의 공간 이상도 이하도 아닌 것 같아 나는 마뜩잖다.

에코 갤러리의 탄생을 알리는 팡파르가 울렸다. 향긋한 꽃 냄새가 악기의 선율과 어울려 퍼져나갔다. 마침맞게 해거름의 주홍빛이 하우스 주위를 수놓자 강 건너편의 누각과 대비를 이루며 한층 돋보였다. 태화루라 불리는 도시의 누각은 오랜 시간을 아울린 정경으로 내 품위를 한껏 살려주었다. 명당을 선정해 설계에서 완공까지, 오늘 모인 인사들은 모두 나를 축하하러 온 사람들이다. 나의 진가를 아는 사람에게 둘러싸여 나는 가슴이 방망이질 친다. 파티는 나를 한껏 띄워주었다. 금빛 포말을 머금은 샴페인 잔들이 쨍그랑 부딪치는 소리와 사람들의 웃는 소리에 나는 하늘을 향해 날아갈 듯하다. 나를 탄생시킨 건축가가 활짝 웃고 있다. 공모전 건축 대상을 받을 만큼 그는 나에게 자부심이 강했다. 사람들이 나의 구석구석을 살펴보고 의미심장한 눈웃음을 친다. 나도 그들의 속내를 빤히 알지만 비즈니스의 세계에서 자리매김하려면 당연히 따르는 절차였다. 이 자리에 참석한 사람들 중 절반은 이미 나의 쌍둥이들을 점찍어 두었을 터였다.

당신은 파티 내내 있었다고 하는데 왜 내 기억에는 없을까? 어쩌면 그날 흥에 들떠서 당신을 미처 못 봤을 수도 있었겠다. 유유히 흐르는 태화강도, 푸르른 십 리 대숲도, 저 멀리 보이는 누각과 대교도, 나랑 절묘한 조화를 빚어냈다. 나를 위해 이 모든 배경이 갖추어진 셈이었다. 다만, 신경을 거슬리게 하는 게 있다면 당신이었다. 나는 처음부터 당신이 마음에 들지 않았다. 당신이 건넨 체취는 여태껏 내가 맡지 못한 역한 냄새였다. 뉴욕 브루클린에 산 적이 있었던 내 주인은 그 뒷골목의 냄새가 가장 역하다고 했지만 내 상상으로는 가늠이 불가능했다. 머리카락에서 마구 풍겨 나오는 향내의 정체는 마트에서 세일을 몇 번 거친 덤핑 샴푸였을 게 뻔했다. 한동안 나는 이 냄새에 길들어져야 하는 게 더할 수 없이 견디기 힘들었다. 더 현기증 일게 한 건 당신이 싸 오는 일회용 도시락이었다. 그 냄새는 나를 손상시켰을 뿐 아니라 내 품위를 한껏 떨어트렸다. 다용도실 구석에서 먹는 당신의 점심은 너무도 지독해 토할 지경이었다. 식사가 끝나면 후다닥 창문을 열어 환풍기로 냄새를 빼내고 그마저 안심이 되지 않는지 청정 환기 시스템을 가동해 부산스럽게 구는 당신, 나에게는 겹겹의 견딤이 필요한 시간이었다. 당신은 나를 처음 보자마자 짧은 한숨을 내쉬었다. 놀랍도록 충격적인 것은 나도 마찬가지였다. 그 한숨의 실체가 다른 방문객들과 확연히 달랐기도 했지만 나를 열 받게 한 것은 비아냥거림에 가까운 당신의 낯빛이었다. 헉, 이 집이 50억이 넘는다고…… 세상에! 여기 사는 사람들은 어떤 사람들이야? 아무리 돈이 많아도 그렇지, 집에 50억을 처바르다니……. 그 한숨과 표정에는 이런 말들을 함축하는 듯 느껴졌다.

"정지수 씨, 모레가 샘플하우스 오픈 날인 것 아시죠? 이틀 동안 이 집의 구조를 빠짐없이 익혀야 해요. 오기 전에 회사에서 받은 e-book은 숙지했나요? 찾아온 손님들께 최대한 자연스럽게 집을 라운딩하면 됩니다."

분양 담당 최 매니저가 힘주어 당부한다. 당신의 이름은 정지수. 나는 당신의 이름을 가만히 불러본다. 정 지 수. 실내디자인 전공이 타운 하우스에 오게 된 주요한 원인이라고 최 매니저가 말했지만 나는 그렇게 보지 않았다. 당신의 역한 향내와는 달리 당신의 얼굴과 늘씬한 몸매는 화려하지 않으나 우아하고 어딘가 기품이 있었다. 당신이 풍기는 묘한 분위기 때문에 발탁됐다고 확신했건만 내 섣부른 판단은 어딘가부터 조금씩 빗나가기 시작했다.

당신은 지하층에서 2층까지 뻔질나게 오르락내리락하며 불만스러운 얼굴을 여실히 드러냈다. 처음에는 집값으로 나를 비웃더니 그 다음에는 나의 모든 것을 못마땅해 하는 것 같았다.

"정지수 씨, 그것, 왜 옮기려고 해?"

매니저는 그녀의 행동을 의아스러워했다.

"저는 이쪽에 배치했으면 해요. 복도에 있으면 손님들 다닐 때 자꾸 거치적거릴 것 같아서요."

"실내디자인 한 사람 꽤 이름난 사람이야. 나중에 알게 되면 불쾌하게 생각하지 않을까?"

나도 매니저와 같이 맞장구를 친다. 나를 디자인한 사람, 아주 유명한 디자이너야! 아마추어 주제에 주제넘게. 당신은 깍지 낀 두 손을 계속 조몰락거린다. 당신이 불편할 때 자주 하는 버릇이다. 매니저는 전화로 지시상황을 내릴 뿐 하우스에는 거의 오지 않았다. 그래서일까, 당신은 지난번 지적당한 일을 깡그리 잊고 오늘도 거실 테이블 소품을 당신 임의대로 배치한다. 나는 당신의 서투른 솜씨가 썩 마음에 들지 않아 돌아버릴 것만 같다.

"팸플릿에도 나와 있지만 하우스 기초부터 내진설계가 완비되어 진도 7에도 견딜 수 있는 튼튼한 구조입니다. 외부뿐 아니라 내부 단열시공으로 단열과 외부 소음을 완벽하게 차단하고 있어요. 그리고 실내디자이너가 가장 꼼꼼하게 신경 쓴 부분이 내부 천연 대리석입니다. 친환경 이름에 걸맞게 마감재들도 에코 카라트로 시공되었습니다. 화이트와 베이지 톤, 그리고 어두운 글라스로 모던함을 더해 주고 있습니다. 블루와 화이트로 가구의 조화를 이루는 룸도 눈여겨 볼 필요가 있습니다. 파사드를 유리로 설계하면서 응접실과 다이닝 룸에서 강의 풍경을 더 느끼실 수 있을 것입니다. 가장 주목할 점은 이 하우스가 강을 껴안듯 숨을 쉬고 있다는 겁니다."

순간, 나와 당신의 눈이 마주친다. 당신은 언제부터 나를 의식하고 있었다는 듯 조심스럽게 바닥을 걸으며 내 몸의 구석구석을 어루만진다. 내 가슴이 철렁거린다. 이제껏 내 몸을 만진 건 당신이 처음이었다. 내 몸에 당신의 냄새가 배여 흠흠 거리게 한다. 나는 당황스러워 나도 모르게 하우스 전체를 털어보지만 당신이 느끼는 파동은 미세했는지 당신은 팔에 힘을 실어 나를 잠시 잡을 뿐이다.

당신은 나와 관련된 정보를 모조리 외워 앵무새처럼 조잘거린다. 오물거리는 당신의 입술이 끊임없이 나를 훑어댄다. 당신의 손길이 나에게 닿을 때마다 나는 정전기가 일듯 터럭이 섰다. 그것은 뭐라고 말로 표현 못할 끔찍한 것이었다. 몇 초의 스침에 나는 한없이 추락한다. 내 자부심의 원천으로 높이 평가해야 할 대리석을 몇 마디 설명으로 그치는 것에도 심기가 상한다. 당신이 천연 대리석이라고 말하는 대리석은 엄밀하게 말하면 대리암이다. 먼 옛날 지중해 주변을 누비던 내 조상들의 역사이다. 그곳 사람들은 나를 '빛나는 돌'이라고 부르며 자랑했다. 조상들이 도시의 건축물들을 장식하고 위용을 떨친 시간은 고대로부터 지금까지 계속되었기에 나의 자긍심에는 어떤 흔들림도 없다. 그런 나를 당신은 킬힐로 마구 짓눌렀다.

오늘도 당신은 대리석 계단 아래 펄썩 앉아 구두를 벗자마자 다리와 발을 주무른다. 스타킹을 벗자 발갛게 부어오른 뒤꿈치가 드러난다. 흠 하나 없는 대리석 바닥을 알게 모르게 당신의 구두굽이 스크래치를 여러 번 내었을 뿐 아니라 짓뭉개 놓았다. 양쪽 발가락과 다리의 근육은 풀리지 않았는지 한쪽 주먹으로 두드리다 긴 날숨을 내뱉는다. 당신은 오른발을 약간 절뚝거리며 일그러진 표정을 짓다가 하나씩 소등한다. 이제 당신의 집으로 돌아갈 시간이다. 외등 불빛 아래로 당신이 걸어가고 있다. 내가 가장 원했던 시간, 당신이 나에게서 떨어져 나가는 시간이다. 나는 그대로 눈을 감아버린다. 내일 당신이 오지 않았으면 하는 간절함은 갈망을 넘어선다. 멀리서 어렴풋이 당신의 휴대폰 벨 소리가 들린다. 당신의 목소리가 점점 멀어져 간다.

당신의 휴대폰이 지치지 않고 떠들어댄다.

"응, 수경아. 뭐? 다 그렇지 뭐, 좋기야 좋지. 서울과 떨어져서 좋다면 좋을까."

당신은 아침만 해도 매니저에게 이곳의 모든 것이 낯설어 적응하기 힘들다고 말했었다. 당신을 향한 나의 신뢰는 조금의 기대조차 생기지 않게 야금야금 어긋나고 있다.

"나 보러 내려오고 싶다고? 글쎄 이곳까지? 가능할지 모르겠어. 여기 예약제라, 아무나 올 수가 없어. 매니저한테 얘기해볼게. 수경아, 전화 들어와, 끊어."

"네, 에코 갤러리입니다. 30분 뒤에 오신다고요? 알겠습니다."

당신은 휴대폰의 통화 종료를 급하게 누른다. 전화를 건 쪽은 회사 분양사무실일 것이다. 당신의 걸음걸이가 빨라진다. 당신은 파우더 룸으로 들어가 옷매무시를 고치고 파우치에서 팩트를 꺼내 얼굴을 두드린다. 틴트를 덧바르고 거울을 향해 입꼬리를 약간 올린다. 1층 다이닝 룸을 꼼꼼하게 점검한다. 뒤이어 거실의 소파 쿠션을 반듯하게 놓는다. 힐 소리를 탁탁 울리며 당신은 2층 계단을 향해 바삐 올라간다. 2층을 둘러본 당신은 거실과 데코 사이의 커튼을 밀쳐놓는다. 푸른 강 너머로 날빛을 받은 누각이 오색찬란하게 펼쳐져 있다.

"어서 오십시오. 아, 네."

오늘 당신이 맞이할 고객은 작년에 한남동으로 나를 보러왔던 유명배우 K이다. 당신은 그를 단박에 알아봤지만 호들갑을 떨거나 팬사인을 요청하지 않는다. 연신 웃음을 지으며 당신은 그를 편안하게 안내한다. 고객의 선택을 위해 말을 많이 해서도 안 되고 너무 말이 없어서도 안 된다. 당신이 지켜야 할 것은 품위이다. 당신은 배우와 다섯 발자국 정도 떨어져 보행 속도를 맞추고 있다. 그러는 사이에 당신은 고객의 눈빛을 통해 만족도와 불만족도를 체크한다. 거실 데 코를 열어본 그는 만족한 미소를 짓는다. 당신이 결코 나를 향해 지 은 적이 없는, 나에게는 이미 흔하고 익숙한 표정이다. 당신은 싱긋 웃으며 추임새를 넣는다.

"이쪽 발코니에서 바라보는 노을 풍경이 더없이 그윽합니다."

당신은 오늘 이 말로 마무리한다. 바쁜 배우가 이곳까지 와서 석 양을 볼 시간이 얼마나 있을지 모르지만 그러기에 더 열망이 클지도 모른다. K배우의 고향은 이곳이었다. 그는 자신의 부모에게 나를 선 물하고 싶다고 말을 건넨 것 같다. 그의 눈빛은 나에게서 고향을, 부 모를 향한 감사를 나로 가치 삼아 견줄 수 있는 센스를 지녔다.

오전 일찍부터 당신의 휴대폰이 거듭 울린다.

"네, 알겠습니다. 급히 전해줄 게 있어서 왔을 겁니다."

전화를 끊은 당신이 현관문을 열고 밖으로 나가 안절부절못한다. 당신은 고개를 들어 도로를 힐끔 보다가 다시 정원을 왔다 갔다를 반복한다. 드디어 당신이 기다리던 실체가 등장했다.

"야, 어떻게 된 거야? 진짜 내려올 줄 몰랐어?"

"음…… 괜찮은데, 딱 내 취향이야. 건축가 상 받을 만한 것 같아."

당신은 감시 카메라를 의식해 친구를 구석진 곳으로 잡아당긴다.

"분양사무실에 너한테 전해줄 물건이 있다고, 잠시만 머문다고 눈치껏 말했어."

당신의 친구는 나에게 홀딱 빠져 헤어나지 못하는 것 같다. 그녀의 약간 벌려진 입과 치켜 뜬 두 눈이 말해주었다. 당신의 친구는 나를 황홀하게 쳐다본다. 내가 당신에게 처음부터 바라던 시선이었다. 당신의 친구는 당신과 상당히 다르다. 그녀의 향내는 싸구려가 아니다. 나에게 친숙한 메종 프란시스 커정의 우드 사틴 무드 향수다. 당신 친구가 입고 있는 H 라인이 도드라진 블랙 세틴의 원피스도 베르사체다. 들고 있는 골드 하드웨어의 검정 클러치도 역시 명품이었다. 솔직히 말하면 당신보다 당신 친구가 나의 품격에 더 잘 어울린다.

"다이닝 룸 비주얼이 돋보여. 빌트인 중에서도 최상급이야. 이건, 우리 집 밀레보다 훨씬 나은데! 지수야, 나 2층에도 잠깐 올라가도 되지? 침실 조명 하나에도 몇 백이 넘는다며?"

"응, 그런가 봐. 위치도 위치지만 인테리어도 한몫하겠지. 조명 하나에 몇 백이 넘다니, 난 사실 좀 이해가 안 돼. 저렇게 값비싼 조명이 아니더라도 실속 있으면서 세련된 조명들도 많이 나오잖아."

"어머머, 애 좀 봐. 그런 조명들이랑 이 조명이 같니? 너도 참, 실내 디자인 전공했다는 애가 어쩜 그러니? 이런 작은 데커레이션 하나하나도 가진 사람의 교양을 나타내잖아. 왜 사람들이 명품, 명품 하겠어. 돈 들이는 데는 다 그만한 까닭이 있는 거야."

당신의 미간이 살짝 찌푸려진다. 당신의 친구는 당신의 얼굴을 채 살피지 못했다. 쉴 새 없이 나를 예찬하는 당신의 친구와 달리 당신 은 뻣뻣한 자세로 서 있다. 당신은 도저히 납득불가다. 왜, 왜, 마땅 치 않은 표정을 지어 보이는 걸까? 당신의 손가락이 계단의 난간을 톡톡 두드리고 있다. 당신의 두드림에 나는 다시 예민해진다.

"수경아, 그만 가는 게 좋겠어."

"벌써? 나 여기 온 지 이십 분도 안 지났어."

"일 끝나고 만나. 웬만큼 둘러볼 만큼 다 둘러봤잖아?"

"아직 지하층은 보지도 못했어!"

"매니저가 까다로운 분이라 지금 네가 온 것도 사실 좀 눈치 보여. 너도 알잖아, 나 계약직인 거. 이번에 잘 보여야 정규직 된단 말이 야."

"아무리 그래도 그렇지, 어쩜 넌 이렇게 후딱 가라고 하니? 서울 서 내려온 성의를 봐서라도 그러면 안 되지. 어차피 손님도 없잖아. 매니저가 너 일일이 감시하는 것도 아닐 테고, 전화로 체크만 하는 것 같던데……."

"내가 한가하게 노는 게 아니야. 계약직이라도 나한텐 직장이 고…… 괜히 트집 잡는 소리 듣고 싶지 않아."

"나를 손님이라고 생각해. 이번에 나 소개팅 하잖아. 이 집 보니까 꼭 갈아타기 해야 할 것 같아. 갑자기 빌라에 사는 게 궁색하게 여겨지잖아."

손가락의 두드림을 멈춘 당신은 아무 말도 하지 않고 계단을 내려간다. 평소 당신이 계단을 오르내릴 때의 느끼던 무게와 사뭇 다르다. 당신의 걸음과 당신의 냄새에 짜증났는데 지금 계단을 내려가는 당신의 무게마저 나는 보태고 싶지 않다. 당신의 친구가 돌아간다. 당신의 친구도 역시 다른 손님들과 별반 다르지 않았다. 당신은 또 숨을 크게 들이켰다 내뱉는다.

당신과 나의 교집합을 찾는다면 서울에서 이 도시로 내려왔다는 점이다. 얼마 전까지 나는 한남동에서 엄청난 반응을 불러일으켰다. 지방의 도시 중에서 이곳은 경제수준이 높은 편이었다. 머잖아 이곳 반응을 보고 제주도에도 나의 타운 하우스를 지을 예정이었다. 나는 지경을 넓혀가지만 당신은 원하지 않은 전출로 보였다. 그러나 당신은 당신 상사에게 이곳에 내려온 의미가 크다며 아버지에 대한 기억 때문에 은근히 내려오기를 바랐다는 투로 말했다. 당신 아버지의 고향은 이곳, 그것도 이 하우젠 앞을 흐르는 강이 마주 보이는 부근에 살았다고 말했다. 얼마 전 당신은 찾아온 당신 친구에게 아버지의 어린 시절 얘기를 들려주었다. 나는 굳이 당신 아버지 얘기를 듣고 싶지 않았으나 그 얘기는 나에게도 먼 지중해를 떠올리게 해 그렇게 지겹지만은 않았다. 누군가에게 그리움의 기억은 한 자락씩 있기 마련이니까.

이곳, 그러니까 타운 하우스 근방은 몇 십 년 전만 해도 금모래 밭이 펼쳐진 모래사장이 십 리 대밭을 따라 끝없이 이어졌었다. 당신 아버지가 초등학교를 다닐 때 학교를 마치면 태화나루터에서 친구들과 발가벗고 멱을 감았다고 했다. 그러고 보니 며칠 전 나를 보러 들렸던 백발의 노신사도 그렇게 말했던 것 같다. 그는 나도 마음에 들지만 이곳의 전망이 더 맘에 든다며 시를 읊듯이 말했다. 그러면서 장시간 어린 시절의 추억들을 쏟아놓았다.

"깃털 구름을 에두른 선홍빛 노을이 하늘과 강 수면에 퍼져 가면 우리는 강변에서 놀다가 책 보따리를 챙겨 집으로 돌아가곤 했지. 은빛 모치들이 강물을 박차고 튀어 오르면 우리도 덩달아 뛰어올랐어, 강은 우리에게 늘 신나는 놀 거리를 제공했지. 등짝이 까맣게 타도록 놀았는데도 지겨운 줄 몰랐으니까. 태어나서 그때만큼 신나게 논적이 없었던 것 같아. 지금 눈앞에 아무리 놀 거리가 많아도 그때만큼은 아냐. 이 앞이 다 논이었거든, 저기는 밭이었고, 밤마다 개구리 소리, 강물 소리, 부엉이 소리, 그 소리에 눈이 스르륵 감기곤 했어."

그는 강이 들여다보이는 테라스에서 팔을 뻗어 이곳저곳을 가리켰다. 그의 시선 너머에는 내가 알지 못하는 또 다른 현실 세계가 펼쳐져 있었다. 다른 게 있다면 어린 꼬마가 백발의 노인이 되었고, 볼

품없던 강나루가 추억 속에서 고스란히 살아 그의 심장을 조금씩 설레게 만들었다는 거였다. 오롯이 자신 속에 살아 있던 기억은 그의 눈빛을 반짝거리게 했다. 나도 마찬가지였다. 지중해를 바라보며 위용을 과시하던 나날들, 태양 아래에서 나는 화려하게 눈부셨다. 나라도 그랬을 거야, 백발 신사처럼. 그가 바로 계약을 체결하자고 했을 때, 찬란한 순간을 아는 사람이 할 수 있는 선택이었다.

"참 가관이지 않아?"

당신은 내 몸체를 손바닥으로 탁탁 치며 누군가에게 화난 투로 말했다.

"강남 빌라에 사는 게 궁색하게 느껴져? 그럼 난 뭐니? 수경은 내가 아직도 오피스텔 사는 줄 알아. 오피스텔 전세금도 우리 집 대출빚 갚는데 다 나갔는데 말이야. 내가 8평도 안 되는 원룸에 사는 걸 잰 상상도 못 할거야. 어젯밤에도 잠을 제대로 못 잤어. 옆 룸의 남자가 어찌나 기침을 해대던지, 어떤 사람들은 신축 건물 때문에 조망권 뺏겼다고 시위해 보상금까지 뜯어내는데 우리 엄마, 아빠는 왜 이렇게 일이 풀리지 않는지 모르겠어. 몇 백만 원씩 하는 조명? 그 조명 하나면 여기서 일 년치 월세야!"

당신은 오른손에 든 휴대폰을 왼손으로 바꿔 들며 언성을 높였다.

"202호 남자가 걸핏하면 여자를 데려와 밤새 침대가 들썩거려, 203호 사는 여자가 듣다듣다 못 참겠던지 이 개새끼야, 그만 지랄

해! 하고 고래고래 소리 지르니 조용해지더라. 어서 세 채 남은 하우스도 팔렸으면 싶어. 그래야 어디든 훌훌 떠나지.”

당신은 한참을 떠들다가 TV 리모컨을 누른다. 아나운서의 목소리가 거실에 퍼진다. “새 정부 출범 이후 규제 완화에 대한 기대감으로 멈추었던 집값 하락세가 다시 시작되고 있습니다. 역대 정부 이후 부동산 경기가 이렇게 침체에 직면한 적은 없었습니다.” 리모컨을 끄는 당신의 표정이 일그러진다. 입술을 깨문 당신의 얼굴은 그늘지다. 깊게 심호흡을 들이킨 당신은 느긋이 흘러가는 강물을 계속 지켜보고 있다. 뉴스를 듣던 당신의 얼굴이 왜 갑자기 시무룩한지 나는 모르겠다. 당신의 휴대폰이 쩌렁쩌렁 울린다.

“네, 에코 갤러리입니다. 10분 뒤에 오신다고요? 네, 알겠습니다.”

당신이 현관문을 열자 검은 정장의 사내가 쑥 들어온다. 그의 눈초리가 예사롭지 않다. 기존에 왔던 손님들과는 사뭇 다른 분위기다. 사내의 눈길은 재빠르게 당신을 위에서 아래로 스캔한다.

“2층 먼저 볼 수 있을까요?”

“네. 저쪽으로 올라가시죠”

검은 정장의 사내는 1층이 아닌 2층부터 보기를 원했다. 보통은 당신이 안내하는 순서에 따라 구경하는 게 원칙이라면 원칙이었다. 예외가 있다면 데코 밖에 보이는 정경에 이끌려 걸음을 바꾸었던 게 지금껏 손님들의 동선이었다. 그리고 보니 매니저가 동행하지 않은 것도 수상하다. 남자 손님인 경우 웬만하면 매니저가 함께했다. 당신이 2층 계단을 향해 올라가자 사내도 곧 뒤따른다. 사내는 2층을 주의 깊게 살핀다. 복도 맨 끝 침실 방에 이르자 사내가 당신을 향해 획 돌아선다. 사내가 몇 걸음 가까이 다가오자 당신은 당황했는지 주춤거리다 뒷걸음질 친다.

"정지수 씨 맞죠?"

뜬금없이 당신의 이름을 묻자 당신은 애써 당황스러움을 감춘다.

"네, 그런데…… 어떻게 제 이름을 아시는지?"

사내는 슈트 포켓 안에서 명함과 종이를 꺼내 당신에게 건넨다. 종이를 읽은 당신의 손이 파르르 떨린다.

"이달 25일까지 정리 못하면 아가씨 월급 압류 들어옵니다. 알겠어요?"

"이보세요? 여기는 제 직장이에요!"

검은 정장의 사내가 왼쪽 눈을 찡그리더니 두 눈을 부릅뜬다. 사내는 엄중한 얼굴로 당신을 복도 쪽으로 서서히 밀어붙인다. 당신은 나에게 붙어 꼼짝을 못한다. 당신이 밀착될수록 당신의 떨림이 나에게 전달된다. 그것은 아주 약한 떨림이었지만 나를 긴장하게 만들었다.

"부모가 못 갚으면 자식이라도 갚아야 할 것 아닙니까?"

사내가 낮은 저음으로 힘주어 당신에게 말한다. 그 말은 차갑고 비정하게 들린다. 사내는 반쯤 넋이 나간 당신을 남겨두고 일 층을 향해 성큼성큼 걸어 내려간다. 내 짐작이 틀리지 않았다. 사내는 당신을 위협하러 온 거였다. 사내가 내려가자 당신은 자리에 철퍼덕 주저앉는다. 당신의 탄식이 나에게도 그대로 전해진다. 후다닥 욕실로 뛰어 들어가는 당신의 모습에 내 가슴이 펄떡거린다. 당신은 변기 뚜껑 위에 엉덩이를 걸치고 앉아 어깨를 들썩이며 흐느껴 운다. 당신의 돌연한 행동에 나는 머쓱해진다. 당신이 양손으로 얼굴을 감쌌다가 고개를 든다. 독기를 품은 눈빛은 비장하기까지 하다. 당신은 서둘러 휴대폰을 누른다. 한 손으로 머리를 거머쥔 당신의 얼굴이 일그러진다.

"엄마, 나야. 나 엄마 때문에 미칠 것 같아. 방금 내 일하는 곳에 대부업자 다녀갔어. 도대체 여기까지 오게 하면 어떻게 해! 25일까지 정리 못 하면 월급 압류 들어온대. 어떡할 거야?"

당신의 목소리가 점점 커진다. 원망이 잔뜩 담겨 있는 목소리다.

"이 회사에 어떻게 들어왔는데…… 엄마, 제발…… 나 계약직으로 이곳에 내려왔잖아. 지긋지긋해 미치겠다고! 그러게 왜 무리해서 아파트 대출을 받았어! 난 이제 몰라. 엄마가 알아서 해."

화장실 옆에 쭈그린 당신의 목소리가 점점 날카롭게 올라가다 어느 정점에서 뚝 떨어진다. 당신은 휴대폰을 쥐고 계속 꺽꺽 소리를 낸다. 그동안 나는 당신에 대해 많은 것을 알게 되었다. 당신은 서울

서 전출되어 내려왔고, 8평 원룸에 산다. 당신의 친구는 강남 빌라에 산다. 그리고 당신의 가족은 대출 부채에 시달리고, 대부업자는 오늘 당신을 협박했다. 당신이 나를 만지고부터 나는 당신 때문에 귀찮을 만큼 신경이 자꾸 쓰인다. 왜 그런지 나도 모르겠다.

맞은편 전원주택에 아이들이 소꿉놀이를 한다. 모래랑 풀잎은 밥과 반찬이다. 조개껍데기와 작은 돌멩이들이 올망졸망 모여 있다. 당신의 눈빛이 웃음 짓는다. 유리 너머로 아이들을 바라보는 당신은 아이처럼 천진하다. '아휴, 귀여워! 쟤네 좀 봐. 나도 어릴 때 저렇게 소꿉놀이했는데. 얘들아, 진짜 내가 좋아하는 집, 말해줄까? 반지의 제왕에 나오는 호빗들이 사는 앙증맞은 집이야. 물론 내가 들어가기에 그 집은 아주 작겠지만…… 그런 집에는 멀리서부터 달콤한 향내가 나는 것 같아. 솜사탕처럼 부드러워 금방이라도 지친 나를 잠들게 해줄 것 같아.' 당신의 눈이 계속 아이들을 따라가다가 혼잣말을 건넨다.

갑자기 먹장구름이 몰려오더니 빗줄기가 세차다. 내 몸은 과다한 습기에 노출되고 말았다. 당신은 거실 유리문에 바짝 붙어 빗소리를 듣는다. 바깥 기온과 당신의 입김이 유리창에 뽀얀 얼룩을 만든다. 소나기가 퍼붓기 시작한다. 조금 전까지 맑았던 하늘은 시커멓게 변했다. 아이들이 놀던 소꿉들이 빗물에 씻겨 널브러져 있다. 당신이 유리문을 열고 조심스레 데코를 향해 걸어가더니 비를 맞는다. 빗줄기가 제법 센데도 당신은 처량히 비를 맞고 서 있다. 당신의 눈 주위는 빗물 범벅이다. 양어깨를 옹송그린다. 당신은 하늘을 향해 나를 향해 소리를 질러댄다. 유리창에 비를 맞고 있는 당신이 어른거린다. 당신은 화가 나 있는 것 같기도 하다. 빗물에 섞여 내 몸의 무게는 더욱 무겁고 어두워진다. 흠씬 젖은 당신이 욕실로 들어와 옷을 하나씩 벗는다. 옷에서 떨어진 물방울들이 욕조 바닥으로 주르륵 흘러간다. 당신의 입술이 시퍼렇다. 아래턱을 덜덜 떨면서 당신은 속옷까지 벗는다. 욕실 입구에 당신의 옷들이 너저분하다. 사방이 유리로 된 욕실에 나체가 어른거린다. 월풀형 욕조에 물이 가득차자 따뜻한 온기가 욕실을 메운다. 당신은 욕조에 오른발을 들어놓더니 몸 전체를 들여놓는다. 이 모든 것을 지켜보는 나만 당황스럽다. 당신의 검은 머리가 물 위로 솟구친다. 유리에 말간 연기가 피어올라 자욱하다. 욕실에서 나온 당신은 언제 젖었냐는 듯 아침의 출근복 차림으로 변해 있다. 당신은 참으로 알 수 없는 여자이다.

당신이 처음 온 날 집 구조에 대해 못마땅하게 말한 게 떠오른다.

"이 집은 침실이 모두 2층에 있잖아. 내가 이 집을 설계한다면, 구조를 거꾸로 하겠어. 침실이 일 층에, 다이닝룸과 거실이 이 층에 가도록 말이야. 욕실은 지하로 내려가게 하겠어. 물론 잘못된 발상인지도 몰라."

실내디자인에 만족 못한 당신은 이 집의 설계구조 변경까지, 나는 당신이 집을 지으면 어떤 집을 지을지 의문이 생긴다.

"내가 어릴 때 살던 시골집은 기와집이었어. 처마에서 떨어지는 빗소리가 나를 간지럽게 했지. 빗방울이 떨어진 땅에는 작은 홈이 파이기 시작했어. 빗방울이 똑똑 떨어지는 소리를 듣고 잠들거나 깰 수 있다는 것 말이야, 넌 빗방울 소리를 결코 듣지 못할 거야. 그걸 넌 가장 안타까워해야 해."

나는 당신의 항변을 듣고 있지만 동의할 수는 없다. 당신과 내가 다른 점은 당신은 기한이 정해져 있고, 나는 여기 머문다는 것이다.

어찌 된 영문일까? 2층 룸 침실에 사람이 잠을 잔다. 내 눈으로 모습을 확인할 수 없었지만 일정한 간격으로 숨소리가 들려왔다. 간혹 몸을 뒤척거리는 소리도 들린다. 사람이 잘 때 들었던 숨소리는 오랜만에 들어본 것 같다. 비밀번호를 모를 텐데, 어떻게 들어왔을까? 아니, 내가 잘못 들은 것일까? 컴컴한 어둠 속에 나만 예민해져 잠들지 못한다. 내 시선은 룸 침실에 오랫동안 머무른다.

당신은 오늘도 제시간에 출근했다. 여느 때와 다를 바 없는 하루지만 당신의 표정이 조금은 밝아 보인다. 나는 간밤의 일로 신경이 곤두설 대로 곤두섰다. 당신이 나의 이런 상태를 알 턱이 없을 것이다.

생글거리는 당신 얼굴을 보자 불현듯 나는 당신이 이 집의 주인이 되어 들락날락하는 것을 그려본다. 내가 아는 당신은 어느 정도 미적 감각이 있는 여자다. 어쩌면 나를 멋지게 꾸며줄지도 모르겠다. 이건 순전히 내 지나친 공상의 비약이다. 지금껏 당신만 여지없이 나를 까뭉개려했지 다른 사람들은 안달하며 갖고 싶어한 나였다.

"이 집에는 내밀한 공간이 없어. 모든 것이 오픈된 것 같아. 마치 화려한 조명들과 카메라에 둘러싸인 세트장 같잖아."

나는 당신의 말을 맞받아 내지른다.

"나와 어울리지 않는 당신만 떠나면 돼!"

나를 차지한 주인은 끊임없이 나를 찬양하며 나의 가치에 자부심을 느낄 터였다. 그런데 이 착잡한 기분은 어디서 비롯되는 건지 통 모르겠다. 당신이 오고부터 끊임없이 항변해야 하는 이 찝찝하고 개운치 않은 기분 말이야.

또 부스럭대는 소리가 들린다. 검정 모자에 검정 마스크를 쓴 사람이 살며시 들어온다. 남자인지 여자인지 알 수가 없다. 큰 키에 마른 몸매다. 그는 도둑고양이처럼 살금살금 2층을 향해 가더니 침실이 있는 방으로 쏙 들어간다. 반쯤 열려 있는 문틈으로 침대의 불룩한 형체가 보인다. 갑자기 문을 딸깍 닫는 소리가 안에서 들렸다. 곧 숨을 쉬는 소리가 일정하게 들린다. 왠지 몰라도 익숙한 소리 같다. 어디선가 내가 맡아본 냄새도 맡아진다. 흠? 어디서 맡았지? 집중력을 모아 냄새의 가닥을 추적해보지만 자동 환풍기에 실려 달아나버린다. 나는 이 정체 모를 침입자 때문에 밤을 꼬박 새우다 설핏 잠들었다. 새벽에 깨어보니 열린 문 사이로 침대의 시트가 가지런하다. 사람의 흔적조차 느껴지지 않는다. 내가 꿈을 꾼 것일까? 때맞추어 당신은 출근 시간에 맞춰 들어온다. 요 며칠째 당신의 얼굴이 생생하게 빛난다.

나는 당신이 한 말, 내밀한 공간과 세트장을 생각하다 나를 만든 주인이 살았던 뉴욕의 브루클린 집이 일순 떠올랐다. 내 주인이 살았던 뉴욕의 집은 평수가 그리 넓지 않은 작은 아파트였다. 주인은 그때만 해도 알려지지 않은 아마추어 건축가였는데 소박한 집에 비해 그는 제법 값나가는 수집품들로 집을 장식했다. 겉보기에 평범한 아파트로 알았다가 들어와서 놀라는 이들이 많았다고 했다. 그는 리폼뿐 아니라 가구를 배치하거나 구성하는 안목이 남달랐기에 작은 아파트에 은밀한 공간들을 만들었다. 주인은 굶는 일이 있어도 수집품을 모으는 일을 멈추지 않았다고 했다. 그 허름한 아파트에서 유일하게 그 집만 가치 있는 물건들이 가장 많았다. 일거리가 없어 헌팅 의자에 앉아 있을 때 창틀 사이를 비집고 넘어오던 햇살이 배고픔을 달래주었다며…… 주인은 결코 잊지 못할 거라고 말했다. 또한 그 집을 채운 소품들에는 저마다의 독특한 사연이 시간이 지나면서 이야기가 되어 그를 유명하게 만들었다며, 주인은 아직도 뉴욕의 그 집이 생생하게 기억된다고 나를 설계하면서 말했다.

오늘은 아직 예약 손님이 없네. 너와 헤어질 날도 얼마 남지 않았어. 마지막 한 채만 나가면 너와 굿바이야. 넌 계속 여기서 살겠지. 너와 똑 닮은 13채의 하우스랑. 나는 아마도 내 평생에 여기 다시 올 일이 없을지도 몰라. 너랑 살 사람은 어떤 사람들일까? 이 집과 잘 어울리는 사람이 들어와 살겠지.

당신이 언제부터 내 존재를 의식했을까? 당신이 내 공간에서 목욕을 하고부터 당신은 나에게 조금씩 말을 건넸다. 나는 그것이 참으로 얼떨떨했으나 더 이상한 것은 밤마다 나를 찾아와 침대에서 잠든 사람이 어째 당신 같다는 기시감이 느껴지는지, 모를 일이었다.

당신은 오늘도 길게 누군가와 통화한다. 어쩌면 당신의 애인일지도 모르겠다.

"나라고 이런 집에 살지 말라는 법은 없겠지. 있잖아, 이런 집에 살면 더 이상 꿈을 꾸지 않을 것 같아. 이루고 싶은 걸 다 이루어 꿈이 떨어질 자리가 없어 보여. 난 우리 가족이 함께 살 수 있는 집이면 어디든 돼. 이제는 그것도 다 날아가 버리겠지만…… 집 장만하려고 부모님이 무척이나 애썼는데……. 우리가 들어갈 곳은 혁신도시의 타이틀을 거머쥔 곳이었으니까, 무리해서 대출을 받아도 부동산 값이 계속 오르고 있으니 문제가 될 건 없었어. 아니, 그래 보였어. 근데 계속 고공행진을 하던 부동산 경기가 하강행진을 하기 시작할 줄 누가 알았겠어? 집에 들어와 살아도 우리 집이 아닌 것 같았어. 내놓아도 팔리지도 않고, 판다고 해도 대출이자다 뭐 다 제하고 나면 원래 투자한 값도 건지지 못해. 그렇게 갖고 싶었던 집이 점점 옥죄어오는 카크러셔 같다면 넌 알겠니? 언젠가는 숨도 못 쉬고 찌그러질……."

나는 당신이 나에게 불쑥 내뱉는 부정어들이 마음에 들지 않았다. 당신의 기억 속에 나는 단 한 번도 자리잡지 못하고 있다. 당신의 기억 속에는 어린 시절 살았던 시골집뿐이다. 당신은 거기서 아주 따뜻한 시절을 보냈다고 말했다. 세상에 태어나서 처음 자신의 방을 가지게 된 당신, 거기서 만족했었다면 집을 잃게 되지 않았을지도 모른다고 당신은 말했다. 당신의 아버지가 집을 투자가치로 보게 된 순간부터 마가 끼기 시작했다고, 당신은 친구에게 말했다. 지상에서 방 한 칸 얻기 위해 몸부림치며 살아온 세월이 고스란히 날아갔다고…….

당신은 당신의 눈처럼 깊은 강을 바라보고 있다. 물결의 끝에서 마구 튀어오르려는 물방울들이 햇빛 아래 오련하다. 그렇게, 그렇게, 당신은 강을 하염없이 보고 또 본다. 당신이 나를 바라보던 눈빛의 정체를 이제야 알 것만 같다. 누구처럼 나를 금방이라도 삼키고 싶어 안달 난 눈빛이 아닌, 나를 가지고 수작을 부릴 의뭉한 눈빛도 아닌, 걱정스러운 눈빛이었다. 대개 사람들은 겉으로 나를 추켜세웠지만 정작 속셈들은 따로 있었다. 하지만 당신 눈빛은 너를 어떡하니? 그것은 왜 태어났니? 로 나에게 해석되었다. 어쨌거나 당신과 나는 동거할 운명으로 만났다. 나로서는 대단히 껄끄러운 사실이었으나 당신은 딱히 그렇게만 보이지는 않는다. 몇 달 동안 당신의 모든 소리에 내가 길들어진 것일까? 내가 왜 민감하게 반응하는지 정말 모를 일이다.

"네? 이 하우스도 팔렸다고요? 네, 알겠습니다."

휴대폰을 종료하는 당신의 손가락이 느려진다. 드디어 당신과 내가 헤어져야 할 때가 왔다. 당신의 말대로 이제 진짜 이별이 다가오고 있었다. 당신은 나를 떠나고, 나는 새로운 주인을 맞이한다. 당신과는 달리 그들은 나를 아끼고 사랑할 것이다. 처음부터 무관심한 당신과 달리……

바람비가 가늘어지다 진눈깨비로 변해 유리창에 닿자마자 녹는다.
"어머나, 신기해! 이 도시는 겨울에도 눈이 귀한 곳인데! 얼마 전까지 봄꽃들이 피기 시작했는데, 눈이 내리다니."

당신처럼 나도 놀랍기는 마찬가지다. 어느새 진눈깨비는 싸락눈이 되어 하우스를 덮는다. 강 너머 노란 꽃밭을 지나 십 리 대숲에도 하얀 눈가루가 내려앉는다. 마치 하얀 꽃잎이 분분히 흩날리는 듯하다. 당신이 현관문을 살며시 닫고 정원을 가로지르고 있다. 당신의 머리 위로 하얀 눈들이 나풀거린다. 당신은 멈칫 발걸음을 멈추고 나를 지긋이 쳐다본다. 당신이 나를 향해 처음 미소를 짓는다. 별리의 장면처럼 두 팔을 들어 손을 좌우로 흔든다. 나는 당신이 사라지는 걸 끝까지 지켜보았다. 정원에는 당신이 두고 간 발자국이 눈 위에 꼭꼭 찍혀 있다. 눈이 내리는 희뿌연 도로를 따라 당신은 적적히 떠나간다. 당신이 보이지 않자 눈도 뚝 그쳤다. 당신의 발자국만 엷게 남아 있다. 짙은 초록 숲에는 흰 꽃들이 아스라하다. 빈집에 뎅그러니 나만 홀로 남았다. 모를 일이었다. 막연한 기대가 왜 차올랐는지 나도 알 수 없었다. 당신이 떠나는 걸 내 눈으로 분명 봤는데도 나는 당신이 곧 돌아올 것만 같은 기분이 든다. 잠이 오지 않아 눈을 말갛게 뜨고 밤을 새운다. 얼마 전 침입한 사람 때문에 잠들지 못한 이후 나는 또 잠을 이룰 수 없다. 넓고 미려한 집에는 정적만이 밤을 벗 삼아 떠나가지 않는다. 더 이상 어떤 소리도 들을 수 없고, 어떤 냄새도 느껴지지 않는다. 걷잡을 수없이 당신의 역한 냄새가 불현듯 그리워진다.

언젠가 나를 만든 주인이 말했다.

"밤하늘에 별들이 하나둘 떨어져 모여 집이 되고 이야기가 시작된 거야. 그래서 지금도 별들이 집을 중심으로 돌고 있단다."

당신은 나의 색다른 첫 기억이며 내 다름의 첫 출발이다. 나는 내 품격에 맞는 주인을 맞이하고 싶었다. 그 주인은 당신과는 전혀 다를 것이다. 나의 진가를 충분히 알아줄 사람임에는 틀림없다. 하지만 당신처럼 나에게 심어주지 못할 게 있을지도 모르겠다.

폐허廢墟 이후

 - 김나정 문학평론가

폐허廢墟 이후

- 김나정 문학평론가

공간적 상상력

이서안 소설은 공간에 대한 상상력이 두드러진다. 인간의 삶을 틀 지우는 건축물에 대해 천착하여 삶의 조건을 궁리한다. 소설집에는 주상복합, 맨션, 아파트, 재개발을 앞둔 시장, 표본주택과 성城 등 다양한 건축물이 등장한다. 이 중 두드러지는 것은 인간의 욕망이 쌓아올린 거대한 건축물들이다. 「골드비치」에 등장하는 해변에 늘어선 고층 건물이 그 예이다.

H아파트는 무역센터에서 주관한 설계공모전에 당선된 건축가가 디자인한 거였다. 외부 환경과 조화되는 백색 투명의 반사 소재를 사용해서일까. 건물은 온통 빛이다. 파도의 역동적인 힘과 바람을 머금은 돛의 모양에서 따온 아파트 꼭대기의 곡선은 판타지 영화에 나

오는 이름 모르는 행성의 도시처럼 신비롭게 다가왔다. 내가 근무하는 주상복합아파트도 번쩍대기는 마찬가지였다. 스테인리스 스틸과 마천석으로 지어진 이 주상복합은 52층 쌍둥이 건물로 전체가 황금색이었다. 지하에서 5층까지는 헬스장, 수영장, 쇼핑 코너, 카페, 레스토랑, 은행 등 상가로 구성되었고 나머지 층은 주거용 아파트였다. 1층 은행을 빼고는 입구부터 일반 사람들의 출입이 금지되었고 보안카드나 비밀 번호 없이는 들어갈 수 없었다.   ─「골드 비치」

건축물의 소재와 자연물을 모방한 외형을 비롯해, 신비로운 분위기, 52층짜리 건물을 채운 다양한 상가들에 대해서도 촘촘히 그려낸다. 이런 화려한 건물에 대한 묘사는 타인의 출입을 막는 배타성과 폐쇄성으로 마무리된다. 높다란 건물들로 늘어선 '도시는 문화로 옷을 입고 있지만 속은 다 돈이었다.' 「하우젠이 말하다」의 화자는 50억이 넘는 호화 주택 에코 갤러리로, '단순함과 미니멀리즘을 추구하는 디자이너가 손수 제작한 나선형 계단은 품격이 있으면서 균형감 있게 안착했다. 디자인 스튜디오를 운영하는 J 디자이너의 명성은 외국에 더 알려져 있었기에 그녀의 모던한 디테일은 많은 고객을 사로잡기 충분'한 외양을 지녔다.

하지만 에코 갤러리의 표본주택을 안내하는 정지수는 그럴싸한 외관을 뽐내는 호화주택을 비판적인 시선으로 바라본다. 이런 축조물들은, 화려한 외관과는 달리 거주자를 품어주질 못한다는 공통점을 지닌다. '골드비치'에 세워진 고층 건물들에서 사람들은 끊임없이 떨어져 내리고, 「틈」에 등장하는 아내의 집은 눈부시고 온갖 소품들로 가득하지만 '나'는 그 집에 몸을 둘 자리가 없다. '주상복합 아파트가 휘황찬란한 빛을 발하며 온통 금색으로 번들거린다. 강의 조망과 고급 자재, 역세권까지. 입주자의 강렬한 바람을 실현한 아파트가 조금씩 갸우뚱거리며 비틀거린다.' 「하우젠이 말하다」에서 표본주택을 안내하는 정지수는, 집을 투자 가치로만 따진 부모 때문에 어두운 과거를 떠안았다. 「풍경」에서 '나'는 전세를 전전하다가 결혼 20년 만에 겨우 50평짜리 빌라를 구입했으나 날아오는 철새들 때문에 골머리를 앓는다. 표면을 빛으로 두른 건물 속에서, 사람들은 앓고 있다. 휴식처이자 은신처인 집이, 어쩌다 사람을 밀어내게 되었는가?

바닷가에 세워진 화려한 건물들에서 사람들이 자꾸 떨어져 내린다. 「골드비치」의 화자는 자살자를 막기 위해 망원경으로 주상복합 아파트를 감시한다. 바다가 보이는 전망 때문에 비싼 가격으로 아파트를 구매했던 입주자들은 세이렌의 노래를 듣지 않으려고 바다가 보이는 창을 커튼으로 가린다. 하지만 40층 여자는 '빛'이 두려워 죽는다. 화자에게 그들의 죽음은 풀리지 않는 수수께끼다. 저렇게 비싸고 화려한 집에서 사는 부자들이 뭐가 아쉬워 자살하는가. 죽으려고 마음먹은 사람을 어떻게 가려낼지, 어떻게 막을 수 있을지도 막막하다. 화자는 요주의 인물인 23층 여자를 집요하게 감시한다. 꿈에 여자가 등장할 지경이다. 화자는 진저리를 치며, 차라리 여자가 이 모든 지긋지긋함을 끝장내주기를 바란다. 비상벨이 울려 달려가니, 여자는 "바다가 아름다워요."라고 말한다. 화자는 자신이 '바다를 향해 달려가는 골드 비치 사람들의 몸부림을 평생 이해하지 못할지도 모르겠다.'고 생각한다. 원자력 발전소 보상 문제로 바다를 빼앗기고 기름 유출 사고로 양식을 망친 아버지를 둔 화자와 여자의 바다는 엄연히 다르다. 같은 공간이라 할지라도 보는 사람에 따라 의미는 달라진다. 둘은 가까워질 수 없다.

예상과 달리, 23호 여자는 투신을 하는 대신 약물 과다 복용으로 세상을 등졌다. 저렇게 좋은 집에서 빨간 스포츠카를 몰던 여자가 뭐가 아쉬워서 스스로 목숨을 끊었을까. 화자에게는 등록금을 마련해 복학하여 당장의 삶을 꾸려가는 것만이 급하다. 하지만 화자가 품었던 회사에 들어가 결혼하고 집을 장만하여 살아가겠다는 소박한 꿈은 추락하는 사람들 앞에서 아득해진다. 저렇게 좋은 집을 장만하고 멋진 차를 타고 다니는 것이 행복을 보장해주지 않는다면 도대체 어떻게 살아야 한다는 것일까. 화자는 그들의 죽음이 어디서 기원했는지 알 수 없다. 경찰은 무더위 탓과 현대인의 우울증으로 잠정 결론을 내리지만, 충분치 않다. 내 집 마련, 부의 축적이 행복을 담보해주지 않고, 결국 모든 사람의 삶은 죽음으로 수렴된다는 결론이 이 소설이 제출한 답안은 아닐 것이다.

화자는 망원경으로 23호실 여자를 관찰했지만, 관찰자와 관찰 대상 간에는 고층건물의 높이만큼의 '거리'가 존재한다. 무엇이 사람들을 제 집에서 밀어내 추락하게 만드는가? 그들이 벗어나고자 하는 것은 무엇이며, 그들은 어디로 향하려는 걸까? 이런 의문에 답하려면 추락자의 내면으로 들어가야 한다. 거리를 좁혀야 한다.

추락과 놓여남

추락은 높이를 지운다. 「다이빙」의 주인공은 「골드비치」에서 추락하는 사람들처럼 높은 곳에 올라 자신의 욕망을 달성한 듯 보이는 인물이다. 그는 성공한 기업 인수 합병 전문가다. '수면에서 올라오기까지 숨죽인 시간'을 거쳐 왔고, 맨발로 깨진 유리를 밟고 디딘 자세로 버텼다. 중간은 없었다. 떨어지든지 올라서든지 둘 중의 하나뿐이었다. 그는 그렇게 꾸역꾸역 상승하여 지금의 자리까지 올라왔다. 해돋이 시간에 맞춰 하는 다이빙만이 그에게 있어 '떨어지는 유일한 시간이다.' 높이를 지향하며 살았던 그는 다이빙을 할 때만 자신이 살아 있다는 것을 느낀다. 마치 「골드비치」의 사람들이 고층 빌딩에서 떨어지듯, 그는 물을 향해 몸을 던진다. 다이빙으로 자신의 내면, 과거로 파고든다.

끝없이 심연의 밑바닥으로 나는 내려가고 있다. 멈추어지지가 않는
다. 무턱대고 떨어지고 있다. 내가 도달할 끝을 생각한다. 물속은 짙
푸른 색에서 점점 시커멓게 시야를 볼 수 없을 만큼 어둡다. 몸이 생
각대로 움직이지 않는다. 발길질하며 올라가려고 안간힘을 쓰지만
멈추어지지 않고 내 몸은 계속 아래로 떠밀려간다. 긴 터널을 지나
는 기분이다. 몸을 흔들어 몸부림치는데도 자꾸 가라앉고 있다. 밑
도 끝도 없는 낭떠러지의 끝, 그 나락의 끝을 내가 가고 있다고 생각
하자 몸서리쳐진다. 그러면서도 어둠의 끝은 오히려 평안할지도 모
른다는 체념의 기대마저 생긴다.　 －「다이빙」

다이빙을 하며 그는 죽음을 치러낸다. 상승의 일념으로 살아온 그
는 어둠 속에 자신을 묻고 평안함을 느낀다. 물속으로 들어가면 검
은 자루가 풀려나오고 피범벅인 딸의 얼굴이 떠오른다. 자신이 잃어
버린 것과 마주한다. '높이 올라가기 위해 감내해야 했던 몫'은 딸의
죽음이었다. 그가 맡은 철강공장 M&A 프로젝트는 반대자들의 분신
으로 답보상태에 머물렀다. 그는 시위대에서 검은 피켓을 든 여자가
마음에 걸린다. 검은 피켓을 든 여자의 모습은 까마귀 모자를 썼던
딸의 모습과 겹쳐진다. 여자의 아버지는 합병에 반대하여 분신자살

을 했다. 그는 망원경으로 여자를 바라본다. 아무 말도 하지 않지만 여자의 '눈'은 그에게 무언가를 묻고 있는 듯하다. 여자의 눈빛은 시시각각 변한다. 정의감에 불타는 눈빛, 호소하는 눈빛, 슬픈 눈빛으로 변한다. 바라보는 사람의 마음에 따라 대상은 달리 해석된다.

여자를 마주한 그는, 검은 피켓에 왜 아무 글도 쓰지 않았냐고 묻는다. 여자는 "피켓에 얼마의 말을 담을 수 있겠습니까?"라고 되묻는다. 검은 피켓에 담길 말은, 그걸 바라보는 사람이 채워 넣어야 한다. 그는 해가 지는 바닷가에서 검은 바다를 바라본다. 바다를 보며 그는 평안을 느낀다. '바다의 어두움을 이겨낼 수 있다면 나는 이제 떨어지는 연습을 멈춰도 될지 모른다.' 그는 다이빙으로 어둠의 속으로 파고들었고, 검은 피켓을 든 여자의 침묵과 마주함으로써 어둠을 채워줄 말은 스스로 찾아야 한다는 걸 깨닫는다. 바다의 막막함은 막막함 그대로 두고 바라봐준다. 다이빙으로 추락을 도모했던 그가 돋을볕을 향해 손을 뻗는 것으로 소설은 마무리된다.

높이를 지워버린 추락, 막막한 어둠에서 되레 무언가가 시작된다. 「과녁」에서 '복'은 자신을 배신한 여자를 죽이려고 비수를 던지는 연습을 거듭한다. 팽팽한 살의만이 나락에 떨어진 그를 살게 한다. 하지만 '칼은 그녀를 향하고 있는 게 아니라 끊임없이 그를 향하고 있었다.' 「다이빙」의 남자처럼, 그는 자신을 지워버리고 싶은 욕망을 품고 있다. 여자를 죽이겠다는 마음은, 자신의 어두운 과거에 대한 앙갚음에 다름 아니다. 마침내 '복'은 칼을 들고 찾아가지만 폭삭 늙은 여자는 이미 정신을 놓은 상태다. 허망하다. 단검은 찌르고 들어갈 대상을 잃어버렸다. 복은 여자를 죽이는 대신 칼을 거실 맞은편 나무 액자를 향해 던지고 뒤돌아선다. 이미 죽은 것을 다시 죽일 수는 없다. 그를 사로잡고 있던 살의는 과녁을 잃어버렸다. 칼을 쥐고 있던 손에는 텅 빈 공백만이 남는다. 하지만 여자는 '액자에 박힌 칼을 빼내려다 칼과 함께 떨어졌고, 떨어지다 칼은 소파 밑으로, 여자는 뇌진탕으로 즉사'한다. '복'은 여자가 자신의 범죄를 숨겨주려고 흔적을 지우다 떨어져 죽었다는 말을 듣고 반쯤 넋이 나간다. 형사는 '복'이 비수를 던지던 나무판에 빼곡했던 칼자국들이 사라진 것을 발견한다.

「성」의 문화재청 공무원은 성벽을 보존하려고 지방에 내려왔다. 그에게 성城은 불편한 장소다. 어린 시절부터 그는 아버지의 강박적인 정리정돈 습관을 물려받으려 애썼다. 돌을 차곡차곡 쌓아올린 성, 무너진 성을 복원하라는 주민들의 성화는 그에게 압박감을 준다. 하지만 벌거벗고 배수로를 오른 여자를 만나곤 그의 생각은 서서히 바꿔간다. 성의 풍경과 벌거벗은 여자는 어울리지 않는다. 여자를 처음 보았을 때 정리강박증에 시달리던 그는 혼돈스러울 따름이다. '까마귀, 비릿한 바다냄새, 버려진 성터…… 그리고 배수로를 오르는 발가벗은 여자. 모를 일이었다. 아득바득 애 태우며 숨겨둔 은밀한 것들이 이 성에 오고부터 마냥 느슨하게 풀어지는 것 같아 남자는 그 느슨함이 불안해졌다.'

그는 여자를 따라 배수로를 타고 오르면서 편안함을 느낀다. 높다랗게 쌓인 성은 다만 올려다봐야 하는 대상이 아니라, 몸으로 타고 넘을 수 있는 무엇이 된다. 무너진 성벽을 타는 여자는 남자에게 말한다. "옷을 벗고 성벽을 타면 뭔가 모를 힘이 솟구쳐요. 내 안의 잡스러운 기억들이 성벽에 스며들어 새로운 기억들로 채워진다고 할까, 저는 이 성 때문에 다시 산목숨이거든요. 이 성터, 죽기에 좋은 장소 같지 않아요?"

그는 여자와 함께 성을 오르며 생명력을 얻는다. 성城과 성性은 겹쳐진다. 돌은 생명의 기운을 입는다. 남자가 성을 오르는 과정은 자신을 옥죄던 껍질을 버리는 과정이기도 하다. 주민들은 무너진 성을 보존하라고 말한다. 하지만 불가능한 일이다. 아무리 완강하게 쌓아올린 성이라도 시간이 지나면 허물어지고, 주거지와 자연스럽게 섞여 들어갈 수밖에 없다. 무너져 가는 성을 오르며, 남자는 자신을 억눌렀던 과거와 물려받은 강박관념에서 놓여난다. 아무리 단단하게 쌓아올렸던 성도, 시간의 손길 아래서 낡아가고 허물어질 수밖에 없듯.

틀을 지워버리는 것들

이 소설집에 빈번하게 등장하는 폭염이나 폭우 등의 자연현상도,
인물들을 다른 차원으로 이끈다. '재난은 습관적이고 제도화된 행동
양식을 중단시키고 사람들을 사회적·개인적 변화에 따르게 하는
일종의 사회적 충격을 낳는다. ─찰스 프리츠'

비가 휩쓰는 세상은 경계가 지워진다. 「수로」의 여자는 동료 직원
과의 경쟁으로 지쳤다. 직위를 유지하기 위해 뱃속의 아이도 잃었
다. 발표를 하려고 현장으로 향하던 여자는 폭우에 휩싸인다. 사방
은 물바다고, 프로젝트도 미팅도 결국 물 건너가 버리게 된다. 하지
만 폭우는, 여자의 속에 묻어두었던 것들을 끌어낸다. 무난한 삶을
살기 위해 묻어두었던 욕망이 터져 나온다. 낯선 남자와 몸을 섞는
다. 몸 밖으로 흘려보내야 했던 죽은 아이의 기억이 물 위로 떠오른
다. 여자는 자신의 목적을 이루기 위해 많은 것을 희생했다. 경쟁에
휘말려 애달아하고, 자신을 몰아붙였다. 쏟아지는 비는, 그 모든 것
을 지운다. 여자는 물속에서 자신을 붙잡고 있던 것들에서 놓여나온
다. '물은 종착지를 향해 유유히 가는데 수만 종착지가 불분명해 보
였다. 처음부터 목적지와 종착지 같은 건 없었는지도 몰랐다.' 자연
은 삶을 목적에 따라 제어할 수 있다는 인간의 오만을 무너뜨리고,
삶을 '흐름'속에 놓아둔다. 물이 지나간 자리로 웃음이 터져 나온다.

열기는 집에 균열을 일으키고, 기습폭우로 집안에 빗물이 흘러든다. 「틈」의 '나'는 누수공사를 하러 다닌다. 하지만 방수페인트를 바르는 건 미봉책에 불과하다. 페인트 냄새로 도저한 물비린내를 가릴 순 없다. '벽'이 건너오는 울음소리도 막지 못한다.

빗물로 얼룩진 집은, 가정폭력을 당하는 여자의 얼룩진 몸에 다름 아니다. '가장 서러운 사람은 몸 안에 얼룩진 사람이 아닐까.' 울고 있는 건 집이 아니라, 그 안에 사는 사람이다. 사업에 실패한 '나'가 사는 아내의 집은 겉보기엔 모든 것이 반듯하게 정리되었고 온갖 물건들로 채워졌지만 껍데기만 남은 가족관계를 가릴 순 없다. 밖을 싸맨다한들 안쪽에서 일어난 균열을 가리진 못한다. 폭우와 폭염은 안쪽의 균열을, 집 안쪽에 사는 사람의 민낯을 드러내는 계기가 되어준다.

고급 자재로 감싼 집이라도 '빛'의 침입엔 속수무책이다. 「골드비치」의 40호 여자는 빛이 두렵다며 창밖으로 투신했다. 벽은 방과 방을 완강하게 갈라놓지만 침입해오는 '소리'를 막진 못한다. 「밤의 연두」에서 주인공이 머무는 아파트에는 '조'라는 광인이 산다. 그는 볼륨을 한껏 높여 음악을 듣는다. 뿐만 아니라, '비명을 지르거나 벽을 두드리거나 코란을 읊듯 무엇을 주절거렸다.' '나'는 그 소리에서 놓여날 길이 없고, 조는 나에게 욕설까지 퍼붓는다. 그러나 나는 집 앞 공동묘지에서 울고 있는 조를 보게 된다. 미친 사람에게서 터져 나오는 울음소리를 '본다.' 조가 조문하던 묘에는 너무 빨리 목숨을 잃은 그의 아내가 잠들어 있었다. 나는 조의 울음이 어디서 비롯되었는지를 알게 된다. 애초에 내가 독일로 온 까닭은, 파독광부였던 아버지를 찾기 위해서였다. 미친 사람처럼 보였던 조와 나는 속절없이 가족을 잃었다는 공통점으로 묶인다. '나'가 거리를 두고 조를 그저 관찰하려 했지만, 소리는 벽을 뚫고 나에게 전달된다. '본다'는 행위는 거리를 두어야만 가능하다. 외양을 훑는 피상적인 인식에 머물게 한다. 눈을 감으면 그만이다. 하지만 울음을 '듣는다'는 것은, 벽 너머에 있는 상대가 보내는 신호를 알아채는 일이다. 보이지 않는 '벽' 너머의 존재를 생생하게 인식하게 만든다.

안팎을 가르기에 집은 폐쇄적이며 배타적인 속성을 지닌다. 그 경계는 어떤 계기를 통해 허물어진다. 열기로 균열이 생기고, 시간에 따라 허물어지고, 소리는 벽을 타고 넘어온다. 벽 너머에 있던 사람의 얼굴이 보인다. 콘크리트와 화려한 마감재, 수많은 돌들이 허물어지자, 그 안에 사는 사람의 속내가 드러난다.

인공낙원을 넘어서

건축물은 자연의 영향력에서 벗어나기 위해 세워진 인공물이다. 지붕과 천장은 하늘과 비를 가리며 벽은 바람을 막는다. 창에 쳐진 커튼은 빛을 막는다. 자연의 영향력에서 자신을 보호하고 안락한 삶을 영위하려고 사람들은 콘크리트 갑옷을 두른다. 경제력의 소유 여부가 공간을 분할했듯, 인간은 자연으로부터 자신을 '차단'시켰다. 상자 속에 갇힌 인간은 폐쇄상태로 생명력을 잃어간다.

「밤의 연두」의 디귿자 모양의 아파트에서 생명력을 뿜어내는 건, 아파트 가운데 놓인 나무다. '5층 유리 천장에 맞닿을 정도로 키가 자라 있어 나는 그 높이에 놀랐다.' 우뚝 솟은 나무는 아파트란 공간에서 이방인처럼 보인다. 잿빛 아파트에 침입한 연둣빛 잎사귀들은 팔랑거리며 생명력을 과시한다. 파독 광부였던 화자의 아버지는 독일이란 낯선 나라에서 가족을 만들고 뿌리를 박으며 살았다. 아버지의 가족이 보낸 엽서는 그 나무가 띄워 보낸 안부인사다. 조는 아내의 무덤 앞에서 운다. 격렬하게 몸을 비틀며, 잎사귀를 흔드는 나무는 소리 없이 오열하는 조와 닮아 있다. 아파트 속의 '나무'는 밤에 더해지는 연둣빛이다.

「풍경」의 '나'는 철새를 본다고 내려온 손아래 동서가 못마땅하다. 그녀는 새에 대한 온갖 지식을 주워섬기고 새를 낭만적으로 바라본다. 하지만 화자의 입장에선 '군무니, 예술이니, 공존이니, 저마다 떠들어대지만 다들 자신의 집과 상관없이 말할 수 있는 거였다.' 전세를 전전하다가 결혼 20년 만에 겨우 50평 빌라를 얻었는데, 몰려드는 새떼 때문에 사는 게 불편하다. 새는 정전을 일으키고 배설물

엔 세균이 들끓는다. '내가 사는 공간 위에 누군가 자신의 볼일을 보고 자신의 흔적을 남긴다는 것, 아주 불쾌한 일이었다.' 관광을 온 사람과 거기서 사는 사람의 입장은 엄연히 다르다. '나는 그녀의 식상한 조류 상식이 갈수록 듣기 싫어졌다. 뭐든지 새들과 사람을 비교하는 것도 수틀렸다. 그녀의 논리에 따르면 나는 새들과 달리 넓은 평수에 살고 욕심이 많은 거였다. 마땅히 그들의 배설물을 감사하게 여기고 집이 부식되든 말든 집값이 내려가든 말든 공존하기를 원해야 했다.' 이런 상반되는 입장 사이의 거리는 손아랫동서의 이야기를 통해 좁혀진다. 그녀가 자연에 대해 품은 각별한 생각이 단지 낭만이나 알은체에서 비롯되지 않았다. 아픈 과거를 지녔던 손아랫동서는 학대받은 코끼리한테서 자기 모습을 발견했다고 말한다. 동물이건 사람이건 아픈 것들은 상처로 한통속이 된다. 그런 감정이 입을 통해, 그녀는 어떤 공간을 인간의 눈으로만 보지 않게 된 것이다. 그녀는 새의 눈으로 풍경을 본다. 화자인 '나'는 그런 시각에 동의하지는 않지만, 화자의 눈에 비친 새들이 노니는 강의 풍경은 아름답게 그려진다.

겨울 강은 느려지게 느슨하고 한적해 마른 수초들 옆으로 몇 종류의 새들만 여유를 만끽해 을씨년스러웠다. 강물의 세기에 휘어져 앙상한 몰골을 드러낸 수초들과 버드나무들에 내 눈길이 머문다.

여름 장마가 지면 지금 뭍으로 드러난 곳은 대부분 강물에 잠겨 흔적조차 없었다. 거친 물살과 바람을 이겨낸 나무들이 온통 휘어져 여기저기 생채기를 남겼음에도 몸마디들이 잘려나가 굽어진 나무 사이로 강물은 평화롭게 휘돌았다. 인공 분재가 아닌 자연 분재의 치열함에 왠지 나도 모르게 숙연해졌다. 삼각주가 작은 섬처럼 형성된 강 중앙과 샛강 후미에는 까치 몇 마리가 풀밭 모이를 찾고 있었다. ―「풍경」

모진 물살에 시달린 나무들을 감싸 안는 물의 평온함, 자연의 생명력은 비단 새 뿐만 아니라 인간에게 안도감을 전해준다. 화자는 냉담하게 말하지만, 초점화자의 눈에 비친 풍경 속의 자연은 살아 있기에 상처받는 것들을 끌어안고 있다.

「하우젠이 말하다」에서 표본주택을 안내하는 정지수는 자신이 꿈꾸는 집에 대해 말한다. '호빗의 집'처럼 앙증맞은 집은 달콤한 향내를 풍기고, 솜사탕처럼 부드러워 금방이라도 지친 자신을 잠들게 해준다. 그녀는 자신이 어릴 적 살던 집에서 듣던 빗소리를 그리워한다. "내가 어릴 때 살던 시골집은 기와집이었어. 처마에서 떨어지는 빗소리가 나를 간지럽게 했지. 빗방울이 떨어진 땅에는 작은 홈이 파이기 시작했어. 빗방울이 똑똑 떨어지는 소리를 듣고 잠들거나 깰 수 있다는 것 말이야. 넌 빗방울 소리를 결코 듣지 못할 거야. 그걸

년 가장 안타까워해야 해." 인간의 욕망이 쌓아올린 건축물은 외부와 그 안에 사는 사람을 차단시킨다. 자연과 인간은 벽을 두고 갈라선다. 하지만 집은 애초에 그런 것이 아니었다. 집은 사람이 깃들고 존재하는 장소이다. 욕망이 쌓아올린 마천루는 소유물이나 투기대상에 불과한 물건이다. 집을 말한다는 것은 삶을 말하는 것이다. 성공을 위해 상승을 지향하는 욕망은 높고 번쩍이는 건물로 비유된다. 강요된 질서, 외부와 차단된 삶은 그 안에 사는 사람을 불행하게 만든다. 건축물은 잘못 틀지어진 삶의 상징이다.

진정한 삶은 이런 인공낙원에서 벗어나는 데서 출발한다. 추락과 몰락, 균열과 침입은 이런 인공낙원을 무너뜨린다. 감춰진 삶의 면모를 드러낸다. '옛것은 멸하고 시대는 변하였다. 새 생명은 폐허로부터 온다. ―실러'

「틈」에서 아이가 간신히 맞춘 퍼즐은 떨어져 내린다. '나'는 아이에게 "자, 아빠하고 다시 퍼즐을 시작하자."라고 말한다. 벽은 무너지고 고층건물의 높이는 사라지며 집들은 터져 나온다. 인공낙원이 무너진 폐허에서 사람들의 이야기가 시작된다. 집이 무엇이냐는 질문은 '어떻게 살아야 하는가?'란 질문과 맞닿아 있다.

「하우젠은 말하다」에서 에코 갤러리를 설계한 건축가는 "밤하늘에 별들이 하나둘 떨어져 모여 집이 되고 이야기가 시작된 거야. 그래서 지금도 별들이 집을 중심으로 돌고 있단다." 라고 말한다. 별은 우주 공간이란 폐허에 놓인 돌멩이에 지나지 않을지도 모른다. 하지만 사람들은 별들을 이어 별자리를 만들고 이야기를 덧붙인다. 막막한 바다와 사막을 지나는 사람들은 그 별자리를 보고 길을 찾곤 했다. 폐허 이후, 인간의 이야기는 다시 시작된다.

사람들은 되도록 높이 성을 쌓으려고 했지만 드높은 성은 어이없이 일순간 와르르 무너져 버렸다. 하지만 모든 게 끝나버린 게 아니었다. 무너진 그 성벽을 타고 새로운 이야기들이 성벽에 다시 저장되었다. 일시적이든 장기적이든 성은 물기를 머금은 수련처럼 숨었다가 피어나기를 반복했다. ―「성」

이서안의 소설은 '틀'에서 빠져나오려는 몸부림을 말하고 있다. 이 틀은 세상을 보는 시각과 사람을 옥죄는 고정관념이나 과거 등의 덫을 의미한다. 「골드비치」에서 욕망의 축조물에서 사는 사람들은 극단적인 탈출을 시도하고, 「과녁」에서 과거의 덫에 갇혔던 사람은 복수에 대한 열망에서 놓여난다. 「성」은 '성城'을 이루는 돌처럼, 정리정돈이라는 아버지의 틀에 자신을 끼워 맞추던 남자가 자유로워지는 이야기다. 몸부림을 치면 자신이 무엇에 얽매어 있는지 알게 된다. 자신을 옥죄던 것의 정체를 아는데서 놓여나는 것이 가능하게 된다.

흐르고 넘치고 흘러가는 '물'도 틀을 지워준다. 「다이빙」의 남자는 추락으로 내면에 침잠한 끝에 비로소 떠오를 수 있게 된다. 「수로」에서 폭우를 만난 여자는 제 속에 눌러 놓았던 욕망과 과거를 풀어놓고 자유로워진다. 「틈」에 등장하는 비가 새는 집은 붕괴된 가정, 허물어진 관계를 드러낸다. 넘치는 소리도 물처럼 귓속을 파고든다. 옆집의 비명소리는 벽을 넘어 누군가의 존재를 알린다. 소리도 물처럼 사람 사이로 스며든다. 「밤의 연두」의 '나'는 낯선 사람이 내지르는 비명의 의미를 알아가며, 아버지와의 화해를 도모한다.

창문의 모양에 따라 세상은 달리 보인다. 틀을 지운다는 것은, 세상을 보는 새로운 관점을 확보하는 것이다. 이서안 소설에서 두드러지게 나타나는 관찰대상과 관찰자라는 관계 설정은 두 겹의 시선을 확보하는 장치로 활용된다. 「골드비치」에서 죽으려는 여자와 그 죽음을 감시하는 남자, 「과녁」에서 범죄를 도모하는 남자와 형사의 시선, 「다이빙」에서 아버지의 죽음을 항의하는 여자를 바라보는 남자, 「성」에서 남자와 알몸으로 성에 오르는 여자 등이 그 예일 것이다. 관찰자인 화자는 관찰대상의 내면에 접근하는 과정을 통해, 세상을 보는 다른 시각을 얻어낸다. 집을 화자로 삼은 「하우젠이 말하다」와 이상적(생태주의) 시각과 현실적(인간 중심) 시각을 병치한 「풍경」에서 이런 특징은 도드라지게 나타난다.

더불어, 이서안 소설에 나타난 사고의 비약, 반전, 특이한 시선,

충격 효과 등의 표현기법도 '틀'에서 벗어나고자 하는 의지에서 비롯
된다. 어긋남과 비틀기, 예상을 뛰어넘는 비약은 때론 성글게 놓인
징검돌 같지만 틀을 깨려는 작가의 시도로 비친다.

경계를 지우고 틀에서 벗어나려는 시도가 파괴로 귀결되지 않는
다. 폐허는 공터처럼 비어 있지 않다. 폐허의 잔존물은, 새로운 무언
가를 짓기 위한 소재가 된다. 하늘의 돌멩이들이 별자리가 되고, 무
너진 성은 주거지와 놀이터가 되며, 쏟아진 퍼즐 조각은 다음 놀이
를 기약하듯. 틀을 깬다는 것은 경계를 지우는 작업이며, 새로운 틀
을 짓기 위한 출발점인 셈이다. 물이 휩쓸어간 자리에 남겨진 여자
의 입에선 웃음이 터져 나온다. 「다이빙」의 여자가 들고 있는 검은
피켓에는 아무 글자도 쓰여 있지 않았다. 하지만 그 공백은 자기의
말을 채워 넣을 빈자리를 마련해준다. 틀을 버린 폐허에서, 삶은 제
방식대로 다시 시작된다.

밤의 연두

초판 1쇄 인쇄일 • 2019년 12월 5일
초판 1쇄 발행일 • 2019년 12월 10일

지은이 • 이서안
펴낸이 • 임성규
펴낸곳 • 문이당

등록 • 1988. 11. 5. 제 1−832호
주소 • 서울시 성북구 동소문로 65−2 삼송빌딩 5층
전화 • 928−8741~3(영) 927−4990~2(편)
팩스 • 925−5406

ⓒ 이서안, 2019

전자우편 munidang88@naver.com

ISBN 978−89−7456−526−8   03810

값은 뒤표지에 표시되어 있습니다.

울산문화재단

본 도서는 2019년 울산문화재단의 예술창작 지원을 받아 발행되었습니다.